U0750060

青年与文艺评论

浙江省文艺评论家协会 主编

浙江工商大学出版社
ZHEJIANG GONGSHANG UNIVERSITY PRESS
·杭州·

图书在版编目(CIP)数据

青年与文艺评论 / 浙江省文艺评论家协会主编. — 杭州：
浙江工商大学出版社，2021.6

ISBN 978-7-5178-4492-1

Ⅰ.①青… Ⅱ.①浙… Ⅲ.①文艺评论－中国－当代
－文集 Ⅳ.①I206.7－53

中国版本图书馆 CIP 数据核字(2021)第 086254 号

青年与文艺评论

QINGNIAN YU WENYI PINGLUN

浙江省文艺评论家协会 主编

责任编辑	任梦茹　沈明珠
封面设计	沈　婷
责任印制	包建辉
出版发行	浙江工商大学出版社
	（杭州市教工路 198 号　邮政编码 310012）
	（E-mail:zjgsupress@163.com）
	（网址:http://www.zjgsupress.com）
	电话:0571－88904980,88831806(传真)
排　版	杭州朝曦图文设计有限公司
印　刷	浙江全能工艺美术印刷有限公司
开　本	710mm×1000mm　1/16
印　张	17.25
字　数	210 千
版 印 次	2021 年 6 月第 1 版　2021 年 6 月第 1 次印刷
书　号	ISBN 978-7-5178-4492-1
定　价	68.00 元

版权所有　翻印必究　印装差错　负责调换

浙江工商大学出版社营销部邮购电话　0571－88904970

目　录

第二辑　新中国 70 年:文艺作品与国家形象

第三辑　文艺与人类命运共同体

第一辑

视点与声音

影像泛滥下的视觉话语权探索

——论摄影赛事的审美导向

余柯烨　浙江传媒学院

在便捷的摄影方式降低摄影门槛以及大众传播的普及的共同推进下，从专业的单反摄影赛事到随手一拍的手机摄影比赛，皆在如火如荼地展开着。而摄影赛事的评选结果往往作为摄影的风向标而备受关注和讨论。简单看一下 2017 年我国举行的摄影展览和摄影比赛的数据，大致有以旅游宣传为目的摄影赛事、大学生摄影竞赛、各行各业内部自行举办的摄影展览，一年大大小小的比赛达到 400 多场。其中，早期兴起的平遥、丽水摄影节因其参展数量巨大、质量良莠不齐的特点不做讨论。本文重点关注由北京三影堂摄影艺术中心举办的三影堂摄影奖、由色影无忌举办的新锐摄影奖，以及刚刚举办两届由中国台湾著名摄影师阮义忠先生发起的阮义忠人文奖，分析由此类备受海内外摄影创作者、艺术评论家关注的、影响力巨大的摄影赛事带来的审美导向作用。

参加摄影赛事是创作者们通过竞争获得专业评价、提升摄影水平的方式。同时，夺得大奖的作品借由互联网瞬间会被聚焦于放大镜下，引起热烈的讨论和模仿。

一、"凝视"对象的改变

2016年,摄影师高山凭借一组从自己与养母关系的视角切入的拍摄——展示自己与养母日常的一组快照《第八天》成为当年的新锐年度摄影师;2017年,摄影师良秀以自己的成长经历为缩影拍摄的《蛹》摘得该届三影堂摄影奖大奖;2018年,摄影师郭远亮拍摄祖父、祖母、侄子的作品《失重》拿下新锐大奖。不难看出,后现代美学的出现和发展大面积辐射了中国摄影师,从而让他们将"凝视"的目光从遥远的高原、陌生的少数民族、自带话题性的特殊人群收回到身旁与自己朝夕相处的亲人(自己)身上,挖掘私密荒诞的角度,将熟悉的人物陌生化、物化。中国早期影响力巨大的《大眼睛》送到现在的各大摄影赛事中大概率会落选。因为凝视并不简单地关乎知觉,也不是机械地观看或者以某种物理性的方式展示图像,凝视这一概念所观照的,既是看的行为,也是被看的行为。创作者们往往在看别人的作品时得到启示,想到可供自己进行创作的素材。

对于此类现象,德国马克思主义理论家本雅明在《机械复制时代的艺术品》中指出,机械复制将艺术作品从仪式的依赖中解放出来,同时改变了艺术生产方式,艺术品的崇拜价值被展览价值取代。便捷交通、发达经济使得人们去偏远地方取景难度大幅下降。以青藏人文景象为例,拍摄难度降低导致的影像泛滥化与雷同化使人们对此类图像麻木。不难想象,突破围困的方式即拍摄大家日常均可见却又独一无二的人、事、物。此类作品频获大奖并不是偶然现象,有其背后的深刻原因。同时,这在摄影高校与摄影爱好者团体之间产生的引导效果更是不言而喻的。

以"凝视"来分析视觉图像已经成为西方视觉文化研究的新传统。

正如玛格丽特·奥琳所说的,摄影师在处理视觉感知中艺术家视觉的主观性和外部世界的客观性问题上,从 19 世纪直到 20 世纪都一直在延续,"但在更大范围里已被术语'凝视'所取代了"。这一"凝视"理论的传统,与弗洛伊德、拉康、萨特、弗雷德、穆尔维、福柯等人紧密相连。在 20 世纪"凝视"理论的知识谱系中,萨特率先用"他人即地狱"来注释"他人的注视",使"凝视"成为存在主义理论的注脚;继而拉康用"镜像阶段"将"凝视"确立为实现主体性的方式,并内化到具有语言结构的无意识层面;最后,福柯进一步在自我与他者、自我与自我的"凝视"关系中添加"权力"的维度,将"凝视"强化为"看与被看"的对抗性关系;而此后在后现代主义、后殖民主义、女性主义各种文化理论的参与下,"看与被看"成为一种被简单化了的寓言式的解读方式——"凝视=欲望机制=权力关系",于是观众之看被剥离掉了社会学属性而被约简为"窥淫癖",观看的目的不再指向意义的生产而沦为"视觉快感"的满足。

在高山的《第八天》中,母亲的日常,充斥锅碗瓢盆、柴米油盐、饮食起居、衣服被褥、缝缝补补的画面,赤裸着上半身,和高山的亲密接触。观看者与画中的母亲相互"凝视",母亲的容颜、身份、生活状态、与儿子的关系被具象化、细节化。在日常生活中,我们不能用这样的目光去凝视一个真实的中年女性,而在此刻,母亲被抽象为一种符号形式,可被视为"俄狄浦斯情结",即欲望的展开与繁衍。母亲的姓名已不再重要,在被符号化、象征化之后,作为女性自身的独特性、个体性已经消失殆尽,只是一个凝视的客体。可以想象,在这样类型的作品获得巨大肯定和引起强烈关注的同时,必定有众多摄影人将目光投向自己的亲人、好友,倾向于展示自己的生活,寻求共鸣点。

而正如罗兰·巴特所说:"摄影的时代恰恰与私生活扩展到观众面前的时代,甚或是创造一个将秘密公众化的新社会价值的时代一致,私密性被公开消费了。"

在年轻摄影师群体中,自导自拍的照片往往被视为对个人内心探索的手段与方式,有助于建构自我认知,形成个人的语法逻辑,然后确立自我。

二、"跨界"拓展形式

当摄影还作为新生事物被排斥在艺术门外时,画意摄影在英国发端。奥斯卡·古斯塔夫·雷兰德通过底片多重合成的方式创作了一张十分像油画的照片——《人生的两条道路》;再一批如罗宾逊的摄影师通过向艺术的榜样又同样作为平面艺术的绘画学习构图画面效果,揭开了画意摄影的序幕,由此使摄影逐渐进入了艺术的殿堂。现如今后期技术被广泛使用,画意摄影作为一种艺术手段在摄影中也常常被使用,加之材料、装置辅佐创作,可以获得别具一格的审美体验。拿第一届阮义忠人文摄影奖得主——中国台湾牧师摄影师冯君蓝拍摄的基督教人物肖像摄影来看,其使用了标准镜头、黑白胶卷,在后期处理后有了油画的质感。冯君蓝本身并不是学摄影出身的,牧师的工作环境无疑使他能够接触到各式各样虔诚的信徒,同时赋予他平和的创作心态、与众不同的审美角度。他使用基督教故事中的人物给作品命名,增添了作品的神性。正如生前籍籍无名、从事保姆工作的维维安迈尔几十年如一日地进行摄影创作,工作的特性使她有充足的时间上街,将目光投向普普通通的美国人,拍摄的照片也因此流露出平凡之中道尽生活真谛之感。摄影术自从诞生之日起,便以真实记录所见之物改变了人们观察世界的方式。摄影史洋洋洒洒不过百数年,却是人们视觉文化中最重要的内容。从胶卷的普及,使摄影走近大众,到如今"人人皆为摄影师的年代",无疑在提醒着摄影创作者们放眼当下,从事各行各业。

摄影可作为记录一切的眼睛,跨界的创作往往让人眼前一亮。冯君蓝的获奖引发更多人端起相机去记录自己眼前不是人人都可见的景象,跨界成为摄影创作人的选择。

除了摄影创作者的摄影立足点可以跨界之外,不同艺术创作的方法之间也有异曲同工之妙。人们在欣赏王希孟的《千里江山图》和张择端的《清明上河图》时,都采用移步换景的方式,卷轴缓缓打开,人踱步前行,画中景色一点一点地展现在眼前,这也是国画的特色:散点透视。近大远小的景物,通过多视点处理成平列的同等大小的景物,比较充分地表现空间跨度比较的景物的方方面面。2015年获得三影堂摄影类大奖的作品《来源不同的时间:来自茨满村的图像》,其中一幅展示茨满村不同时间段存在的人、事、物,耐人寻味。在访谈中,创作者程新皓也指出他借鉴了田野调查、人类学、社会学的很多工作方法。作品的严谨细致可见一斑。如程新皓所说:学术研究的任务是生产知识,而艺术创作则不是直接生产知识的,那么对于学术方法的应用最终产出的作品将具有怎样的效力? 以不同的媒介、角度对摄影进行突围,就会发现摄影不是目的,而是一种呈现创作者内心世界的手段。这样的作品必然透露着强烈的个人气质,直抒胸臆,与流水线生产版的摄影作品高下立判,这样的作品才可被冠为艺术作品。

2015年拿到新锐摄影大奖的摄影师陈哲则在不断地探索摄影的文学性,或者说摄影与文学的关系。她的最新作品《向晚六章》便试图用摄影、文学以及绘画的语言去描绘黄昏这一意象。这是因为生命的迸发已经不能拘泥于传统的审美形式,而必须在新的文化转向中迈向新的审美形式的革命和更新。任何艺术形式都一定会在某些地方影响到艺术家的创作,例如典范、传统、固定的原则等。

毋庸置疑,摄影作品从单张照片形式到最终完整在展览上呈现给大众,中间还有很长的路。陈哲的作品便有一种图中有字、字中有图的和谐感。输出是摄影不可避免的重要环节,好的布展形式能为摄影作品锦上添花,而不恰当的展览方式则会使摄影作品黯然失色。因此,摄影赛事评选结束之后,都会举办作品展览。当摄影创作者参加或者观赏摄影展览时,除了摄影作品本身,展览的形式、展览的风格,甚至策展人也都是值得摄影创作者去观察的。

三、审美转向趋势

罗兰·巴特认为摄影的本质在于新奇,而如今这种新奇早已被大量同质化的影像消解了。过去那个仅凭一张照片就能一战成名的时代已无处寻踪,组照更易获得评委的青睐已是不争的事实。入围各大竞赛的作品全部为组照。组照可支撑起叙事结构,构建符号系统,显示时间地点线索,给观者完整的视觉体验。拿 2018 年入围第二届阮义忠人文奖的作品《在人间》举例,作者王攀花费 10 年光阴,足迹遍布全国,用120 相机拍下了形形色色的人的生活,这样的创作方式不失为样本方法。

在图片大量被合成的今天,很多摄影创作者不再认为摄影的目的是传递真实。他们希望从现实中任意抽取他们需要的元素,形成自己的表达诉求。学者周宪提出视觉文化有再现、复制和虚拟 3 种历史类型,认为现在已不是"景观社会",而是符号和指涉物可以和实在世界相去甚远的"模拟"社会。论者在观察刚评选了两届的阮义忠人文摄影奖的所有入围作品后,认为对照片进行大量处理的情况并不存在。去技术化,尊重摄影器材的记录,追求客观与真实,回归摄影最初形态,也是一种对摄影美学的坚守。

四、结语

如今在摄影门槛几近虚设、影像技术不断革新的时代,摄影爱好者应该充分利用自己独一无二的视点和观察角度,尝试跨界创作,从大大小小的展览,以及其他艺术形式中汲取灵感。也可逆流而上,遵循古法,制作经典,也能推陈出新。最重要的是把握摄影的精神,脚踏实地,融入摄影的未来。各类摄影赛事有着或大或小的影响力和引导力,不可一味为博取眼球和话题性而左右评选结果,要积极发挥榜样作用,为中国影像的发展提供蓝本。

失真的文学

杜天煦　温州大学

我们当下的文学失了真，作者、读者，他们都很虚伪——因为他们把"真实"盯得太紧了。

《芳华》《无问西东》《我不是药神》这些电影近段时间很火，它们无一例外都是满屏"真实"。而 2018 年柏林电影节获得费比西奖的电影《大象席地而坐》一开场就虚构出一只坐在满洲里动物园里的大象，压根没把真实放在眼里。但电影主人公们对这头象的向往，不就是人们深陷当下时投向未来的目光吗？

不能把"真实"盯得太紧，否则你便看不出它是头虚幻的大象。

影视如此，文学亦如此。一位亚裔美国作家说道："虚构是真实的，因为它不故作真实。"我们不妨这么理解：缺乏虚构就是缺乏真实。虚与实只是一个比例问题。真实是虚构出来的真实，虚构是基于真实的虚构，只有二者比例适当，才有可能绕过表象直击核心。曹文轩、阎连科二人都看透了文学自身固有的"无中生有"的特性，劳伦斯更是直白地揭穿艺术家是"说谎的该死家伙"，然而"他的艺术，如果确是艺术，会把那个时代的真相告诉你"。

虚构的艺术就是说谎。就这一点来说，国人还是太实在了！大部分知名文学奖共同评选标准之一就是关注现实,于是一批贴着"现实"标签的作品应运而生,引发广泛共鸣。2017 年,"钓鱼城"全球大学生中文创意写作大赛以虚构作品一等奖空缺为结局落下帷幕,大赛评委会主席毕飞宇表示"虚构尚需努力",并指出大学生受网络小说影响偏爱类型化写作。类型化写作,这又是一个糟糕的标签! 一个作家或写手一旦被贴上这个标签,就意味着他已然从艺术的创造殿堂下到商业生产的流水线上去了。这样的作品早就忘却了艺术模仿现实的根本,只是一个苍白的克隆体。

迟子建在《这个时代还需要神话吗》一文中诘问:"仅仅活在一个物质的世界里,人难道不就成了一块蛋白了吗?"其实,无论是迟子建所说的神话情怀,还是我们现在正在探讨的虚构,都想说明同一件事情:艺术不应专注于一些你能看得到的东西,而是要把人们引向未知,需要被诠释才能理解或是误解的才是能生生不息的艺术。曹文轩先生指点得对:中国文学应该"启动自己关注一些玄虚的问题——形而上的问题的功能"。

鲁迅、老舍、茅盾等人都是顶好的,他们已经完成了他们那个时代的艺术。但在读了博尔赫斯后我们才真正了解到:构建另一种真实才是当下的小说家应该抱有的野心。我们写的又或是评判的,当是这个时代的读物,更当是下个时代的文学。当然,我不认为目前国内没有人在写下个时代的文学,也不是说中国当代没有好的、值得被时代和历史记住的好作家。他们只是被那些虚伪者的光芒掩盖了。归根结底,这是当代文学批评家们的失职。

我们的文学和文学批评还没走出中华人民共和国刚成立时的那股子热乎劲儿。新的世代早过了同新中国的热恋期了,年轻子民同新中国是老相识,早就没了那么多慷慨陈词,更多是以一种冷静、质疑的目光来审度和抱怨——这种关系本质上还是出于爱的。但相对于老一辈，他们的爱更加理性、克制。在这种目光下，文学早该变了，却还用旧的尺度来衡量它们，仿若没有温乎乎的情意，就不是人民对国家的感情。我们的文学和文学批评不应当去"捧杀"我们的民族。文学批评家应保持手术刀般的冷静和清醒才不会误切了鲜活的组织。

要做到清醒又谈何容易！文学批评界的问题不是一天两天了，可目光局限于国内的人，盯再紧也难发现问题所在。此乃当局者迷。一些学者过于强调自己的民族身份，正儿八经地乱说一气，最后把锅丢给西方主义。借用于君的一句话就是："跑在后面的轨上却操着前面那趟车的心。""顾彬事件"就很能说明问题，中国当代文学"垃圾说"让他一时间成了众矢之的，在这背后，则隐藏着国人复杂的文化心理——西方中心主义和身份认同渴望共同促成了民族身份焦虑，让国人"对他者的批评异常敏感"，加之媒体的刻意诱导，一时间连敌友都难辨，又该如何看透中国文学的实相呢？

批评家应当是"那些能够告诉作家如何才能写出好作品的人"。只有中国的文学批评摆脱虚伪，中国的文学才能走向真实。这不仅是学者自身格局的问题，也是勇气的问题。人情社会理念和中庸立场总会左右学者们的思考，但批评的语言怎能温暾、附和、左右逢源！伦纳德前不久在温州做了次讲座，在谈及批评文章观点的时候有一句很受用的话："你的观点需看起来是错的。"批评家不应惧怕犯错，也许他们错了，文学就对了。我们首先应当还文学批评一个真实，只有这样，才能更好地帮助我们当代的文学从现实和虚构两条道路，向这个时代的真相进军。

消费降级时代下的审美降级

陈宛初　浙江传媒学院

　　"消费降级"俨然成为 2018 年的一大热词,该词一开始出现在媒体评论文章上时,便引起了人们激烈的讨论。有人认为这代表了这代年轻人追求更加"轻盈"的生活,不为物质所累的人生态度;也有人认为这样的现象是"丧"文化的衍生,思维和情感上的"丧"蔓延到了物质生活的层面便出现了"消费降级"。无论如何,"消费降级"是后消费主义时代的一个必经阶段,其值得效仿与否暂且按下不表。在这样的时代下所产生的"审美降级"现象值得每一个文艺工作者警惕。

　　在此之前必须厘清一个概念,本文所讨论的为"审美降级"而非"艺术降级"。"审美"是一个针对群众而非小部分艺术工作者而言的概念,故在此提及的"艺术"多为被大众所熟知甚至已然成为商品的一种自我表达及娱乐的形式,讨论的也大多为艺术的商品性及其使用价值。如戏剧这一艺术形式,相比于在市场竞争中蒸蒸日上的电影产业而言,俨然是落魄的"夕阳产业"。但若论在艺术发展的历史长河中戏剧所处的地位、经典作品的流传程度以及现从业者的专业程度,戏剧之于电影,绝对是有过之而无不及。

　　若是用消费降级的原理来解释审美降级,本身就有所不妥。消费降级主要针对的是物质层面,而审美降级则主要针对人的精神方面。从唯物论的观点来看,这两者本身就不是并列的。人是先达到了一定程度上物质需求的满足,才逐渐开始有了更高层次的精神需求,即审美需求。故消费降级的原理不可全部用来解释审美降级,但在某些方面也存在共通之处。

首先,消费降级一定程度上可理解成一种极端实用主义倾向,旨在将商品使用价值的占比尽可能地最大化,抛弃其他一切附加价值。这一点在审美降级上可等同于"娱乐最大化"的概念,即一味制造浅薄的笑料博人眼球,抛弃艺术的教化等一系列功能。如《奇葩说》这一节目一直标榜自己是一个"正经辩论节目",但其形式不按辩论赛正规流程,在选题和内容上也是秉持娱乐至上的理念,其选题宽泛而不严谨,这便给了选手许多"自由发挥"的空间。大多数选手以贩卖个人经历为主,辅以看似妙语连珠实则漏洞百出的"毒鸡汤"作为烘托,节目成了引发观众情感共鸣的"强心剂",对于辩论赛所需要展现的学术性、逻辑性和思辨性置之不理。给每一位选手框定"人设"这一行为,更是为了迎合观众的心理。若是该节目的定位仅限于各位选手的个人价值观输出类型的搞笑类脱口秀则情有可原,但这样的节目却被大众认为颇具教育意义,实属无稽之谈。

艺术包含教育和娱乐的功能,有人戏称现在艺术又多了装腔作势的功能。在与人交谈时不经意之间卖弄自己的艺术修养成为很多人的"艺术追求",所以一系列"X分钟看完某作品""X分钟读懂艺术史"等短视频和读物便应运而生。这些作品往往用通俗易懂、风趣幽默的语言将一个需要花较长时间欣赏的作品压缩成几分钟,让人能轻而易举地把握其核心要素。但真正好的艺术作品需要仔细品味,几分钟的时间根本无法领会一部优秀的电影里细致的视听语言和精彩的起承转合。古今中外的艺术史也需要花时间仔细研读才能体会其恢宏。但正如消费降级时代人们的口号那样:"我们不需要其他的附加价值,能用就行。"或许这是艺术在使用价值上的一次创造性巅峰,但绝不可视为是了解艺术的捷径。

其次,相对物质的优劣,艺术审美的优劣更加具有流动性和不稳定性。自古以来鲜少有人否认物质层面上以车马衾裘为优,箪食壶浆为劣。但正如"先锋"是流动的一样,艺术的高低优劣也是一个流动的概念。莎士比亚的剧本在创作初期也是作为坊间娱乐而流行,但现在之所以在立于至高之位,正是因为其经历了时间的打磨。无论如何,和莎士比亚同一时代的人并不以读莎士比亚为审美水平高尚的标准。现代人热衷"三国杀"而不愿细读《三国演义》,津津乐道宫廷古装剧却不愿细品史家经典。一则前者所需时间和精力更少,二则对于大多数人而言后者带来的审美体验远不如前者。就如同在戏剧领域,当下现实主义为"古典",表现主义为"先锋",且进行一种极端化的假设,当人们逐渐习惯了在表现主义的语境下进行创作,久之就淡忘了现实主义。而此时现实主义若被重提,则和从前情况完全颠倒,表现主义为"古典",现实主义为"先锋"。当下我们认为的阳春白雪,也许从前也不过是下里巴人。但无论如何,经典之所以为经典,自有其道理。当下人们不断地对经典进行解构、重构甚至是恶搞,企图蹭经典的"热度"博人眼球,然而经典正因为其不依附于解构,也不畏惧被重构后的作品所替代,方被称为经典。

消费降级主义,一言以蔽之,即为"追求物美价廉"。这看似是人们消费过程中亘古不变的追求,实则前两年所提及的"消费升级"主义,则强调消费品除了其本身的实用价值之外,应该追求给人们带来精神上的满足。例如前两年的另一热词"情怀",很多商品以"贩卖情怀"作为其主要卖点，除了使用价值之外，还和消费者玩心理战术。就像在话剧落魄的今天，儿童剧院却在各大一二线城市日益增加，正是因为戏剧工作者认识到了戏剧的娱乐和审美性已经在当下有所削弱，于是转而强化宣传其教育功能，就像很多轿车或者楼盘的广告喜欢声称消费者拥有了自己的产品，便会拥有高品质的生活，甚至更宽广的心境。而这似乎也是艺术的作用之一，这也应该引起艺术工作者的重视。当商品代替艺术行使了其职能或是代替艺术满足了人们的一部分精神需求时，消费降级的表象体现了人们心理的异动，这便势必会导致审美的降级。

现实主义之名下的遮蔽

杨森　浙江大学

　　曾陷入低潮的现实主义近年重归大众视野,各题材现实主义电影如潮涌来,《滚蛋吧!肿瘤君》《无问西东》《我不是药神》等作品不仅赢得了良好的口碑,在票房上也取得了不错的成绩;电视荧幕上亦有《人民的名义》《鸡毛飞上天》《急诊科医生》等收视率、评价俱佳的作品。2018 年因这一势头愈盛而被称为"现实主义回归年",粗看来似乎确是这样,更多带着烟火气、对接社会热点的影视作品呈现着世间百态,可细细辨识过去,却发现视野可及范围内布满了正面形象塑造、正能量情感传递,批判、反思的作品全然不见踪迹。带给人们感动的作品有了,带给人们思考的作品呢? 此外,凡人善事、情感纯粹、充满正气的作品是否存在局部真实而整体失真的情况呢? 现实主义揭示真实的底线兜住了吗? 对于这些问题,我想我们应该保持警惕。

　　犹记今年观影感受,迈出影院大门,丧气一扫而空,在杭城夏夜黏腻的空气中归去,真好! 恰到好处的场合,恰如其分的哭泣,明天醒来又能继续战斗! 一部电影,仿若一次修行,从心底涌出一股平静,流向四肢百骸,不由得通体舒畅,似乎连灵魂都得到了净化。从《无问西东》《我不是药神》到《西虹市首富》,或哭或笑,情绪在这里得到了集中的发泄，然后重归平静，了无痕迹。如果影院只是一个正能量充电站，这样就无可厚非。能开怀大笑，能热泪盈眶，还不够吗？够了。可是若扣上现实主义这顶高帽，就不够了。

评价极高的《我不是药神》催动多少观众落泪？是在为这个故事哀痛吗？不是，是被感动，也许是思慧为女儿筹钱买药而跳钢管舞的行为，也许是吕受益妻子灌入口中的那杯酒，也许是程勇入狱时百姓十里相送的画面，诸如此类的情节、场景触动了我们对亲情、爱情、感恩这些最本真善的认知，最终政府通过医保将问题解决，是皆大欢喜的"大团圆"式结局。循例读完"知乎"高赞评论，似乎错不属于任何一方，所有人都有不得已的理由、都无错才是这个问题的最大症结。凡夫俗子中的一员也做不得什么，一场哭泣后，心灵复归了宁静，然后相信生活总归是美好的，病有所医、老有所养。带着对人性的感动、对制度的信任，走出影院重新找到让生活维持原轨道运行的动力，学习工作继续。这是现实主义的回归吗？未必。现实主义是要写出社会的实在情形，针对社会问题的作品更应该叫人看了知道问题所在，医药代表真是顶着粉面油头形象的罪魁祸首吗？慢粒白血病用药问题解决，其他同质化的问题呢？看似圆满的结局止住了困惑与思考，一个个泪点取代了当属于现实主义的痛点。不止《我不是药神》，更多的荧幕故事大体都沿着这样的方向——故事里会有矛盾、有痛苦、有思考（所谓思考不是引观者去思考，而是借角色之口将创作者的观点和意图灌输给读者），但最终传递出来的一定是温暖、感动和希望！

"广电时评"官方微信订阅号近期推出题为"电视荧幕需要更多的凡人善事来温暖人心""长假新剧满满正能量，情感纯粹牵动人心"的两篇文章。正面导向无疑不可或缺，但有正面、有阳光就一定有负面、有阴影。现实主义当是弘扬正气与批判思考双线并行，缺一不可。胡适曾谈"易卜生主义",他说:"易卜生把家庭社会的实在情形都写出来了,叫人看了动心,叫人看了觉得我们的家庭社会原来是如此黑暗腐败,叫人看了晓得家庭社会真正不得不维新革命。""他开了许多的脉案,却不肯轻易开药方,让病人各人自己去寻找医病的方子。"这是为启蒙开启自由之精神,直指病灶却未开药方。与已经过去的开民智以救亡的时代相比,今天的民众当是启蒙后的人,当是保持坚信、保持怀疑、能独立思考之人,何不去除影视作品中真善美的滤镜,不追求大团圆的结局?社会中并非发生的所有事情都能妥善解决,何以让影片中发生的任何事情都画上圆满的句号?能让观者看到真正现实的隐忧,思考如何面对问题,才当是现实主义影视作品对这个时代的喧嚣和复杂的回应。

现实主义不能脱离"说实话"这最本质的东西,现实阳光阴影两面并存也不应遮蔽其一。当代影视作品在弘扬正气之外,应具有真实反映生活和强力介入现实的精神,直面当下,揭示问题,让观者的思想动起来!

畅快淋漓带着泥浆的方言梦

曾珍　浙江工商大学

在众多方言进入中国当代小说的写作之后,无论是目前惯用的"方言写作""方言书写",还是与方言文学保持一定距离的"泛方言写作"的提出,无疑都证实了当代作家在语言上的某种自觉。这种自觉将诗歌对语言的重视即"诗到语言为止"扩大到小说世界。也就是说,作家努力思考的是用什么样的语言形式进入作品才能把人物表现得更丰满。事实上,作为文学语言表现形态的小说也在力图找寻其语言的多样化和审美性。而今,尤其是在普通话推广半个世纪以来,语言早已被僵直的概念缠绕得平淡无奇,读者在规范语境下渐渐丧失的阅读快感一如作家在写作中遇到的"失语"症。于是,在今天的文坛上,我们依然看到了小说家在写作实践中的"反抗"与"坚持"。

利用方言系统切入文本创作,成为众多作家反抗的方式。也许,对方言区以外的接受群体来说,具体了解一种方言体系或认识地方语言的差异性,似乎只有通过一本本纯方言语音体系的著作才能做到。然而,从小说的功用来看,将"方言"与个人文化立场和言说主体经验交织融合的文学作品往往能给人带来更强大的刺激。毋庸置疑,"方言"在此没有沦为塑造人物的工具,而是内化为对本地域文化历史内蕴的强有力阐释。21世纪以来，这样的作品不在少数，如贾平凹的《秦腔》、阎连科的《受活》、莫言的《檀香刑》、林白的《妇女闲聊录》、张炜的《丑行与浪漫》、金宇澄的《繁花》，等等。细读之下我们发现，作家在方言创作上既体现了一种创新，也表现出一种继承和发扬。

首先便是对"乡土文学"感应式的叙述。无论是清风街上悲凉唱腔中吼出的神秘乡村，还是风雨飘摇的高密东北乡上空飘荡的民间戏剧，作家都以一种极具乡土气息的唱词形式发出主体的呐喊。如果说猫腔唱出了高密乡民原始的激情与泥土黝黑的个性，那么秦腔便是秦地传统农耕文化的安魂曲。两者都通过歌声传达人最直接的情感，都在高亢尖细的歇斯底里下外化为乡村居民集体无意识的艺术表现形式，在这一形式的包裹下，表达了一种不可遏制的乡土失落感。那么，作家们究竟怎样才能更好地表现他们所熟悉的故乡的改变状况呢？再者说，他们如何写作编排方能挖掘和阐释人们对故乡从熟悉到陌生的这一系列心理变化呢？种种描写和刻画，很见作家功力。一如我们所见，擅长把握关中方言的贾平凹，对其家乡陕西民间的许多方言土语进行了提炼和吸收，激活了文学语言的鲜活性。例如《秦腔》中大量出现的方言语气词"哩""么""哇""呀""着"，读起来酣畅淋漓，充分表现出关中古朴直率、豪放开阔的地域文化特征。莫言则巧妙地将山东高密方言土语糅进小说的日常用语当中。例如"石头蛋子""轿车子""野狸子""甩子儿""公爹"等名词在《檀香刑》中的出现，可从中窥见高密这方朝气硬朗的生活。说到底，方言作为民间语言，最贴近土地、贴近农民，是带着泥浆味道的。因而，作家的乡土想象与方言书写之间有着天然的紧密联系。方言不仅仅是乡土文化的重要反映，更彰显了其文化深处的内在精神底蕴，即朴实醇厚的人文精神。这对于"五四"乡土文学的写实或浪漫，无疑是一种延续或进步。

其次是对"底层文学"补充式的表达。关于"底层文学"的认知焦虑,至今一直是文学批评关注的话题。与其厘定一个内涵外延都存在很多争议的概念,不如思考"底层文学"直面当下现实、书写苦难人生的独特呈现方式来得更加迫切和真实。林白的《妇女闲聊录》便以某种不加修饰的言语冲击带给我们最真实的乡村生活记录。我们了解到,作者在写作之前是有所犹豫的,后来终是放弃了文人笔记小说中被提炼和修饰过的词语,转而以最口语、最朴素的方式呈现,于是方言便自然而然地进入文本,例如"笔直(一直)""做俏(闹别扭)""么事(什么)""落不了(丢不了)""果冷(这么冷)"等词汇。作家在选择原始的方言词汇时,打工妇女木珍百无聊赖的"闲聊"生活便鲜活起来。我们甚至可以感受到作家林白在方言写作时的痛快直接,如在小说中"伢(孩子)""苗(女儿)"的称呼。而金宇澄的《繁花》虽然将视角放置在十里洋场的上海,但作家的笔端依然流淌着活生生的烟火气。不仅有淮海路和复兴路以外的工厂和民房、生活在"下只角"的几乎无隐私可言的人们,还有"软脚蟹(胆小)""黄鱼脑子(记性不好)""瘪三(游手好闲的人)"等上海方言怒骂与嬉笑下的落魄现实。这些作家都用新的语言形式还原了底层人民最真实的模样。不管他们以何种姿态进入底层的书写,或体验或想象,方言土语无不是最接近生活原滋味的。

最后,方言作为地方性话语显然寄寓着一种深刻的地域文化精神,而越是地方性的,就越靠近民间。所以我们在探讨方言小说的重要价值的时候,绝不能忽略方言小说的地域文化色彩和民间性。正如鲁迅曾经提出的一个论断:"文艺作品越有地方色彩,就越有国际性。"

在方言创作理论长久缺失的境况下,方言小说作为一股自生的清流,还能在当代小说界活泼多久?我们不能没有痛感。

论中国传统哲学观视野下的现代舞创作

梁译诺　浙江传媒学院

　　闻一多先生曾在《说舞》中言："舞蹈是生命情调最直接、最实质、最强烈、最尖锐、最单纯而又最充足的表现。"作为人类胚胎性的古老艺术,舞蹈以其肢体语言为传播载体,发展出古典舞、现代舞、当代舞、民族民间舞等类属。而现代舞作为当代舞蹈创作的重要类属,兴起于 19 世纪末 20 世纪初的欧美,作为早期浸润了西方哲学观、思想观、社会观的开放体系,自 20 世纪蔓延至全球各地,与不同民族文化融合互渗,形成各具特色的现代舞风格。如今,现代舞不再只是西方舞蹈的代名词,它进入中国,与民族传统文化、东方审美哲思相互碰撞,在成长过程中不断吸收与发展,逐渐成为本民族舞蹈的一个新的风格种类与组成部分。本文通过分析"传统文化对中国现代舞的影响"这一现象,探究中国现代舞的创作发展之路。

一、"道法自然"的道家身体观

　　在中国传统文化中,道家思想以南方荆楚文化为发源,有"道法自然""天人合一"等哲学观点。道家身体美学观主要包含两个方面:一是"道法自然"的处世之道,即遵循身体与"道"自然的关系,"道"以自己为法则。二是"天人合一"的自然之道,即"是一种符合而又超越自然的高度自由境界,因而也是一种审美境界"。遵循自然内在规律,顺应内心,彰显中国人特有的清心寡欲、返璞归真的特性。气韵与身体沟通,才能实现真正"天人合一"。

"道家身体观"对于当下"中国现代舞"的发展具有推波助澜的作用,"中国现代舞"渐渐寻找到内在气韵与精神支撑。"陶身体剧场"作为"中国现代舞"团体之一,以"道家身体观"为本,展现人的外在身体与内在灵魂之高度契合。例如其作品《素》,舞者站于圆形光圈内,淋漓尽致地展现其身体轨迹。舞者如同牵线木偶般随动,这种随动融于空间,气韵与肢体相对话,在本土特殊语境中以道家身体观阐释中国现代舞。袁禾老师曾在《中国舞蹈美学中》谈过:"气韵对于舞蹈,既有精神的意义,也更有物质的意义。"中国舞蹈更注重于生命之本——"气"的贯穿,气韵结合,方可"天人合一"。

二、"圆融归一"的太极阴阳观

南朝学者何承天曰:"天以阴阳分,地以刚柔分,人以仁义立。人非天地不生,天地非人不灵。三才同体,相须而成则也。"这便是以"阴阳之理"为前提,以天地人为核心,以圆和之美为理念,带有中国传统特色的阴阳结合、圆融归一的理论依据。

舞剧《水月》是一部具有太极圆融阴阳观的舞蹈作品,由林怀民先生所创办的舞团"云门舞集"演绎。林怀民注重中华民族的传统文化,在太极气韵中寻觅到身体的发力点,找到属于自身的创作方式。《水月》源自"镜花水月总成空"的佛家语,林怀民以独特的东方式创作营造出"镜中花,水中月"的东方意蕴,通过气息的融合,阴柔、阳刚的对比,表现出太极中的阴阳界限;而太极气息的行云流水,舞者们可以感受到身体与空间的融合,其身体的律动体现着中国太极思维中的圆融归一。

三、"虚实相生"的抽象哲学观

"虚实相生"是中国舞蹈的审美追求之一,也是舞蹈创作中意象营造的一个具体原则,更是舞蹈鉴赏中的审美标准。清代朱和羹曰:"虚实相对,即虚实相生。""虚"与"实"是中国哲学、美学的一对范畴,舞蹈以"象"来体现,"实象"与"虚象"互渗交融,有机地统一在整体意象之中,为舞蹈整体营造意境氛围。

"西方现代舞"与"中国现代舞"最大的区别在于西方艺术求"实",偏重于外在的感性形态与肢体表现,注重空间的运用;"中国现代舞"则把更多的意象空间留给观众,强调观念性和写意性,更多的是对中国传统文化的吸收与运用。

今年的"北京舞蹈双周"中,由马波和李捍忠联合创作、"雷动天下"现代舞团演绎的《无梦可梦》,以中国当代诗人杨炼的一首朦胧诗为灵感:

> 为期待而绝望
>
> 为绝望而期待
>
> 绝望是最完美的期待
>
> 期待是最漫长的绝望
>
> 期待不一定开始
>
> 绝望也未必结束
>
> 或许召唤只有一声——
>
> 最嘹亮的,恰恰是寂静

编导从内在的情境和感受出发,将一尊如诗如画的人体流动雕塑呈现于舞台之上。在舞台投影与舞者身体的配合下,展现出虚灵的空间。编导以"虚实相生"的手法令观者从中体验不同的人生滋味,探寻各自的生命态度。沉醉于无梦可梦的世界,正所谓"景随情至,情由景生"。

四、结语

中华民族传统文化博大精深,无论是"道法自然"的道家身体观,还是"圆融归一"的太极阴阳观,抑或是"虚实相生"的抽象哲学观,皆是中华民族上下五千年的智慧结晶。"中国现代舞"自西方传入中国以来,走出了一条独特之路。中国美学思想融入中国哲学以表现生命的本质与内涵,将中国哲学融入舞蹈的生命精神与情感观,来打造属于中国的"现代舞",融入中国传统文化精神,赋予舞蹈本体更多"精""气""神"。

现代舞的发生在艺术上是一种文化新质的探索,"中国现代舞"本身就是中国社会现实与传统哲学观念浸润下的产物。"中国现代舞"要推陈出新,屹立于世界舞蹈创作之林,应走出一条中国"本土化"的特色发展之路。要不断挖掘传统题材、素材,关注中国人的生存现状,探索"中国现代舞"独特的语言形式、表现方法、审美尺度,创造属于中国人自己的本土现代舞,一步一个脚印,走向世界,迎接属于"中国现代舞"的时代!

浅谈当下文艺"启智功能"的缺失

陈洁　杭州师范大学

19世纪英国著名作家查尔斯·狄更斯在《双城记》中写道:"这是一个最好的时代,这是一个最坏的时代。"这句鞭辟入里的名言不仅勾勒出了现代社会人类的生存心理,更适用于描述当下文艺走向背后的社会生态,即政治、经济、文化的三位一体。

多元审美尺度取代单一文艺标准的实现决定了文艺的多样性。换言之,多元审美尺度的构建为文艺发展提供了相对宽松自由的社会生态。从词的意义上讲,多元审美尺度是指"多种视点和多方声音"的和谐并存,形成一种平衡关系。以文艺一支——电影为例,虎嗅App曾陆续推出"观众为什么不买贾樟柯的账?""张艺谋寻找张艺谋"等文,重提商业片与文艺片间的矛盾冲突。张艺谋新作《影》在豆瓣分数高达7.7,然而一周累计票房不敌《捉妖记1》首日票房。票房与口碑之争实质是审美尺度的差异——票房代表普通大众的认同和需求,评分代表专业人员的观点和评判,是两个群体基于两种不同的视点发出的声音。

当下文艺舆论场具有视点多角度和发声群体多样性的特点,这不仅与日益宽松的文化环境息息相关,更是文艺自身历史演变的结果。在世界范围内,文艺经历了文艺复兴、启蒙运动、文艺大众化等过程,人们逐步完善了对文艺的定义、内涵和功能的认识，一步步引导文艺从无意识到有意识，从无序到有序，从个人到大众的转变。我们建立起"四种自由"，鼓励大众发声，发出大众的声音。从快乐女声、中国好声音到创造101，电视媒体人的目光纷纷下放到民间，挖掘民间故事，制造符合大众口味的草根文化，是谓接地气；农村悲情妇女余秀华能凭借一篇《穿过大半个中国去睡你》绝处逢生；一篇《我是范雨素》能引来无数网友的点赞和评论。我们的文艺正走在一条被乌拉奇米尔·依里支定义为"艺术非为着民众，为着几百万勤劳的大众，非使大众理解不可，非使大众爱好不可"的道路上。

然而，当大众文艺走到末路，文艺实现大众化时，我们又该何去何从？当每个人都有资格有意愿发出自己的声音时，谁还愿意接受那些以智识分子自居，为已达到目的（文艺大众化）的目的而做的努力？多元审美尺度的构建必然导致文艺功能由凝聚到辐散的性质转变——文艺的普及功能弱化，启智功能深化。

反观当下文艺走向，我们颇有在文艺大众化路上一条道走到黑的趋势，从主动地普及文艺到被大众文艺绑架，其结果就是"我们的时代没有大师""我们的时代缺少先锋"，人们乐此不疲地说着被嘟囔过无数次的言论，陷入重复的泥潭，乐此不疲地制造心灵鸡汤，陷入寻找共鸣的怪圈。我们把注意力都用在研究昨天和今天，把小心思都用来透析别人，微信公众号、陌陌、抖音等自媒体平台上充斥着情感鸡汤、折中主义、低级趣味、失控欲望和雷同文章，我们在大众化的道上一路向下，从平凡到平庸到庸俗，文艺普及到最后只剩下"文"，没有"艺"。

鼓励大众"多种视点和多方声音"的大众化文艺，一旦失去节制就会走向同质化，衍生出一种变相的"单一视点和一种声音"，这是最坏的时代，文艺喧嚣而躁动，平庸而寂寞。

文艺普及功能的滥觞意味着文艺启智功能的缺失,其具体表现为审美洞察力和文化感受力的弱化、文艺敏感度和文艺批判的软化。在当代社会,我们很难想象20世纪80年代,全国第一家专业艺术书店开张时门口的长队,以及大街小巷里全民谈论文化的盛况,我们唯一能看到的就是庞德笔下的地铁车站里"人群中这些面孔幽灵般显现"。我们不仅无法对生活怀有热情,甚至丧失了亲近自然的能力。树上的苹果砸不出第二个牛顿了,丁香花也吸引不了第二个戴望舒了,众声喧哗里再难找到颜渊一声"仰之弥高,钻之弥坚,瞻之在前,忽焉在后"的喟叹了。所有的灵光一现都被同质化磨平了。

文艺应该大众化,但我们不能只满足于大众化文艺,我们更需要崭新的视点和有力量的声音。从根本上说,文艺的独特价值就在于诱发人内心最柔软细腻的情感,催生对生和美的无限向往,引导人对真善美的不倦的追求。诚如圣勃夫所言:"最伟大的诗人并不是写得最好的诗人,而是启发最多的诗人。"依我拙见,最好的文艺不是最大众化的文艺,而是最能启发心灵智慧的文艺,是有一点活头源水意味的。

渗透在中国美食纪录片中的情

——以"情"制胜是关键

戴可盈　温州大学

　　《史记》中有一句人尽皆知的话,那就是"民以食为天",而这话无论在古代还是现代,在国内还是国外,都很适用。食物在人们的生活中发挥着无可替代的作用,只是其作用形式在历史的长河中发生着变化。从整体上看,食物一开始起着抵抗饥饿、满足人类生存的作用。后来,随着社会的发展、人类生活品质的提高,食物就被赋予了更高级的表现形式,色味俱佳的各式种类便由此而生。国人对食物的注重和敬意,可从古时的诗歌文言到如今的音频视频中窥见。随着《舌尖上的中国》大火,许多纪录片纷纷转战美食领域并效仿之,很多作品都获得了受众的一致好评,它们不光抓住了观众的视线,更重要的是牵动了观众的心。

　　这些火热的美食纪录片各有其特性。例如《一城一味》讲不同城市的饮食和文化,《人生一串》则是缭绕着人间烟火气的烧烤的饕餮盛宴,《嘿!小面》则专门讲重庆小面的故事,等等。它们受欢迎也有其取胜的共性。这些纪录片不仅介绍美食本身,更多的是带着对食物的敬意来挖掘食物背后的故事,并用影像记录家常及渗透在一日三餐中令人感动的人情味,而恰是这些贴近人们的"身边事""身边情"引发了大众共鸣。这就将之同以往的美食纪录片抑或国外的美食纪录片区别开来。

　　以往的美食纪录片很少讲这些大众食、大众事，给人一种高高在上、不可触及的感觉。虽然向大众科普着食物背后的历史和文化，但缺少一种息息相关的联系，因而无法"点燃"大众心中的"激情"。国外美食纪录片以食物和文化为主题，并渗透着一些如追求个体奋斗的价值观，它们很少将食物与人的情感联系在一起，更多的是偏向理性的介绍，因此也难以牵动观者的心。当然，这是有条件和范围的。对于国人来说，看国内的美食纪录片和国外的会有不同反应，哪怕是外国人拍摄的国内美食也是如此，国人还是对本邦影像更为喜爱。这除了同节目所叙述的内容及拍摄技法有关系外，也与不同的生活习性和思维方式有关，更为关键的是其中与人有关的成分，即"情"。

　　人是充满情感的生物，对待外物不可能离开情感的支配。这也是诸如《舌尖上的中国》之类的美食纪录片能走红的原因之一，它们几乎掀起了全国的关注，但在国外却褒贬不一，这正是因为外国人少了同影片里食物相联系的情感纽带，他们无法理解背后的故事和流露的情感。即便是爱看的人，也只是出于求新求异的心理。它们在国外的火热，也只限于华侨圈层，因为侨胞们会透过食物追忆背后的人与事、情感与岁月。因此，从某种程度上说，食物是有界限的，需要观者的同理心，需要"共情"。

　　对"情"的拿捏运用，是近几年美食纪录片不可或缺的成分。通过对美食的介绍，讲述背后的故事，自然流露出亲情、友情、爱情这三种最基本的人类情感。《舌尖上的新年》就描绘了人们辛劳一年后，专心致志地投入忙碌而甜蜜的状态中的场景，家人们围着灶火做饭，各有分工，其乐融融，美食成了沟通情感的媒介。餐桌上的美味慰藉着常年漂泊在外的游人,这些都是熟悉而踏实的味道,此刻的人们推杯换盏,也推心置腹,完美诠释了亲情。

我们可以发现,很多出现在屏幕上的食物不是什么国宾宴席,而是民众身边的家常美食、特色小吃。对人们来说,它们胜过美味佳肴,是人间至味。例如老北京胡同里张奶奶家的豆汁儿、西安地道早餐中必不可少的黏黏糊糊却唇齿留香的胡辣汤、潮汕经典小吃软糯有嚼劲的香米粿、作为中国"深夜食堂"的深夜烧烤等等。它们承载着一代代人的童年与青春,触动着游子们浓浓的乡愁,观者也在食物中依稀看见自己的影子和过去的美好回忆。在偶然的一次味觉碰撞中更是如此。久远的往事虽早已了无痕迹,但气味和滋味却拥有强大的生命力,包括味蕾在内的丰富感官记忆支撑起整座回忆的巨厦,加深了人们对影像中所描述的食物的肯定,进而也肯定着整部影像。《日出之食》中说道:"一碗热面皮儿,浸润着母亲对儿子所有的爱。也是儿子从记忆的味道中,找回的对于思乡之情的慰藉。"食物在这些节目中不是单一的实体,它变成了人们自我存在的体验过程,显示着社会文化的特征,连接着人与人之间微妙美好的情。

美食是生活的成分,包含着情感的元素。这些年美食纪录片的火热很多是靠情感的助力,美食纪录片也由此迎来了新一轮的革新。它们散发着真实与鲜活的质感,日常化的故事在节目中缓缓流淌,真切的情感在具体事件中徐徐呈现,从而增加了美食纪录片的亲近性和可看性,不断感染着大众。因为个人的记忆大多由情感积聚,"革新"后的美食纪录片正好成为人们激发记忆的导火索,通过流露的情感唤醒了人们沉睡的记忆。奔忙的生活让人们远离故乡,而食物则缩短了他乡与故乡的距离,消弭这距离的,正是那打动人心的情。

以鸟男之歌对近代男子女性化溯源

——女性主义视野下，对"娘"现象的解读

朱永欢　浙江师范大学

　　"娘炮"一词成为近来话题，更有电视栏目将"拒绝娘炮"的口号引入青年励志纪实节目，引来争议。另一方面，很多人就此事指出："这不是拒绝，而是歧视。"可见对"娘炮"热议的背后，"娘"已然构成一种文化符号，以边缘化现象进入了大众视野，造成了审美观的对立。因此本文试图通过溯源近代的"娘"现象来分析它在当代文化中的内在含义。

　　毋庸置疑，"娘炮"是一个贬义性的现代词汇，是指生活中拥有"女性气质"的男性。这类男性的出现并非当代特有产物，本文便以 20 世纪 60 年代日本导演大岛渚拍摄的《新宿泥棒日记》为依据进行回溯。该电影的男主角绰号"鸟男"，因在书店偷书而结识了女店员"梅子"，叙事以此展开两人的恋情片段。值得注意的是，鸟男的身形体态始终具有一股特殊气质，在他打电话、唱歌时尤为明显。鸟男在歌中呼唤着梅子的名字，表达了自己的求爱心声。这种告白方式区别于传统的并不在于歌唱，而是歌声之外他整个人的神情变化。他坐在咖啡厅一角，一面摆弄着玻璃杯中的吸管，一面轻声吟唱，从形象到动作都有别于传统男性形象，是更靠近女性言行的。而这个吐露爱意的过程在宣告鸟男

情感主张的同时书写了从精神到身体,他对性与爱之自由的追求样式。正如同琼·美伦认为的那样:"鸟男的女性气质从日本传统的男性气质观念中解脱出来,并因此成为类似抗议的行为。此主张反映了日本人自身试图从对性的僵固、传统和压抑的态度走向精神上的解放。"因而在 20 世纪 60 年代具有世界意义的青年运动中,男性的女性气质突出代表了反对压抑、精神解脱的文化内涵。

20 世纪 60 年代爆发了对女性主义重塑的运动,而女性问题是否又与男性的女性气质相联系呢?鸟男歌唱之情境穿插在梅子迷思于书店中的段落中,这一文本视听极具实验性质,当镜头中梅子蹲在一堆书后注视镜头正前方时,背景声效以混杂的各国作家讲谈声来感染观众的听觉,含混的视听以此构成了电影与观众的异质交流,在我们与梅子隔着银幕的对视中,可感知到的正是"女性—书籍与思想—世界"构成联系所传达的"当时代思潮"之意味,且灯光的聚焦放大了这一现场感的言说:女性有追求思想、自由选择的权利。所以梅子接受鸟男不在于他具有哪样的气质,而是因为她有同样选择去爱的权利;反之,鸟男对梅子的爱意正是男性对女性问题的重新审视,鸟男之形象接近女性,无关于他被强调的外表,而在于他内心的自我审视与精神解脱,如同波伏瓦对女性主义本质的认识:"女权主义本身从来就不是自主的运动,是男性的意识形态绝不表达女性的要求。"鸟男的女性气质是在男性视野的先在条件下,对女性主义的回应。

而当代对男性之"娘"的热议也许在聚焦于男性外表之阴柔后被直接断定为"娱乐异化",忽视了审美之后,两性对话中自主与自我的存在。所以娱乐异化的前提条件是对自我审视的认同缺失。对"娘"现象的肯定与否定之偏激就在于大众接受娱乐文化时,自我审视的不足。与此相对的,便是无法消解的自我与他人之关系在迷茫中陷入的当代精神焦虑。伴随这份精神焦虑，或许当代女性问题会再次被关注，从而得到审视与重塑，而我们应该明白的是女性气质之男性是一种审美文化的思想碰撞，他所唤起的不仅仅是我们对女性的关注，更应该是自我的情感凝视，这便如同罗兰·巴特指出："男子女性化的原因主要不在于他所处位置的颠倒，而在于他的恋爱，这就是神话和空想——人类社会起源归功于——未来也将属于——有女性气的主体。"这正是《新宿泥棒日记》中鸟男与梅子的恋爱方式；也或许会像刘慈欣著作的《三体》中叙述的未来科幻世界中，女性审美与女性气主体一样，在将来成为一种新的思潮文化。

电影的观看之道

——浅析流媒体兴起对大银幕的冲击

沈育晓　浙江传媒学院

约翰·伯格曾在《观看之道》一书中提到:我们今天观看绘画的方式,在当下即 20 世纪后半叶与前人大不相同,我们想要明白现实为何如此,也就要弄清我们自身的问题,以及我们生活的处境。那么电影也是同样,在流媒体视频平台蓬勃兴起的今天,越来越多的观众(尤其是年轻用户)愿意选择付费购买网络大电影观看。网络影片价格低廉,搜寻片库方便,还有智能推荐系统,这无疑给影院的大银幕造成不容小觑的冲击。

首先,引发对这个议题广泛关注的是在 2017 年法国戛纳电影节上,主竞赛单元有两部电影是由 Netflix 制作发行的(奉俊昊的《玉子》和鲍姆巴赫的《迈耶罗维茨的故事》)。换言之,这两部电影将绕过法国院线而在 Netflix 自己的平台上进行全球同步首播,只有 Netflix 订阅用户可以第一时间通过数字电视或电脑观赏。法国发行商、电影院迅速质疑这两部不会在电影院上映的"电影"是否还具备参赛戛纳的资格,并施压戛纳组委会,要求将《玉子》和《迈耶罗维茨的故事》从主竞赛单元中除名。今年的戛纳电影节上,我们看到 Netflix 依旧无缘主竞赛。

　　像 Netflix 这样本属于电影产业链末端的放映商,如今却跳过中间所有环节将电影直接送到观众眼前的流媒体平台不在少数,这种做法无疑触动了各方的奶酪,尤其引起传统放映商影城院线的不满。在国内也是同样,早在 2015 年,乐视影业表示为了"回馈乐视电视的会员",决定把《消失的凶手》点映搬到互联网上。也就是说,乐视会员可以在上映日前一晚先于影院里的观众看到这部电影。消息发布后,多家影院接连发声明抗议,有的院线甚至提出,不仅要暂缓排片,而且对一些提前购买预售票的观众予以退票。迫于压力,在消息发布两个多小时后,乐视影业宣布取消线上提前点映,并发布了致歉声明。我们明显感受到,流媒体平台对传统线下发行的干预,给影片的最终票房带来的不确定风险已经成为触动产业链各环神经的事实。

　　那么传统的发行放映模式到底出现了什么裂缝,引起各大视频平台的觊觎呢?首先我们比较两方发行的电影类型,可以发现投入网络发行渠道的电影都是院线观众规模较小的影片。比如动画电影《魔比斯环》、主旋律电影《香港大营救》、文艺片《路边野餐》等。这些电影由于题材、形式的特殊性,本身的市场生存空间就较为狭小。而当它们进入容量有限的传统院线,遭遇以商业利益为绝对导向的排片模式时,便难以摆脱排片量少,进而票房惨淡的厄运。因此,网络发行往往让这类电影发挥长尾效应,赢得商业回报的突围路径。电影《天下第一镖局》便是在遭遇院线首日仅 0.6% 的超低排片率后,才调转方向大胆尝试院线、网络同步发行模式的。该片在爱奇艺上线 5 天便获得了超 500 万元的分账收益。尽管如此,目前网络发行影片的票房往往不及院线电影的零头,质量亦参差不齐。流媒体视频平台对发行方而言,更像是候补队员般的存在,还无法对传统院线产生实质性的冲击。

其次，在放映环节，从技术层面看，流媒体技术实际上是用流式传输来分发音视频。其业务流程一般为"上传—转码—编辑制作—入库—用户请求—网络分发—播放"。流式传输最大的优势就在于只需要等待几秒或几十秒的启动时间就可以正常观看视频，剩余的部分就像水流一样，可一边观看，一边下载。一切以观众为中心，对时间、场地、观影习惯的要求降到最小，甚至可以调节影片进度。而传统影院里的观众必须遵循院线的排片，掐准时间找到自己的座位安静观看。放映涉及观众观看方式的问题，是线上观看小屏幕的电影，还是线下享受巨幕的体验，没有标准答案。视觉文化研究早已指出，21世纪乃至更早些时候，电影观看已从叙事中心向图片中心范式转变，也即电影的视听快感和奇观效应被置于远重于叙事的地位。影院放映借助 IMAX 等大银幕技术，借助杜比全景声等技术，让观众产生"浸没"于银幕奇观的体验。这一点尚不是流媒体传播的"小屏幕"终端所能取代的。不置可否，还有相当一部分观众需要"静观"审美，他们享受流媒体所制造的时间、地点、陪伴者都由自己决定的观影环境。

网络观影和院线观影共存的局面纵然可以让不同类型的电影找到各自最合适的平台，但二者在制度法规层面的不平衡，我们不可不正视。在版权法尚欠完善的国内文化产业，假使全面放开电影的线上发行，由于其观看环境的私人性和流媒体技术的便捷性，难以避免盗版影片充斥、扰乱市场的现象。甚至在不加约束中发展到某一天，人人都成为电影发行者。我想当下院线如此同心协力抵制网络发行，最大的驱动力就在于此。产业的任何一次变革都离不开第一个吃螃蟹的人，但也不能没有在身后保驾护航的制度规范，潜在的大量问题需要被厘清、防范，并形成行业的法则。电影是为银幕而生的。尽管借由流媒体，也能领略那些影像的精髓与魅力，但毫不讳言，小小的屏幕使其光彩损耗和流失了大半。传统影院应在提高视听品质的同时继续把握真正的发行话语权,而视频平台可以作为某种题材电影的试水发行、小众电影的分流发行,抑或青年导演小成本电影的落脚处。

流媒体进军产业上游的野心、电影观众的分众、传统院线加快改革升级,对于整个电影行业而言,代表着更为成熟的多元盈利模式,以及更加充足的内容生产动力。这一切都是整个电影工业趋于完善的进程。我们任何人都无法拒绝和阻止这场变革,但观众永远可以保留自己选择观看方式的权利。

我们为什么迷恋"这一个""宇宙"

——论艺术文本间的交互与勾连

钟思惠　浙江大学

《文子·自然篇》曰:"往古来今谓之宙,四方上下谓之宇。"我们将宇宙视为时间和空间的统一,万物都被这一个宇宙的时空所定义。在艺术领域,"宇宙"的数量浩渺万千——不同的故事由迥异的世界观统摄,于是也就生发了各不相同的宇宙,彼此间时空平行、互不叨扰。但与此同时,有些作者会勾连不同的文本,安排穿针引线性人物,或是以其他信息让我们意识到这些不同的故事发生在同一时空。

电影宇宙是一个共享世界观的故事体系。从严格意义上说,是漫威电影重构了《星球大战》以来系列电影的逻辑:它不是同一电影系列的扩散繁衍,而是同一宇宙观下不同故事之间的交叉融合。在这种语境下,短短几秒的彩蛋甚至能比两个小时时长的正片收获更多讨论——在漫威电影宇宙的开山作《钢铁侠》中,神盾局局长尼克·弗瑞的出现引爆粉丝圈。当我们独立看待这部电影时,它无异于路人甲乙;但对熟悉漫威的观众而言,它意味着"Earth—199999"中的"复仇者联盟"正在通过这一穿针引线性角色进行搭建,局长的现身无疑证实了观众心中的某种预设。自己所喜欢的不同故事中的人物却生活在一个时空之下，想象他们的交会与共事——官方暗示了这种可能性，得到这种肯定是令人感觉圆满的。

　　大部分时候，影片会选择沿用同一批演员来保持观感的连贯性，真实人物的出演意味着扮演者以他的形象在我们心中留下了一个清晰的代入想象。当一些业已收获拥趸的电影需要更换演员或背景年代时，会宣布"重启"。重启与拍一部新电影流程无异，但有了这个名头，观众才可以抛开旧电影中的种种纠结，做好接受一个崭新宇宙的准备。重启就是那份仪式感的终点：观众所追捧的平行时空被封存了。但资本家们显然同样不舍得一个有掘金能力的宇宙就此偃旗息鼓，工业电影生产机制仍会提供各种方法来拓展宇宙。例如在"哈利·波特"系列完结后几年，华纳兄弟电影公司和J.K.罗琳意识到该宇宙对于哈迷存在的巨大意义和市场潜力，于是开发了《神奇动物在哪里》。在角色全部换血的情况下，罗琳明确表示了这一系列和"哈利·波特"系列共享世界观。于是影迷们兴奋而又幸福地意识到，那个魔法宇宙仍然在生机勃勃地生长，他们从这个全新的故事中获得了被讨好和重视的满足感。

　　出于对这一个宇宙的热爱，我们也成为热衷于捡拾和拼凑这些戏剧碎片的人。这个宇宙的搭建也形成了文本生产者和阅读者之间沟通的桥梁：很多时候，这些碎片的洒落是带有目的性的，是前者引导我们进行"盗猎"的诱饵。亨利·詹金斯将这类粉丝视作积极挪用文本，并以不同目的重读的读者，他们把观看作品的经历转化为一种丰富的参与式文化。他们看电影不仅仅是"看"，还要摆脱一个平庸观众的身份而成为一名"拾穗者"，为每一次捡拾到影片中的隐藏信息而欢欣鼓舞。于是，粉丝就成为文化上的游猎民族，充分自主地在文本牧场中寻觅和发现，他们与文本之间的关系也不再薄弱。当不同文本通过这些被发现的细节进行勾连，就共同支撑起一个超越当下的巨型文本空间。这一空间正如宇宙本身的浩瀚，它可以被征用的信息也是无穷的，因为读者同样可以进行自我经验的叠加，展开想象来填补留白，打开属于自己的故事空间。

除却有目的地进行开发的宇宙，还存在很多影视文本，其宇宙构建远不如 IP 电影中呈现的那般严谨有序，也没有来自官方的说明，只是粉丝"一厢情愿"的勾连和想象。它们或许来自导演在创作过程中的一次突发奇想，于是安插了一个在已有作品中出现过的人物，因此又时常经不起推敲，比如人物的年龄和身份无法在不同创作中进行统一、时间线紊乱等。例如贾樟柯的影片就有意保持着一种连续或交互关系，这些不断出现的角色将他的作品融合成一个完整的世界，它绝非漫威的界限分明，却始终处于某种似是而非的模糊状态。《江湖儿女》中赵涛饰演的巧巧和《任逍遥》中同由赵涛饰演的巧巧拥有一样的身份经历——但前者到底是多经世事后的巧巧还是仅为某一种巧合，却有赖于读者的自行解读。这个碎片抑或是难以觉察的，如希区·柯克爱在自己的电影中充当路人甲，但这些碎片成为导演和影迷间心照不宣的秘密，创作者和受众之间的文化隔绝感也被打破了。

因此，我们对于宇宙的迷恋，除了对角色进行构想时的情感投射，还有对参与感的需求。戴维·赫尔曼对于"故事世界"的定义包含两种状态：一是叙述者本人通过他的文本构建的蓝图；二是文本接受者在文本构建的蓝图的基础上重新建构自己想象中的故事世界。亨利·詹金斯在此基础上认为，这个"故事世界"的终点是"世界"，而非"故事"。进入这个世界中，文本的意义也无须再向创作者溯源，而是可以在密布的文本网络中得以确定。我们捡拾到的麦穗，有的是创作者有意为之，有的不过是我们按照个人意愿而去做出的设想，但当我们想到故事中的人物在那一个宇宙中过得很好，也就够了。

文学批评与大众阅读

——从李健吾批评文集的"绝版"谈起

黎丹丽　绍兴文理学院

　　《咀华集》与《咀华二集》是现代文学评论家李健吾出版于 20 世纪 30 年代中旬与 40 年代初的两本文学批评集子。与当代学术评论不同，李健吾的文学批评更侧重于"印象式批评"，即不刻意讲究理论的奠定、科学的分析与形式的规范等等，而是回归批评者自身对人性与艺术的感悟，关注批评者在阅读过程中对作品的审美体验与心灵感受的抒发。

　　李健吾的批评文集在功利色彩浓厚的现代文学批评中独树一帜，对此后文学批评事业的发展亦具有重要的方法论意义。即使在今日，翻开《咀华集》与《咀华二集》，读者同样能够感受到作者亲切温和的语态与娓娓道来的笔调，从而不自觉地跟随作者于所评论的作品中曲径通幽，探寻"灵魂在杰作之间的奇遇"。而李健吾自身清丽的文字风格与不俗的文学造诣，更是使得大家对其批评文集的阅读超越了文学批评本身，成为一种文学的审美享受。遗憾的是，随着印象式文学批评在当代文学评论中的式微，李健吾的这两本批评集子，亦不知什么时候悄然退出了出版市场，寻常书店里也难再觅其踪影。

　　自"五四"文学革命以降，中国现当代文学批评历经了百年的坎坷发展,如今似乎已经进入"丰收时节":当代文学评论体系的日趋完备、批评文论的缤纷夺目,以及研究课题、批评成果的层出不穷……这些无一不彰显文学批评于现今学术界的繁盛景象,一部又一部文学批评专著的出版,更是有力渲染了这一蓬勃景观。然而,如果对今日的文学批评现状进行细究,则不难发现存在着一种学术评论愈发向空中楼阁倾靠的现象:对理论运用的盲目泛滥与经典解读的过度求新、学术研究挥之不去的功利色彩、文学批评技巧性有时甚至跃居于文学审美性之上的本末倒置……种种现象无不表明,当代文学批评发展在"高歌猛进"的同时,也失落了一些本质性的学科特质。

同时,在当下出版的文学批评著作中,已然难寻当年李健吾式动人心弦、叩问文学与人生真谛的作品,而文学批评与大众的距离,亦是渐行渐远。

20世纪初,周作人在新文学甫兴起之际即提出文学是"人的文学"。1957年,钱谷融发表《论"文学是人学"》一文,同样将"人"、人道主义视作文学艺术创作的中心。既然文学是关于人的文学,那么,文学批评,首先也应当是关于人的文学批评。正如李健吾在《咀华集》中所提及的,文学批评作为一门独立艺术存在的魅力与根本,便是因为"具有一个富丽的人性"。这"富丽的人性"既是文学批评的应有之义,亦是沟通文学批评与大众阅读的舟楫。

诚然,文学批评与大众阅读之间,似乎存在着一定的距离,但文学批评工作者难道因此就能在从事文学批评的时候将大众读者的需求摘出自己的研究视野,或者视大众阅读为无关紧要的因素吗? 当然不能。鲁迅先生在《论睁了眼看》一文中曾写道:"文艺是国民精神所发的火光,同时也是引导国民精神的前途的灯火。"即是说,文艺与大众之间,原本就是息息相关的。无论是文学,还是文学批评,最终都要回归到

"人"的土壤,回归到大众所在的现实人生。如果一味沉浸于营造高深莫测的理论与术语的学术空间,文学批评便难以避免沦落为一门研究者们圈地自娱学科的风险,这样不仅会逐渐丧失文学批评的文学性本质,也容易使得本应具备学科亲和力的文学批评由于看不懂、"高不可攀"而为大众读者所遗弃。

这是一个全民阅读的时代,除却传统的纸质阅读之外,新兴数字化阅读,如微信公众号阅读、手机报阅读、微博小说阅读等新媒体阅读方式已然使得大众读者或有意或无意地置身于一个全民时代的文学现场。一方面,这种现象使得文学从 20 世纪 90 年代以来被"边缘化"的位置重新回归大众生活的中心;另一方面,由于市场趋利性等因素的影响,当下的大众阅读水平参差不齐。因此,如何在坚持学科专业性的基础之上,寻找到文学批评与大众阅读的平衡之道,并以自觉的"文艺先锋队"精神,引领大众的批判性阅读眼光,是文学批评重新焕发学科活力的当务之急与出路所在。

歌手李健曾在参加访谈节目时,被主持人问及更希望他的音乐"安抚小众"还是"引领大众",他的回答是引领大众,因为他认为大众更需要被引导:"大众的欣赏是值得商榷的,必须要引领,而不是迎合。"大众阅读亦是如此,尽管这是一个全民阅读的时代,却并不是一个全民审美提升的时代。纵观当下各大畅销书排行榜,更受欢迎的,往往是经过出版商精心包装的、内容远不及噱头的作品。

影响大众阅读品味与选择的因素有许多,比起出版市场的先天优势,专业性的文学批评想要"干预"大众阅读虽说难之又难,但也并非完全无法可寻,因为在文学批评与大众阅读之间,永远存在着"富丽的人性"这一共同主旨。

因此,文学批评者应回归文学本位的立场,保持对人生的谦敬自持，还文学批评以人性的润泽，将文学故事而非各色理论讲与大众读者，从而尽可能消除文学批评与大众阅读之间的"厚障壁"，建立二者之间对等的交流关系。也唯有投入批评者的热忱与信念、固守人性与文学底线的文学批评，才有可能获得更为长久的生命力。

谁能快过观众

——新一季古装剧收视率中的功败垂成

徐晓霞　中国计量大学

　　从中商情报、CSM 拿到的数据看 2018 年夏天古装剧收视情况,曾被寄予厚望的《天盛长歌》和《武动乾坤》双双坠落。同期,湖南卫视、东方卫视作为国内四大一线卫视中的二者,近几年从未遭遇过黄金档收视率跌破 0.3% 的局面,且市场份额大大缩水。另一边,横空出世的《延禧攻略》(《延禧攻略》在中国香港 TVB 翡翠台播出)和屡次过审失败的《如懿传》放弃大陆台播,选择以网络作为第一播放平台。无论是前者的大爆还是后者的话题纷至,无疑都代表今夏又卷起自《宫》《甄嬛传》之后的"宫斗风"。

　　两者之间天上、地下的强烈对比,如果仅仅定性为大男主戏的衰退和大女主戏的雄起,或者过于单调;从观众的收视心理去考量,似乎"得女性者得天下"的口号成了商业上的政治正确。仅用合逻辑性去揣摩到底怎么才能持续生产爆款、赢得人心,的确是直观的研究态度。但是,多次考验证明,"先爆款、再模仿"的套路终究会使某一题材陷入沼泽。真正能生产爆款、创造全民收视奇迹的,多是因为创作者已经充分揣摩并吃透了观众。因而,谁能快过观众?

一、看似谄媚、实则戏剧

已经有不少批评文章提出,宫斗剧的大肆流行是观众不再关心宏大叙事,而开始向权力谄媚的一种内在心理在作祟,创造宫斗剧的生产者正是抓住了这一内在心理动力。其实,关于这一问题,观众的选择一直都具有某种稳定性:偏爱戏说多过严肃,热衷直白偏疏深沉。

早些年,受人喜爱的《康熙微服私访记》《宰相刘罗锅》《铁齿铜牙纪晓岚》等都是古装传奇剧,戏剧性是作品逻辑的第一位,而非历史。"皇帝邂逅民间美女,产生浪漫情愫,女子入宫"这般逻辑,又或者"清官与贪官之间斗智斗勇,嬉笑怒骂,皇上作壁上观"这般情节,是否也是一种对皇权的谄媚? 以这些电视剧来抨击宫斗剧是"向权力献媚",或有所不公。

作为影视作品确实在深刻探讨中国社会问题的历史剧,有《雍正王朝》《走向共和》《大明王朝》等,须知,除《雍正王朝》在央视首播,另两部都在"娱乐治台"的湖南卫视播出,皆收视惨淡,可见,当年的观众已经做出了选择。

因此,可以得出"戏说历史"的审美价值高于"严肃历史"的结论吗? 其实这是一种以"宏大叙事、崇高理想"绑架观众审美的道德规范。我们应该承认《雍正王朝》《走向共和》《大明王朝》是中国电视史上的里程丰碑,它们被创造的目的不仅仅是为了收视,更多是代表了艺术和作者史观。收视率成败论绝对不该是评价的唯一标准。但是,在厮杀纷扰的商业环境中,假定创作者一开始便定下其目的,即收视率、市场份额,他们则有权利最大限度对更多观众投其所好,这是边沁功利论引导下的商业行为,并不可因为它们是"宫斗剧"而被标定在"谄媚权势"的耻辱柱上。

故事只是故事,把它们当作道理来讲,未免言过其实。

二、追逐不如引导,讨好不如冒犯

上述论述指出,观众的喜好与其说一直在变动,不如说只是表面浮动,人对故事的需求或许从古至今,都是波涛涌动下的静水深流。如神话学家坎贝尔尝试用《英雄之旅》来解释人类心理与神话之间的内在逻辑,同时又被西方故事家们视作圭臬。

掌握了这一原则,题材上的选取、目标人群定位、演员选择、传播渠道等都成了电视剧作为商品被推入市场的可控因素。从《延禧攻略》的大爆,或许可以收获以下几点:

第一,去"流量迷信",宁可用对,不可用火。魏璎珞的演员吴谨言或者傅恒的演员许凯,从名不见经传到爆红,是"人设"大过"名气"的最好代表。陈坤、杨洋、倪妮、张天爱等,无论在名气和流量上都力压一筹,可惜,他们所扮演的角色本身带有的理想色彩已经使观众产生倦怠与审美疲劳,"智""仙""勇"等道德上的优良品质非但不能让他们出彩,反而因远离普通人而使观众产生心理上的偏远。魏璎珞、傅恒都是有私心、有缺陷的人,他们符合人性。在这场"冒犯式"的赌博中,于正得胜。

第二,"台网联动"模式的梦碎。得网络者得天下,这其实是电视圈内老生常谈的话题。但是,"台播"始终是电视剧品质、位阶、地位的标志,"上星"是各家制作商的方向。可惜,"台播"模式却在播放节奏上拖慢了电视剧的更新,无法使之与网剧相比,吃了亏。连续剧 40—70 集的体量无法使观众保持持续性精力去记剧情,与其跟在他们身后娓娓道来,不如通过高强度的情节倾轧碾压叫人欲罢不能。

三、结语

两千字的篇幅，未能使一篇文章得以足够完善地解释我们提出的问题。同时，第一部分明确了观众的口味看似千变万化，实际上，绝大多数观众对故事的要求、对影视的审美早在很久之前已经做出过选择，不是所有问题都该涉及道德判断，或者将道德与功利对立起来。第二部分的解读只能蜻蜓点水而无法充分展开，是笔者的遗憾。

与其迎合观众的期待，不如勇敢一些，在抓住戏剧内在本质的前提下制造观众期待。故事始终是故事，不应该过分期待它们具备宣扬道德、传播价值观的功能。在观众和影视剧创作者相互接纳和牵制的局面中，总能找到一个平衡点，使双方各取所需。

论新世纪的另类诗体

——以"梨花体""羊羔体"和"乌青体"为例

吴凤云　浙江万里学院

21 世纪以来,随着网络勃兴带来前所未有的"网络诗体",梨花体、羊羔体和乌青体的出现引发了人们对诗歌的探索,甚至提出有趣而值得深思的问题:网络热传的这些"另类诗"是否能被称为真正的诗? 有人认为这类诗歌是"口水诗",或"废话体",有人认为这种新诗体是诗的解放,一时之间引发了网络上的热烈讨论。这种引发关注的现象,在某种意义上似乎也称得上是诗歌发展中的一种努力,其中所包含的意义有必要进一步研究探讨。

一、另类诗体的主要特征

梨花体、羊羔体和乌青体是另类诗体的代表,它们引发了人们对"诗"与"非诗"的讨论,也引发了戏仿的网络狂欢。其主要特征如下:

(一)诗歌表达上的非诗化

赵丽华的"梨花体"诗多为直白的通俗文字,内容浅显,如《我终于在一棵树下发现》:"一只蚂蚁,另一只蚂蚁,一群蚂蚁。可能还有更多的蚂蚁。"网友戏称为"口水诗"或"大白话",因其作品形式异于传统而引发了"梨花体""是诗"与"非诗"的激烈争论。

车延高因其诗获得鲁迅文学奖而备受争议,其以大白话为表征的"羊羔体"也因此大受嘲弄。被作为最典型例证的《徐帆》是这样写的:徐帆的漂亮是纯女人的漂亮/我一直想见她,至今未了心愿/其实小时候我和她住得特近/一墙之隔/她家住在西商跑马场那边,我家住在西商跑马场这边/后来她红了,夫唱妇随/拍了很多叫好又叫座的片子/我喜欢她演的《青衣》/剧中的她迷上了戏,剧外的我迷上戏里筱燕秋/听她用棉花糖的声音一遍遍喊面瓜/就想,男人有时候是可以被女人塑造的。随性的闲谈分行就成了"诗",似乎完全背离了诗的品质,因此才让网友大加调侃。

乌青的"乌青体"与上述两体不太一样。其代表作《对白云的赞美》把副词堆到极致:天上的白云真白啊/真的,很白很白/非常白/非常非常十分白/极其白/贼白/简直白死了/啊……这类诗与诗歌一向追求的含蓄相去甚远。

(二)诗歌接受的戏仿效应

非诗化是另类诗体的表现形式,而狂欢式戏仿则是另类诗体的接受效应。无论是"梨花体""羊羔体",还是"乌青体",都曾有网友的大量戏仿:"得罪一个人/得罪另一个人/得罪一群人/可能还得罪更多的人。"(仿梨花体《我终于在一棵树下发现》)"这些诗/这些/纪委书记写的诗/得了鲁迅奖的诗/忽然/有一种冲动/我也想写诗/……啊,我是一个湿人/一手好湿/我泻的一手好湿……"(仿《徐帆》)"纯真的你真纯啊/真的,很纯很纯/非常纯/非常非常十分纯/极其纯/贼纯/简直纯死了/啊……"(仿《对白云的赞美》)

戏仿的大量出现,形成了网上的狂欢,越来越多的人开始模仿写诗,既戏谑与嘲笑这些"口水诗"和"废话诗",也嘲弄现实。随着更多另类诗体如"私奔体""幸福体""回音体"等的不断涌现,似乎迎来了一个"人人皆可作诗"的黄金时代。

二、另类诗体映射的诗歌现实

以"非诗化"与"狂欢化"为特征的另类诗体,映射出了诗歌创作与诗歌接受的当下现实——诗歌仍在人们心中,而其"口水"与"废话"的表象之下,潜藏着诗歌变革的传统思路:"散文入诗"或"我手写我口"。

(一)诗歌并未远离大众

在中国文学史上,诗歌有过辉煌的时代。这种辉煌有的是古代诗歌成就的巅峰,如《诗经》、《楚辞》、唐诗;有的是现代新诗的焦点,如《女神》与"新月派";1949年后,除了"颂歌"与"战歌"式的政治抒情诗,以及人人参与的《红旗歌谣》与小靳庄赛诗会外,还有抛弃"大我"、专注"小我"的朦胧诗以及之后的先锋诗歌。那是一个人人关注诗歌的时代,人们写诗、读诗、论诗,诗歌成了人们心灵世界的窗口,时代的火花在这里凝结、积淀,内在的思想、情感在这里郁积、释放。

然而,进入20世纪90年代以后,伴随着商品经济的发展和大众文化的普及,诗歌受到了大众文化致命的冲击,"造成了读者甚至没有写诗的人多的尴尬局面",其边缘化的特征非常明显。诗歌丧失了中心地位,被社会传媒所冷落,"所有的鲜花和尖叫都远离了诗歌,压抑的现时与辉煌的过去产生的强烈对比"。

不过,另类诗体引发的热烈讨论却表明诗歌其实并未走远,无论是诗与非诗的争论,还是对某个诗体的戏谑性模仿,都从一个侧面展现了人们对于诗歌来自心底的热爱。他们的肯定是他们希望诗歌重回大众视野,他们的否定是他们不希望诗的神圣性被亵渎,二者相辅相成,都表明了诗在人们心中占有重要的位置。

(二)诗歌变革仍循传统思路

另类诗体之所以引发有关"诗"与"非诗"的热烈争论,表面上看,是因为它与人们印象中的诗歌面貌差异巨大,除了分行写作的外在形式,既难以体察到抒情的特质,也缺少诗歌应有的含蓄。但若从文学史上的诗歌变革理念来看,另类诗体的出现又与"散文入诗"或"我手写我口"的诗歌观念有许多相通之处。

韩愈曾倡导以文入诗,追求"非诗之诗",如《月蚀诗效玉川子作》:"月形如白盘,完完上天东,忽然有物来貏之,不知是何虫。如何至神物,遭此狼狈凶……"不单语气与句式散文化,而且内容也与生活场景相关。而晚清黄遵宪主张"我手写我口",他的《山歌》以整齐的形式书写日常生活:"买梨莫买蜂咬梨,心中有病没人知。因为分梨故亲切,谁知亲切转伤离。催人出门鸡乱啼,送人离别水东西。挽水西流想无法,从今不养五更鸡。"

如果把新世纪的另类诗体所书写的内容与上述所举之例对比一下的话,我们会发现其中的相似之处。日常生活的片断场景,散文化的表达形式,只是由于情感的抽离,从而"口语诗"变成了"口水诗"或者"废话诗"。如《我爱你的寂寞如同你爱我的孤独》:赵又霖和刘又源/一个是我侄子/七岁半/一个是我外甥/五岁/现在他们两个出去玩了。(赵丽华)《漂亮》:妈妈很漂亮/她在化妆间里换衣服/镜子把眼睛睁得大大的/一眨不眨。(车延高)《一种梨》:我吃了一种梨/然后在超市看到这种梨/我看见它就想说/这种梨很好吃/过了几天/超市里的这种梨打折了/我又看见它,我想说/这种梨很便宜。(乌青)看起来这些另类诗体是在努力突破诗歌创作的瓶颈，其实并没有离开诗歌变革的传统思路。

三、关于另类诗体的思考

另类诗体的"反诗"性与读者的戏谑效应，将促使我们对这类诗体展开思考。怎样的诗才能被读者认定为诗？那些与诗性疏离的另类诗体为何被关注？它们能走多远？

（一）诗歌不能抽离抒情特质

无论是"梨花体""乌青体"，还是"羊羔体"，都曾引发过读者的否定性评论。有人认为"梨花体""随便找来一篇文章，随便抽取其中一句话，拆开来，分成几行，就成了梨花诗；记录一个4岁小孩的一句话，按照他说话时的断句罗列，也是一首梨花诗；当然，如果是一个有口吃的人，他的话就是一首绝妙的梨花诗；一个说汉语不流利的外国人，也是一个天生的'梨花体大诗人'"。而乌青体也被认为是"浪费纸"，"这怎么可以是诗，诗又怎么可以如此简单和戏谑，这样的歪诗根本就是在败坏诗歌艺术本身"。至于"羊羔体"，由于其直白得几近不像诗歌，网友直言其"诗真是乱七八糟"。

不可否认，另类诗体的诗人都有自己的诗歌追求和诗歌主张。赵丽华主张去修饰、重自然，以简约的口语风格，表达自己的情感；乌青主张"废话写作从根本上反对目的，它追求的是更新和创造语言本身的魅力"；车延高也有"零度抒情的白话手法"的探索和尝试。不能说这些诗人的主张毫无道理，但在将其主张付诸诗歌创作的时候，却在诗意发现与灵感捕捉时，抽离了抒情的特质，使生活琐事止于生活琐事，从而引发网友的狂欢式的模仿。失去了创造性的意旨，又难以感受到共通性的情感内涵，当一时的热度褪去之后，这些另类诗体便随着信息的更新很快被湮没在遗忘的海洋里,很难与经典有缘。

(二)诗歌接受效应不能依赖非文学因素的介入

无论是"梨花体""乌青体",还是"羊羔体",都因网络的力量而走红。尽管有人肯定"赵丽华的诗在当下最具方向性和探索意义",但网友戏谑式的评判和模仿最终却使关于"梨花体"的争论变成了一个娱乐事件。而那个对于诗有自己独到见解的诗人赵丽华也于2010年改行画画,不再探索诗的创作与改革。"乌青体"因其"废话"特征明显而多次引发关注,但除了戏谑式模仿,便是被认定这类以娱乐、游戏为表征的诗歌"没有讨论的价值"。从表现形态上看,其走向也无法逃脱与"梨花体"一样的结局,因为乌青不只写诗,也在向写小说发展。从以上情形上看,如果诗歌没有带来实质性及动力性的东西,那么诗歌探索将很难持续展开,娱乐因素的介入,更是只能让诗歌一时走红却无法走得更远。

"羊羔体"的走红,与身为武汉市纪委书记车延高《向往温暖》获鲁迅文学奖有关。人们关注的更多是诗人的官员身份,而不是诗歌本身。人们不理会获奖诗集《向往温暖》与写电影演员的那些"羊羔体"并不是一码事,而在作者的官员身份上大做文章。一些业内人士认为这是否是中国文学官派化的又一标志,并为中国诗歌的未来感到担忧,继而又从诗体延伸到对"鲁迅文学奖"及其评审的质疑。显然,"羊羔体"的争议有政治的因素,也夹杂了娱乐化的调侃,一旦诗歌本身不被关注,显然无益于诗歌的进步与发展,这些非文学因素的介入使得这些另类诗体的探索无法走得更远。

在这个经济、互联网迅猛发展而充满喧嚣浮躁的时代里,另类诗体的出现不仅是寂寞的诗人冲破现实的努力,也是以探索的姿态对这个时代的迎合或反抗。不能说这样的努力全无意义,但如果将诗之所以为诗的内在品格抽离,留下的便只能是一时的狂欢和迅疾消逝的泡沫。这当是在探索诗歌发展路径过程中要注意的问题。

论非虚构文学文本认知的争议现象

王静　浙江万里学院

近年来随着《人民日报》《收获》《钟山》等杂志、报纸相继推出非虚构文学作品,非虚构文学作为一种新文体开始为文学界所瞩目,成为焦点。其中最具有代表性的有梁鸿的《中国在梁庄》《出梁庄记》、慕容雪村的《中国,少了一味药》、王树增的《解放战争》《长征》等。然而随着非虚构文学的"大热"而来的是对于非虚构文本的认知的争议,我们始终不能给非虚构文学一个明确的界定。文学界也对这一概念展开了持久而热烈的讨论。

引起非虚构文本认知争议的原因有很多。由于文体自身流变有逻辑合理性,就非虚构文本本身而言,它具有内容的真实性这一基本属性。关于内容的真实性,梁鸿认为非虚构文学的核心是在"真实"的基础上,寻找一种叙事模式,并最终结构出关于事物本身的不同的空间。同时我们也要区别"真实"与"绝对真实"在文本中的表现。从文学角度来说,"真实"实质是一种艺术真实,而艺术真实并不等同生活事实。因此我们在解释非虚构文学现象时,不能把它看作是对现实生活的照搬。其中的"真实"是与写作主体的真实观相联系的。在梁鸿的《中国在梁庄》中,作者以创作主体的真实观为引线,将对故乡梁庄的田野调查融入了自身的理解和同情，为我们呈现出最真实的中国乡村。其中写道："在城市各个角落里的成千上万的农民工，他们衣衫破旧，神情怪异，动作拘谨，显得非常愚笨，就好像鱼离开了水，半死不活。谁能想到，在乡村，在他们自己的家里，他们会是怎样地如鱼得水、生动自然呢？"作者以自己的切身感受引起了读者的共鸣，每读及此处，都能觉察到作者传达的真实的感动。这就是接受主体的真实感。作为读者，我们对于作品的觉察力是非常灵敏的。这种真实感就像是通过书来跟作者进行问答。但是作者虽然秉承着这种非虚构的真实将文本呈现给读者，仍然不能代表文本的绝对真实。作者在叙述过程中无论如何尽力将事情最真实的一面记录下来，都会有主观性存在。如从《中国，少了一味药》中对传销人员缺乏常识的叙述中就能感受到作者强烈的鄙视感，所以显得传销人员可笑又卑微。而非虚构文本认知所产生的争议主要在于它的外在文本表现形式上。相对于虚构文学来说，"非虚构文学的诞生主要也是建立在虚构文学与我们之间的一种过于长久的理性关系之上，这种理性的时间性因素便导致了理性的异化、虚构的异化，这种异化就是作为感性力量的非虚构文学的脱颖而出"。就文学接受群体而言，狭义的文本观念局限了我们对于非虚构文学的思考，认为非虚构即为虚构的对立面，将所有虚构的成分剔除。

对非虚构文本认知进行争论所产生的影响也是非常广泛的。跨文体写作在文化如此丰富多元的背景下，要对非虚构文本进行认知划分是不易的。当一些学者过度强调文学边界时，显然降低了文学创作活跃度，同时也束缚了文学发展。但同时又有一部分学者提出适度原则，不强制划分文本界限，能使文学作品创作活跃。《瞻对：两百年康巴传奇》的作者阿来先生曾说过："我写的是历史题材，但它要回答今天的问题。"他没有割裂文本与现实的关系，将非虚构文本界限拓宽，克服了其局限性。

这种争议的产生对文学传统观念也有着颠覆性的作用。我们传统的审美观念倾向对美好事物的讴歌赞美或者侧面反映对其的追求。但是在这种争议下,非虚构文学就更加突出对虚构的背离,要求带着质疑和反思的精神去寻找真相,进而也将现代文化注入作品之中,对现今社会提出问题做出思考。在此争议下,非虚构文学作家在创作过程中更加针对时事,信息更有时效性,并在创作过程中经常会进入环境之中去探寻真相。如慕容雪村的《中国,少了一味药》、梁鸿的《中国在梁庄》《出梁庄记》。对于传统作者几乎都是以闭门造车的形式来创作作品,也就是作品出来之前是无法知晓情况的,只有等作品问世之后,人们才能了解作品的全貌这种情况而言,这是颠覆性的存在。

新鲜事物的产生都伴随着无限的机遇和挑战,"非虚构文学"作为新产生的文学现象,虽然仍属于成长期,很多内容和方式都不够完善,有待商榷,但这种文体也给人们的心灵带来了慰藉,让我们在现实社会中感受到文字的感染力、文学的力量,让我们在物欲横流的信息化的时代中仍然具有追寻初心的欲望和反思的勇气。这就是文学的魅力。

从《无问西东》看国产文艺片的逆袭之路

朱佳莹　杭州师范大学

近年来,我国电影产业蓬勃发展,观看电影已经成为老百姓的主要娱乐方式之一。然而,与票房火爆飙升的商业片相比,文艺片的票房则陷入不温不火的尴尬境地。2016年的《百鸟朝凤》正是当下国产文艺片生存境况的真实写照,其上映初期便遭遇票房困境,最后制片人以下跪的噱头做了艰难的拯救。毋庸置疑,文艺片"不叫座"源于市场的商业性、快餐性、娱乐性与文艺片所具有的艺术性、文学性、严肃性的难以融聚。因此,国产文艺片如何摆脱困境是我们必须深思和亟待解决的问题。继《冈仁波齐》《二十二》《芳华》等文艺影片掀起热潮之后,今年年初上映的《无问西东》更是获得了票房口碑的双丰收,它的成功为国产文艺片开辟了一条逆袭之路,我们有理由相信国产文艺片的春天已经来临。

一、票房与口碑的双赢

作为一部献礼清华校庆的"定制电影",《无问西东》早已错过了清华大学的百年校庆典礼。在2012年12月正式杀青之后的两年内,何时正式上映的消息未曾流出。2014年6月导演李芳芳携影片出现在中国电影新力量推介会上,她回应电影延期的原因是后期制作未完成,争取推出精品。之后,影片继续沉潜。如此神秘的动态让人对它的面貌有所怀疑和担忧,会不会烂尾了?

事实似乎并非如此。《无问西东》于 2018 年 1 月 12 日正式上映,"猫眼票房"显示,其上映第 3 天票房破亿,单周票房直奔 2.65 亿,连续 5 天摘得上座率冠军。与同日上映的美国商业大片《勇敢者游戏:决战丛林》相比,无论是在排片场次还是在排片占比上,《无问西东》都处于劣势,但后者在一周内不断追赶,终于在第 7 天创造了超越商业大片的神话,攀上综合票房、票房占比和上座率均第一的实力巅峰,位居周票房季军。从内地累计票房看,《无问西东》取得了 7.54 亿元的优秀成绩,荣登排榜第 6 位。

沿着该影片的票房和排片增长轨迹,我们目睹了 2018 年开年第一个票房逆袭案例,同时其在口碑方面态势基本良好。截至目前,豆瓣电影评分 7.6,90% 以上的用户给出三星以上的评价,有 10 多万条短评和 8000 多篇影评,尽管褒贬不一,但认可的声音很高;猫眼评分 8.6,69.5% 的观众给了 9—10 分,有近 109 万人进行了评价。其中,有观众从艺术角度点评它,例如"多时空交错的电影结构是非常有力量的,电影的完成度也足够高",也有诸如"作为命题作文,在当下的电影语境,能拍到这个'深度'真心佩服导演"的中肯意见,还有一大批个人体验的表达,例如"书生意气,泪我一河"。可见观众对影片普遍好评,而强烈的观影感受也引导受众怀想历史、反思自身。

以上种种迹象都表明,《无问西东》作为一部文艺片,宛如一匹黑马冲出贺岁档期的强劲重围,完美地消解了同期商业大片的压制,并有效避免了文艺片与市场难以磨合的窘境。其实眼下不少制片人已然关注到了文艺电影的旗鼓作响之势,2017 年的《二十二》《冈仁波齐》都展现了以小成本博取高票房的出色电影成就。它们的成功当然离不开国人审美的提升和口味的多元化,但与其他票房遇冷或口碑两极分化的国产文艺片相比,《无问西东》在平衡文艺和商业关系中处理妥当,尤其是在克服文艺片先天不足、彰显文艺作品的文学化上递交了一份满意的答卷。

二、借鉴商业化电影模式

文艺片,顾名思义是走文艺风的类型片,在叙事风格、艺术表现和题材主题上与热门商业类型片迥然不同。商业片以赚取票房和娱乐群众为主要目的,而文艺片有自己的追求和品格,往往通过缓慢的叙事节奏、唯美的音乐图像和隐晦的故事情节,表达对现实严肃而深刻的思考。但对于当下中国受众来说,大多数人视电影为娱乐消遣的一部分,很多人没有闲心、耐心和细心去观赏一部深奥的文艺片,所以文艺片市场惨淡也就不足为奇了。然而,文艺片与商业片并非完全对立,清华大学的尹鸿教授认为"小众性"是文艺片商业性的体现。因此,如何借鉴商业化电影的可取之处,发挥"小众性"商业性的影响力,是国产文艺片需要首先解决的。在这点上,《无问西东》体现了制片团队的商业头脑。

对于影片本身,年轻导演李芳芳发挥了卓越的创作才华和包罗万象的格局,她吸收了商业电影故事性强、叙事手法新颖的特点。影片的时间线拉开很长,截取 20 世纪 20 年代、抗战时期、20 世纪 60 年代和当下社会的四个故事,在保证故事完整性的基础上,采用多线程叙事,用穿越的表现手法增强叙事张力和节奏。这种方式也是该片遭到诟病之处,有人批评它剪辑突兀,四个故事衔接生硬。不过笔者认为,恰恰是四个故事的并列呈现,才相互印证了清华人在面对不同的人生选择时,始终坚持真实、大气的精神内核。也恰恰是这条微弱暗线的联系,才显现出编剧对素材的解读和掌控。

许多商业电影如《西游伏妖篇》《爵迹》等邀请吴亦凡、范冰冰、陈学冬等年轻靓丽、拥有大量粉丝的演员加入电影,从而获得了可观的票房回报。这背后显然是巨大的"粉丝效应"在发挥作用。《无问西东》同样也拥有华丽的演员阵容,汇集了一线演员:黄晓明、章子怡、王力宏、张震、陈楚生,主演阵容让网友大叹"有生之年系列";而配角天团也让人叹为观止,清一色全是老戏骨,有20世纪80年代TVB霸屏大户米雪、好莱坞华裔演员王盛德、中央戏剧学院的博士王鑫、国家一级演员韩童生、中国台湾金马奖最佳女配角林美秀等等。在一部电影中,演员的演技成熟度和知名度的重要性不言而喻,以上演技和颜值均在线的演员的就位,保证了影片情节和票房回报的可观性。

商业电影最大的特点就是注重发行推广环节的精准营销,强调档期选择合理化、营销平台多样化、营销事件热点化等等,还有一系列量身定制的特色营销,如《非诚勿扰》借用冯小刚个人品牌力量,《疯狂的石头》利用电影自身的口碑力量。而《无问西东》的宣发手段可谓步步为营。早在2017年6月,制作团队就首曝了章子怡、张震两人的预告片,以及精美剧照,随后不断发出青春特辑。这一步吊足了影迷胃口。上映前一个月,热门歌手毛不易新作歌曲《无问》献给本片,上映后三天片方发布由王菲献唱的电影同名推广曲《无问西东》MV。这一步则通过音乐传达影片的内在精神和情怀。此外还通过主创见面会、路演大打感情牌,通过微信、微博、短视频等新媒介扩大宣传途径。另外"沉寂多年""献礼清华"等噱头也大大吸引了观众的眼球。

作为一部文艺片,《无问西东》兼具商业片的气息,内容和生产环节做足铺垫,营销环节运筹帷幄,最终取得了不凡的商业价值。这无疑是国产文艺片"叫好又叫座"的典型模范。

三、坚守文艺自留地

自省而自强,细观国产文艺片自身,往往仰望星空而不脚踏实地。文艺电影有时过于强调文学艺术的审美性、思想性,而忽略了文艺情怀与现实人生的关系。换句话说,文艺片容易因为保持矜持和清高而脱离实际。其实,顾影自怜的哀愁只是伪文艺的泛滥,意境朦胧但内容虚飘也不是真正的文艺情怀。

《百鸟朝凤》旨在叙述优秀民间艺术不断遇挫、突围的过程,以及赞美老艺人和弟子坚定传承传统文化的精神。在影片中,虽然导演基本把握了传统文化受到现代文明入侵的失落、迷茫情绪和氛围,使影片笼罩着哀伤惋惜的气氛,但对重要细节的刻画只是浅尝辄止。观众的确目睹了唢呐文化从被崇敬到被忽略甚至鄙夷的没落过程,手艺人的生活境遇也大不如前,纷纷进城打工。然而,手艺人对唢呐的真实态度以及价值观转变的心理过程毫无涉及,也没有任何关于传统文化如何自救的思索。观众在这部影片中只听闻到叹息声,感受不到唢呐文化传承的必要性以及对于当下社会的积极意义。简而言之,导演的情怀珍贵,但缺少对生存、前途、未来的终极关怀。笔者认为,真正的文艺情怀应该注重价值观的诉求和人文精神的表现。而这两点,在《无问西东》中都得到了彰显。

影片中的人物无一不面临着选择,无论是吴岭澜纠结的人生和读书的问题,还是沈光耀面临的家训与报国的两难,都体现了青年人在对未来的抉择中真诚的勇气和信仰;再近点,无论是陈鹏在为爱痴狂和贡献祖国中表现出的善良、大气,还是张果果陷入职场潜规则和慈善疑团两大困境中的非功利态度,都展现了青年人的责任和担当意识。勇敢、真心、深情、怜悯、正义,这是他们选择的人生,也是影片始终在诉求的价值观。

于是有人评价这部影片说教意味浓厚,像在熬一碗鸡汤。笔者不以为然,很多鸡汤文通过调试大众心态和情绪以鼓励其为人生继续拼搏,误导了人努力的方向,或者用不具有普适性的成功学的例子,打一些暂时性的鸡血。显然,这是创作者不真诚和不负责任的体现。《无问西东》并非如此,影片真诚地表现了不同年代人在社会现状、民族兴衰和国家未来面前,饱满丰富的人性,科学理性的精神,对人生、命运、存在意义的终极关切。这么多宏大命题的呈现恰恰又悄无声息地贴合受众心理,引起情感共鸣,让我们不由自主地沉入历史,反思当下,去发现当下人心灵迷失之处。或许这才是文艺片情怀真谛所在:具有人文精神,对这个精神匮乏时代感性理性共存的描述。这也是国产文艺片逆袭之路上的常青树、坚守文艺的自留地。

影视下的丧文化之鸣

——以《大象席地而坐》为例

肖海燕　浙江工业大学

近年来,"丧"文化席卷了年轻人的视野,颓废、绝望以及悲观是大众对"丧"文化的主要印象,"丧"几乎成为当代青年人的一种日常状态,"丧茶""葛优瘫""小确丧"等文化现象接连出现,而最紧随潮流的影视作品也难免牵涉其中。

贯穿全片的灰暗色调、沉重迟缓的叙述节奏、颓废现实的台词以及一个区别于传统意义上幸福美满的寂寥尾声——这些似乎都成为"丧"片的标配。但"丧"片的可贵之处往往在于把现实的残酷和煎熬完整地呈现在荧屏之上,因而比一些罗曼蒂克的幻想电影更能引起观众的共鸣。其中最为典型的"丧动漫"《马男波杰克》,就常常因为剧中台词的恳切实际而在网络上广为传播。而在审美视野范围内,"丧"片的低饱和度色调及其极简的构图则有着性冷淡风的趣味,因而也符合后现代审美观,也就是人们常说的"高级感"。例如后现代文艺片《寒枝雀静》中解构的叙述、固定的长镜头、与现实等比的行进节奏以及北欧风暗淡的构图和色调,即使是配以两位推销员的平凡琐事,也展现出了厚重的人生苍凉之感。

而在第68届柏林国际电影节中作为最佳处女作奖特别提及，也是改编自已故青年导演胡迁的同名短篇小说的《大象席地而坐》则对丧文化的内核做出了更深刻的诠释。就其形式而言，影片采取四个人的困境和情绪在同一天内爆发出来的形式，让"丧"的氛围沉郁到无以复加的地步，再通过四人的困境相互交织、相互影响的艺术化表现手法，使得现实的沉闷不传染给影片本身。

　　《大象席地而坐》以长达3小时50分钟的时间叙述了流氓地痞、年迈老人以及一对叛逆的高中生恋人的生活困境。面对人生僵局，他们都纷纷想到了看大象，从而也赋予了满洲里动物园中那头席地而坐的大象极具神秘气息的象征意味。而笔者以为《大象席地而坐》区别于大多数丧片的最大原因就在于影片中大象的设定——大象，作为现存世界上最大的陆地栖息群居性哺乳动物，与人类有着别样的惺惺相惜之情。在传统文化中，大象是力量的象征，而在成语"盲人摸象"中，大象是作为一种只可想象而不能直接获得的虚无概念存在，在这一层面上，"大象"与"希望"意义相似——都是遥不可及之物。而在影片中，满洲里动物园中不为游客所动席地而坐的大象，在某种意义上象征了这一类被生活打击的丧文化群体，看大象为什么坐着，其实也是去寻找自己生活沮丧的原因。因此，去满洲里看动物园中的坐着的大象也就变成了剧中人物对现实不幸的探寻，是生活希望的实体化。

　　在《大象席地而坐》这部影片中，可谓是人人皆丧，"每个时代的日常都差不多，稍微不同，你不用为这困惑""人活着啊不会好的，会一直痛苦，一直痛苦……会在新的地方痛苦""大家不都这样吗？你意思就你受不了？"……这些令人沮丧的话，皆出自四位主角周围的正常人之口，但四位主角的不幸与丧感显然更为突出。笔者认为，他们"丧"的根源恰恰在于理想追求与黑暗现实的反向而行：被追求对象拒绝，转而出轨朋友妻子致朋友跳楼死亡的地痞流氓于城是爱而不得；相信朋友的"清白"，为朋友仗义出头却失手打死于帅，再得知真相的高中生少年韦布是求正义而不得；受不了邋遢的家和母亲，与教导副主任有染却被公之于众的黄玲是求一个干净体面而不得；年老但为了孙女的学区房将被儿子送去敬老院，并且在一拉锯过程中又痛失爱狗的老人是求亲情与陪伴而不得。

所谓的"丧"文化，与其理解为一种没有目标和希望的颓废和绝望，还不如理解为是受制于理想的遥不可得的无力，是一种对生活和未来的疲惫和虚无之感，也是一种自我与现实的不妥协。

在影片最后，于城承认了自己与朋友之死的关联，而韦布和黄玲这一对高中生恋人、老人与他的孙女这一对祖孙，一起乘坐大巴车辗转前往满洲里看大象，一起在黑夜里就着大巴车的灯光踢毽子——踢毽子是韦布的爱好，远处响起大象的鸣叫。做自己喜欢且擅长的事，和自己爱的人一起长途跋涉去找希望，我们只听到象鸣不见其身，大象的后腿也没有断，希望将隐未隐，黎明将来未来。这也是影片最后老人所说的最好状况："你站在这里，你可以看到那边那个地方，你想那边一定比这边好，但你不能去，你不去，才能解决好这儿的问题。"事实上，这也是应对"丧"的最好措施，永远对未来保有希望，永远对未知持有期待。

在这阴云笼罩的"丧"文化之下，不同年龄段人面临着不同人生困境，不同性格的人应对人生有不同的方式，也许并不是传统所提倡的积极面对、勇敢克服，剧中主角或是逃避，或是颓废，但在这些无力和"丧"气背后，都是对现实的不妥协，都是对理想的渴求，都是对希望的坚信，都有着大象的出没的踪影，都回响着哞哞象鸣！

后宫的"诱惑"

——后宫剧新一轮热播背后的价值评判

甘恩宇　浙江传媒学院

"一入深宫里,年年不见春。聊题一片叶,寄与有情人。"宫闱中的情感,由于皇家诸事的不公开与隐秘,向来引文人猜想。3000 年来著史者写了不少帝王将相,文人热衷抒情。

观众们从电视前走到手机前。但内容依然是"新瓶装旧酒"。"小璎珞"等原本在广电"22 号军规"文件的严控下淡出了观众的视野,之后在 2018 年夏天,再次借互联网时代之风,从各大平台火热"复出"。这个暑假的影视剧热点,再一次变成了:不谙事务的纯洁少女,历经了数次宫廷斗争,最后走向"成熟"与"胜利"。

一、后宫剧的出现背景

宫闱秘闻新鲜吗? 不新鲜。追其背后的文学根源,都是由网络"爽文"改编而成。既然是网络"爽文",那必然免不了是一场可以带来精神慰藉的狂欢盛宴。换一个源头来追究,网络文学早在几年之前,便被定性为通俗文学的一种。而通俗文学在晚清时就有非常多的类型小说,黑幕、官场笑话、趣闻、野史等,在晚清段子手的操弄下,将古老帝国的艳情狂欢和政治解构推向高潮，出现在人们的视野范围之内。再由后来以张恨水为代表的鸳鸯蝴蝶派，将通俗文学发扬光大。后来，由于我国经历一系列重大的历史变故，通俗文学渐渐地淡出了人们的视线范围。而在 21 世纪初之后，这种鸳鸯蝴蝶派的写作传统，在网络空间上被再次激活。虽然我们现在可以在网络上看到的"爽文"类型数不胜数，但在早期的通俗文学习作之中，"宫闱秘闻"首当其冲成为鸳鸯蝴蝶派等一系列通俗文学作家的重要素材来源。

而到了今天，在我们以为《甄嬛传》已经成为中国后宫剧中一座不可逾越的高峰之后，今夏的一系列后宫剧，将后宫描述得更加详细，故事情节更加曲折，发展节奏更加紧密，艺术加工也亦明显。这样的影视现象，从影视娱乐的角度来说，也算完成了人们所需要的情感需求中的一种，那就是"爽"。什么是爽？那就是，历史不再是现实观照的参照系，而是宣泄情绪的安慰剂。

二、后宫剧的价值考量

从影视娱乐的角度来说，暑期的后宫剧可以说很好地完成了它的任务。可是，影视作为现阶段大众最为广泛的文艺接收途径，持续不断地播出这些"后宫的诱惑"，真的好吗？一部影视作品能被人民群众所接受，我们更需要去关注接收群体的文化语境。艺术创作一定是建立在其传统文化语境之上的。在中国的国民性与权谋文化的影响下，催生出这样的后宫争斗剧当然不足为奇。柏杨在他的《丑陋的中国人》里这样写道："至于中国人的窝里斗，可是天下闻名的中国人的重要特性；中国人最拿手的就是内斗，有中国人的地方就有内斗；中国人的不能团结，中国人的窝里斗，是中国人的劣根性。"从柏杨的此番论述以及鲁迅笔下对于中国国民性的批判，我们都不难找到中国人的这种"煮豆燃豆其"的内斗情结。而从建筑学角度来看,紫禁城中是高高的红色城墙,这样的建筑风格,必然会形成一个又一个小阵营。而这样的内斗心理,当然不是后宫佳丽们独有。于是,中国人心中的隐性内斗情结,被发行人利用,成为后宫剧热播的文化土壤中的成分之一。"斗争文化",是推动社会革新的积极药方,同时也是蜂虿有毒。

"权力结构的固化带来的深度绝望,以及弱势群体获取成功的微妙希望,共同导出了一场屌丝逆袭的想象狂欢,这种狂欢借力于中国文化传统中管用的女性化自我想象,选定了后宫这样一个最纯粹的实践场所,用一次次刺激、起伏、富有悬念的以弱胜强,提供了现实高压下的心理补偿。"根据中国社科院 2013 年的一则报告:"社会信任指标的另一个特点是群体间不信任加深或固化。"社科院依然用到了固化来形容当前社会群体与群体间的不信任感。对富人的不信任,对行政人员的不信任,这些不信任的表现,我们很容易就可以在社交平台的评论里发现踪迹。这种不信任感的固化,从很早就开始了,而可怕的是这种固化似乎没有去"软化"它的途径。我们在这样的现实语境下,还只有这些通俗文学改编的作品,这样真的符合当今社会的价值需要吗? 换句话说,爽完了,该留下些什么?

三、后宫剧热播后的反思

酣畅淋漓的"后宫剧"背后,不正是反映了现阶段娱乐至死的时代乱象吗? 通过这样的影视作品,人们获得了瞬息的快感。而为了这瞬息的快感,是时间在不知不觉地被偷走。

在这个互联网的时代,在这个消费的时代,文艺逐渐地缺失了一种重要的精神:诚与爱。剧中人物简单而又复杂,复杂的是剧中的欲望和"谋略",而简单的是他们的感情。自西方文艺复兴运动以来,历代文艺工作者,都在尽力地向"人"展现属于我们的灵性,以及人复杂的情感。而在后宫等一系列文艺作品里,连"爱"这么复杂的情感,都变得如此单一。这种现象让我不得不认为是一种文艺的倒退。在后宫剧的权力故事里,"诚"成为一个被字典给抹去的字,人们从后宫剧中带出来的"权力"心理,会让这个社会变得愈加异化。表面上看,后宫剧带给了人们一种成功的典范,而背后却是人们低级趣味的折射。

后宫剧制作精良,戏剧性较为完善,对于民众也算是闲暇时刻下一个好的精神"零食"。但民众的精神只需要"零食"就够了吗?在这个民众只食用精神"零食"的现状下,我们更需要对其背后的娱乐至死心态保持警惕。"媒体不只塑造社会,也会被社会塑造。"在当前文艺已经为民众需求让道的情况下,文艺该如何具有突破力?这不得不引起我们广大文艺从业者的反思。

"爱读书"的明星：乱象与"清流"

林金壹　杭州师范大学

不知从何时起，娱乐圈似乎刮起了一阵"读书风"，涌现出许多"爱读书"的明星，其中知名度较高的有胡歌、黄磊、刘若英、韩雪、汪涵、陈道明等业内人士。这些明星或在公开场合自认"喜欢读书"，或时常被媒体捕捉到独自读书的镜头，因而在明星的既有角色之外又增添了"读书人"的新身份。

如果做一下大致的分类，被认证为"读书人"的明星也许可以被归为以下三类：一类属于老艺术家类型，有着相对深厚的表演和文化积淀，如现今多被称为"老戏骨"的陈道明等；另一类跨界色彩相对明显，往往身兼多职——歌手、演员、编导、作家或教师等，如角色定位更倾向于"文化人"的黄磊、刘若英等；还有一类则因爱好阅读而成为圈内具有代表性的"文艺青年"，如转型成功的胡歌、近年复出的韩雪等。尽管各自擅长领域不同，但不难发现，这些"爱读书"的明星，大多为人偏低调，在业内和公众视野里享有较好的口碑。最重要的一点是，"爱读书"的特点又在他们原本的明星身份外为他们镀上"读书人"的光环而使他们显得与众不同。

在当下倡导"全民阅读"的时代里，读书无疑是全社会共同追求的

"题中应有之义"。然而，"爱读书"明星的大量出现却成为一种惹人关注的现象，主要与"明星"群体的特殊性有关，这背后的隐含逻辑是：明星一般不（喜欢）读书。在公众眼中，大多数的明星在原本该读书的年纪就走上演艺道路，所获得的文化知识相对较少，正式入行后更是忙于演艺工作而无暇顾及读书，明星不读书也就自然而然地成为无可指摘的"潜规则"。但另一方面，社会的进步和信息时代的到来让知识水平成为个人评价的必要指标，不读书的"明星生态"因而受到越来越多的挑战。于是，部分群体对明星演艺形象的热爱同时伴随着整个社会对明星知识文化水平不高的焦虑，且后一方面因时势变化而日益突显。在这样的社会语境下，"爱读书"的明星的出现好比一捧"圣水"解决燃眉之急，使人们在演艺明星和文化水平的杠杆上找到了平衡点，不仅满足了公众对"有文化的明星"的心理期待，也可看作明星自身对隐含逻辑的突破和重写。

"爱读书"的明星形象虽不排除个人喜好的因素，但显然少不了媒体参与和商业运作，因此难免有商业炒作之嫌。就明星这一主体角度而言，如何在新时代下获得公众支持以站稳脚跟成为他们的当务之急。扎实的专业技能磨炼需要耗费大量时间和心血，于是一部分人选择增加真人秀的出镜率来"圈粉"和"圈钱"，另一部分人则可能选择利用"读书人"的形象来标榜自身，让"爱读书"成为可加以炫耀的资本，好比某些企业家的书架——充其量不过是一种华而不实的点缀。从媒体方面来说，一些公众平台也往往热衷于对部分明星的"读书人"形象塑造和宣传，除了借名人来提升知名度外，还可能暗合了当下屡见不鲜的"成功学"营销，即通过某一明星因读书而受益的例子来强调"读书有用论"，从而使"读书"这一行为本身所具有的价值"变了味"。

不可否认的是，当前的娱乐圈已经进入流量为王的综艺时代，资本操作和营销至上几乎成为一种"默认设置"。然而,物极必反,任何事物发展至巅峰就同时意味着衰落。近年来,演艺界和大众都开始呼唤扎实沉稳的好演员,试图纠正业内演员实力和待遇不对等的境况。与此相类似,"爱读书"的明星尽管难逃商业背景,但仍可视作"一股清流",是大众对明星自觉追求内在修养的努力的肯定,是对商业浮躁之风的有效反拨。与此同时,就像一些粉丝多以"你知道他有多么努力吗"来回应他人对偶像的质疑时所表明的,针对目前的商业乱象,明星及其支持者都需要找到立足的内在根源,对明星的"读书人"身份认证在这一点上也标示着社会在成功归因方面"向内转"的趋势,劫后重生而凭借电视剧《琅琊榜》大火的演员胡歌即为例证。进一步说,在社会阶层日益固化的背景之下,面对顶层精英依靠天然的资源轻松上位的现实,"爱读书"的明星或许无形中充当了"解毒剂",证明了"气质"(后天)战胜"颜值"(先天)的可能,从而给予大多数无可凭恃的普通人坚守自我、提升实力的正面激励。另外,"爱读书"的明星也透露出某种积极的舆论导向,不论是明星自身在微博等公众平台"晒书""荐书",还是媒体对此类名人形象的宣传造势,都或多或少地表现出想以"明星效应"引领社会阅读风潮的意图,进而重申阅读的价值和意义。

在综艺节目《演员的诞生》里,作为导师的徐峥发出意味深长的宣告:"好演员的春天来了。"正如实力派的好演员应占据演艺界的主流一样,对明星的"读书人"身份认证也不应仅仅停留在为偶像光环加分这一浅层的作用上,而应让明星"爱读书"以及"会读书"的现象逐渐发展成为娱乐圈的业内"常态",进而让明星真正成为文化意义上的"明日之星"。

剧本的"谎"与"荒"

——从电影版《爱情公寓》看 IP 改编乱象

李倩倩　杭州师范大学

2018 年 8 月 10 日,电影《爱情公寓》在内地正式上映,却不想首映后全网评价从万众呼唤变成恶评如潮。数据显示,电影首日票房高达 3.03 亿元,但次日票房直接跌至 1.28 亿元,跌幅高达 57.76%;第三日票房再度下跌至 0.59 亿元,跌幅超过 50%。该片口碑一落千丈,票房更是经历一场断崖式下跌,一时之间,创作团队成为众矢之的。其实,电影《爱情公寓》现象级式的滑铁卢,可透视出当下许多 IP 改编影视剧本背后的"谎言",直白地暴露了目前影视行业中的剧本"荒"困境。

剧本之"谎",首当其冲的是抄袭。从电视剧版《爱情公寓》开始,尽管其积累不少忠实观众,但是多年来饱受剧本抄袭美剧的质疑。直到电影版上映,许多观众愤愤不满,直言剧本内容除了抄袭,还升级为诈骗。事件爆发的根源在于,电影故事内容明明是改编自大 IP《盗墓笔记》背景下的同人系列,片方在宣传时却对此只字不提,只一味强调原班人马回归的青春记忆,甚至片名都从原定的《新次元冒险家》直接改成《爱情公寓》。这一系列做法,被观众认为是套取利益、欺骗观众与消费情怀的行为。观照当下的影视剧,包括网络剧在内,源自 IP 改编的剧目体量不在少数,然而剧本抄袭争议出现的次数最为频繁。以2018年上半年网络剧为例,从小说改编的IP网络剧超过六成,且在整体市场中竞争优势显著。可不论是流量爆款的《如懿传》,还是票房黑马的《一出好戏》,都不同程度地陷入剧本抄袭风波。

剧本之"谎",显而易见的是"注水"。剧本"注水",简单来说,就是有目的地加入对于推动剧情无意义的内容。电影版《爱情公寓》被观众诟病的另一处,是剧情中莫名堆积的零碎元素。编剧脑洞大开,把时下流行的直播、游戏、广告标语等进行大杂烩,全片以"主角光环"为逻辑混乱的剧情做解释。今年,影视作品中,观众们反馈剧本"注水"最严重的实例,当属改编自同名小说的电视剧《香蜜沉沉烬如霜》。该剧播放初期,依靠着剧情紧凑有趣,快速笼络一大批观众自发为其宣传,可从第四十集之后,大家发现主线角色戏份骤降,副线人物占主体,而且故事发展节奏拖拉,大量插入人物回忆的情节凑时长。这不仅在观众与片方之中引起骂战,而且在该片前后两批编剧之间,也就剧本质量的问题展开正面交锋。

剧本之"谎",归根结底是剧本之"荒"。IP改编影视剧出现的抄袭或者"注水"现象,从本质上看,就是影视行业当前面临的剧本之"荒"现状。论起缘由是多方面因素造就的,最关键的是要从编剧创作窘境上看。一方面,在资本的冲击下,编剧是缺乏话语权的弱势群体,剧本创作的过程被不同职能部门干涉与影响。另一方面,实力雄厚且经验丰富的编剧,可谓凤毛麟角,加上职业性质限制,编剧个人权益难以得到保障。这导致编剧人才列队呈现出十分怪异的现象,即大牌编剧处于顶端岿然不动,新人编剧投路无门处境艰难。

剧本之"谎"仅为表象,剧本之"荒"才是症结所在,想要医治内里,需要编剧们亲自操刀,更需要全行业的齐心协力。2018年广电总局明确"以现实主义为主体","市场价值要服从社会价值"。这其中可嗅出原创现实主义题材作品即将复苏的风向,亦可预见 IP 改编的巅峰趋势恐将难以维持。实际上,剧本最能反映编剧创作的独特性,哪怕 IP 改编的作品也得以"内容为王",只有好的故事内容,才能连接观众共情点,最终打动观众。另外,特别值得重视的一点就是编剧人才的帮扶与培养。剧本之"谎"易识破,为剧本之"荒"的灌溉却是任重道远,只有把专业的事情交给专业的人完成,才是未来行业健康高效发展的轨道。期待在不久的将来,观众们能看到优秀的原创剧本如雨后春笋,盛赞影视行业一片天朗气清。

第（二）辑

新中国70年：文艺作品与国家形象

以美为介，礼赞中华人民共和国

——以浙江美术馆杭州 G20 峰会期间展览策划为例

郑思琦　浙江财经大学

一、艺术展览对于塑造国家形象的作用与策略

2019 年是中华人民共和国成立 70 周年，习近平总书记在全国政协十三届二次会议文艺界、社科界联组会上强调："新时代呼唤着杰出的文学家、艺术家、理论家，文艺创作、学术创新拥有无比广阔的空间，要坚定文化自信、把握时代脉搏、聆听时代声音，坚持与时代同步伐、以人民为中心、以精品奉献人民、用明德引领风尚。"文化是传承和发展民族精神不可或缺的载体，在 100 多年前北大蔡元培校长提出"以美育代宗教"之后，艺术一直在传承民族文化、塑造国家形象上起到重要作用。

管文虎主编的《国家形象论》是较早出版的有关国家形象研究的著作，管文虎指出："国家形象是一个综合体，它是国家的外部公众和内部公众对国家本身、国家行为、国家的各项活动及其成果所给予的总的评价和认定。国家形象具有极大的影响力、凝聚力，是一个国家的整体实力的体现。"当今关于国家形象的学说论断有很多，总而言之，国家形象是国家综合实力的反映，是被媒体和舆论塑造的对国家的总体评价，对

于国家利益有重要作用。国家形象决定着一个国家在国际舞台上的地位、影响力和发展环境。国家形象是精神纽带,对内对增强公民的民族自豪感、国家归属感以及政府实行政策制度等都有着重要作用;对外在国家传播机制建立上起着重要作用。国家形象也是自我认知与国际认知博弈的结果。本文主要是探讨艺术文化对于国家形象塑造的具体作用。

在一个城市之中,作为当地文化载体的博物馆、美术馆,是一个重要的地点,是城市的地标。现代城市中的博物馆、美术馆不再被当作被束之高阁的独立存在,它们与城市有着密切的关系。学者唐克扬先生在《美术馆十讲》一书中提到博物馆、美术馆是"人心的海洋中的离岛,也是城市文化交通的经停站"。对一个陌生的访客而言,来到当地的博物馆、美术馆参观,是了解当地历史发展、风土人情的最直接方式之一。从这个意义出发,这地点也成为一个抽象的概念,博物馆、美术馆成为一种形象,一种代表了一个城市、一个国家的形象更清晰的存在,并且拥有让全世界参观者识别的功能性作用。

曾担任英国文化外交官的约翰·米歇尔在其著作《国际文化关系》中指出:"一场大型展览可以持续数周,吸引任何一个有文化意识的人(而交响乐和剧院的受众则相对有限)。展览通过海报宣传广而告之,它们也是展览总体影响的一部分,而看到海报宣传的人可能远远超出展览观众总数。通过展览目录和一系列衍生品,展览留下了物质遗产。"他认为:"展览可以触动神经,同时留下持久性的影响,因此可能是传达国家形象或者改变国家形象最有效的手段。"

早在100多年前,徐悲鸿在巴黎策划"巴黎中国美术展览会",将中国大量传统艺术作品展现在欧洲文化中心面前,挽回了中国的国际声誉与文化形象,一改日本人"俨然以代表东亚艺术自居"以及德国人"以为日本美术可以代表东方"的观念,这是较早时期艺术展览对于国家形象影响的实例之一。

关于艺术展览策划体现国家形象,首先是策划专业团队与官方权威机构的制衡,策展人首先要与政府领导沟通协调好。策展人应该在官方把握整体方向的前提下,立足国家形象,向世界展示本土文化。在展览主要内容中要注意传统价值与现代理念的合理结合,使传统文化在继承中得到发扬,做到"得其古意,取其精神",并且用现代艺术和其他手段,重新解读传统文化精神。在展览过程中也可以结合当今科技中的热点,如 VR 虚拟现实在展览中的运用等多种方式,凭借科技幻化出别样的视觉奇观。

中国共产党第十八次全国代表大会报告要求"中华文化走出去迈出更大步伐";中国共产党第十九次全国代表大会报告则指出:"推进国际传播能力建设,讲好中国故事,展现真实、立体、全面的中国,提高国家文化软实力。"推动中华文明"走出去"、提升国家文化软实力,已然成为中国共产党和国家的重大发展战略。对外展示国家形象,积极配合国家外交外事活动,一直以来都是我国博物馆、美术馆的重要使命。

二、以浙江美术馆 G20 峰会期间策展为例

浙江作为一个沿海经济发达的大省,在中华人民共和国成立 70 年的进程中有了翻天覆地的变化,浙江美术馆是这座城市文化的形象代言者。2019 年 G20 峰会在日本大阪举行,而上一届 G20 峰会让世界聚焦杭州这个千年古城。杭州自古以来就可以称得上国际都市,在意大利传教士利玛窦的地图《坤舆万国全图》中,杭州有着自己的位置。在更久之前,在马可·波罗笔下,杭州就被称为"世上最美丽华贵之天城"。这个"淡妆浓抹总相宜"的城市早在世界上有了一席之地。杭州

千年来始终以开放的姿态,拥抱无限可能。

为了迎接国际盛会,杭州以崭新的面貌亮相。作为城市形象的名牌,浙江美术馆全馆上下深入学习贯彻习近平总书记系列重要讲话精神,紧扣省委、省政府、省文化厅中心工作,以跻身国家重点美术馆为新的起点,坚持服务大众、文化惠民的工作导向。充分发挥了国家重点美术馆的社会功能和引领作用,有效拓展文化惠民新领域,切实提高美术馆的公共文化服务能力。在服务保障杭州G20峰会中,浙江美术馆完成馆舍维修、展览策划、安全保卫等工作。

浙江美术馆为迎接杭州G20峰会,精心策划了四大展览:"我织我在——第二届杭州纤维艺术三年展"、"汉风藏韵——中国古代金铜佛像艺术特展"、"子曰心书——浙江书法篆刻名家作品展"、"水印千年"启动展之"湖山胜概"。这四大展览的公众号推送中阐述道:"这四场盛宴内容丰富,结构合理,既有优秀传统文化,又有多元当代艺术,充分体现了浙江杭州的文化魅力。"这四大展览归纳起来就是"古今中外"。其中,"汉风藏韵——中国古代金铜佛像艺术特展"是重头戏。该展览策展主题中所述:本次展览共展出118尊佛教造像及法器,无论从文物价值、等级规格还是工艺水平等方面都堪称这一领域中的较高水准。展出的金铜佛像大多是元、明、清时期宫廷颁赐给藏区各界僧俗领袖的重要礼物,这些金铜佛像汇集展出,向公众全方位展示中国佛教造像的艺术魅力,为世人呈现一场史无前例的佛像艺术盛宴。当时的浙江美术馆馆长斯舜威表示:"这次佛像展是从文化艺术的角度来宣传、弘扬中国传统文化,通过展览来传达真善美的真谛,开启美好生活的新篇章。"在"子曰心书——浙江书法篆刻名家作品展"中邀请省内具有代表性的46位书法名家和25位篆刻名家,以《论语》名篇名句为创作内容,旨在以书法艺术为载体弘扬民族传统文化,传播孔子的智慧和国学精神。

浙江是文化重镇,书法篆刻艺术有着悠久的历史传统和丰厚的底蕴。杭州,既是文化名城,也是创新之城,既充满浓郁的中华文化韵味,也拥有面向世界的宽广视野。"子曰心书——浙江书法篆刻名家作品展"正契合了杭州 G20 峰会所倡导的"创新、活力、联动、包容"的主题,突出了"文化、艺术无国界"的宗旨。

这两场展览是对中国传统金铜佛像和书法篆刻艺术主题与文化特色的浓缩,不论是金铜佛像展还是书法篆刻展都展示了中国古往今来传统文化中的精华,展现了千年来中国深厚的文化底蕴。两个展览的展陈布局突出鲜明的活动主题,让参观者了解展览内容,其鲜明的主题性有利于弘扬中国的民族文化和民族精神,具有宣传、教育等作用,有利于突出国家的辨识度。而随后的两场展览更是在继承中有所创新,主要体现了我们当今艺术发展的情况,以及东西方艺术的交流。

第二届"杭州纤维艺术展"是重点打造的国际性品牌展览,也是杭州作为"丝绸之府"和"纤维之都"的文化名片。据展览介绍,该展在"空间""时间"这两个维度从纤维艺术的角度进行关于历史、人文、生活、环境、网络、科技的全球性对话。此次展览中还有大量的装置艺术,中西方艺术家会聚一堂,共同从"织"的角度讨论艺术,真正实现了不同文化的交流往来。

"湖山胜概"版画作品展是作为"水印千年"系列展览的序曲。水文化,是东方文化的核心灵魂,也是中华文化最本质的精神家园。"水印千年"大展以"水"为核心理念,以"水印版画"为载体,以杭州为起点,以西湖人文、山水的历史为脉络,通过文献展示、图像展现和多媒体装置等多手段,贯通文字、图像、影像、光线等多元素,展现西湖不同时代之美,并试图通过杭州这个窗口,呈现东方文明最具生命力的魅力特性。策展人娓娓道来让我们明白了该展览的主题,完美地展现了杭州传统文化交流的特色。该展策划为迎接 G20 国际盛会做了充足的准备。在该展览中,浙江美术馆首次引入的"环幕艺术剧场"展览形式,名为"幻影西厢",结合"陈洪绶西厢记"插图,和去年"湖山胜概"中的册页"烟波澹荡"水印版画作为素材创作的环幕影像。这种结合现代技术的情景浸入式观展创造出新的体验,这种结合新型科技从而产生与观众互动的展陈设置具有强烈的感染力。展览的环境是被设计出来的,展览环境提供给观众超越日常行为生活中的娱乐感受,在展览中所包含的关于国家形象的文化内涵也在潜移默化地影响着人们。

近两年,"湖山胜概"展览还走出杭州、走出浙江省,甚至走出了国门。"湖山胜概"展览亮相义乌蒙山农特产品交易会和中国国际旅游商品博览会、香港大学美术博物馆、东京日中友好会馆、静冈清水文化会馆等等,真正做到了以艺术文化塑造国家文化形象,向全国、全世界各地宣传中国传统文化,彰显中国文化强国的实力。

在展览开放时期,参观者络绎不绝,人们通过电视、网络、广播、报纸等等多种媒介了解到了展览的资讯。艺术展览多种方式的传播给国家形象的塑造开拓了有效的渠道,艺术展览还开启了不同感觉如视觉、听觉等对于国家形象的感受,有利于大众树立关于国家形象的崇高感。

三、总结

浙江美术馆在杭州 G20 峰会期间策划的四大展览以美为介,树立国家形象、打造民族文化品牌。习近平总书记在党的十九大报告中指出:"没有高度的文化自信,没有文化的繁荣兴盛,就没有中华民族伟大复兴。要坚持中国特色社会主义文化发展道路,激发全民族文化创新创造活力,建设社会主义文化强国。"中国特色社会主义文化,源自中华民族 5000 多年文明历史所孕育的中华优秀传统文化,熔铸于党领导人民在革命、建设、改革中创造的革命文化和社会主义文化,植根于中国特色社会主义伟大实践。再看今朝,在中华人民共和国成立70周年之际,当今许许多多博物馆、美术馆,已经将如何更好地树立国家文化形象作为主要功能之一。如何更好地弘扬民族文化、如何做到不同文化之间的碰撞交流是博物馆、美术馆管理工作人员与展览策划者必须重视的议题。艺术展览不仅是艺术发展的记录,更是展示国家形象的关键工作。70周年,艺术领域的工作人员作为新一代中国文化的继承人,将以饱满的热情、激昂的心情,表达对党的热爱、对祖国的祝福。以美为介,礼赞新中国;以美为介,奋进新时代!

以"法证建筑"作品为例管窥当代语境下图像语言的建构及其影响

齐峙威　浙江传媒学院

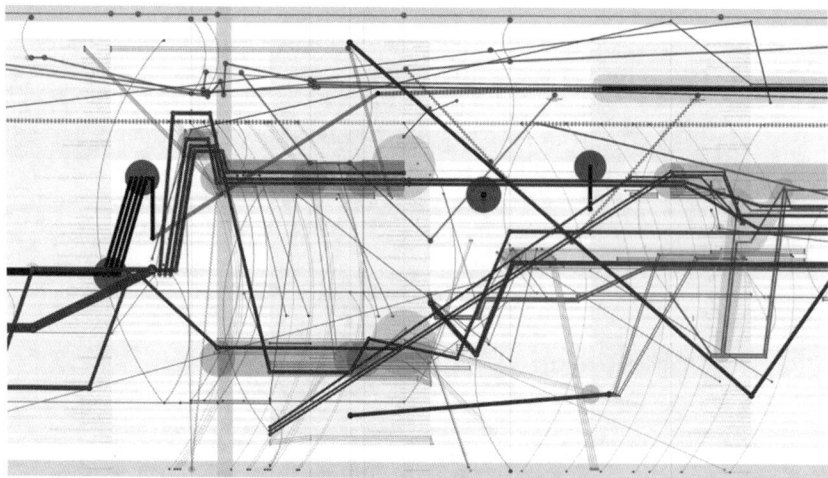

"法证建筑"《阿约钦纳帕项目》，第 12 届上海当代艺术双年展

　　在不补充任何背景信息的情况下，上面这幅图像大概会被认为是一幅师承了蒙德里安新造型主义风格的抽象作品，实际上，这幅由"法证建筑"（Forensic-Architecture，以下简称 FA）组织所构筑，并在第 12 届上海当代艺术双年展上占据了一整面墙的图像，是 FA 借助互动式制图平台，对发生于 2014 年 9 月 26—27 日的伊瓜拉学生失踪案的"图

解",是《阿约钦纳帕项目》的组成部分。它在综合了来自美洲人权委员会(IACHR)的独立调查员所撰写的报告中的数千份包括证词、访谈与通话记录等证据的基础上,将这一至今几乎仍可称为悬而未决的案件中的受害者、国家安全人员与犯罪集团人员的全部行动及其轨迹通过音视频、示意图与3D模型的形式进行了全景式呈现。

《阿约钦纳帕项目》为我们带来的启发也许更多地指向了当代视角下的身份建构,以及媒介自身的意义延伸。这种诞生于当代图像爆炸性增殖背景下的产物,实际上也因其同时运用多种媒介进行信息传达的手段而烙上了具备时代特征的印记——以图像系统和纯粹的表征形式"重构"一个现实的世界。借助网络、建模技术与多方证言等的帮助,FA构筑起了一个个在一定程度上补全,甚至相较现实更加真实的系统。而其表现所依靠的媒介,也由此具备了如"拟象"般的,比现实更加真实的地位。作为一种机械复制时代下的艺术性产物,它们建构起了一个完整但封闭的时间切片片段,令观者在全盘接受后打个冷战,然后意识到在那些影像与声音的背后,曾是鲜活的生命。这种"他们曾经存在过"或者说再度赋予"他们"于一个片段中的生命的意味,则同样配合着冷漠而不带有作者个人态度的客观化的叙述,于无形中为观众添上了作为"见证者"与"旁观他人痛苦"的共谋者的身份标签。

亚历山大·阿波斯托尔所作的《剧中人》选择了过去数十年间几乎一直处于动荡状态的委内瑞拉政局作为创作的素材来源,并以演员扮演的方式,将这场断断续续持续至今的骚动中的诸多人物形象以类型化和风格化的形式集中展现。作者放弃了如通常意义上的政治宣传抑或柏林达达等艺术流派创作中所一贯保持着的较为具体的人物或事物指涉,而是将所有这些化为一张张"脸谱"进行展示。也许可以认为,其图像语言的建构几乎完全依赖作为观看者的个体那始于"二次同化"之后的社会化主体的意识形态储备与观念集合，作为创作者而存在的主体已不再详细地为观者描述"这是什么"，取而代之的是将自己的态度藏于作品所给予创作者的一个个标签和一个乃至一组从基调和风格上均具备高度统一性的图像。这一观念的传播最终会以观看主体们的思考以及随之而来的思维发散与记忆而宣告终结，但这终结同时又将会是一个个独一无二的联想的开始。这一观念的意义更多体现在来源于客观世界，但却又超脱于符号的建构与视觉场域的建立之上。同时，作为一种另类的历史记录，这一观念的影响也同样体现在当我们打开电视，看到至今依旧纷乱的委内瑞拉政局时，那于一瞬间隐隐闪过的，有如定妆照般的脸孔。

视线转向国内。在经历了 20 世纪 80 年代"伤痕文学"式的反思和对"人类废墟"的记录，以及 20 世纪 90 年代的实验摄影与"老照片"等热潮之后，21 世纪的中国摄影正在庞杂的图像与相对陈旧且缺乏新意的观念间，筹划着具有更加浓厚的本土特征的摄影风格。在此，可以选取张克纯的《北流活活》作为代表。在它平静的、中国文人画般的写意风格之下，隐藏着作者由黄河被飞速发展着的现实所改造和破坏的事实所产生的，某种也许可以称之为悲伤的情绪与力量。张克纯以敬畏的心态提取着黄河流域沿线凝固的样本，并且在此过程中也以将自己置身于画内的形式，实现了自身从图像语言的建构者，向表征世界的"参与者"的某种转换。透过黄河这个窗口，他凝视着当代社会摧枯拉朽般前进时所抛下的遗存与建构的景观，乃至人造的表征世界。"……因为这种母体里会有一种血统、一种水土、一种创造的力量使活泼健壮的新生婴儿降生于世，病态软弱的呻吟将在他们的欢声叫喊中被淹没。从这种观点看来，一切又应当是乐观的。"也许就是在这种失望但又不无希望的念想的指引下，我们这个时代的黄河被凝结在了一个个的时间切片里,无声地向后人展示着一条河流、一个国家,乃至一个时代透过浪漫化的图景所呈现出的那坚定而无可回头的前进轨迹。

当代社会已被"景观"所占据,乃至在一定程度上以"景观"作为其存在依据与表征。这些被从真实存在着的客观世界中抽离出的影像,以其各异的允诺承载着人们的欲望与愿景。它们是我们的造物,并因此在很大程度上承载着我们的愿望与思想。而借助更迭不休的虚拟洪流,终将长存的它们将在另一个维度完成自身的身份确立。

艺术实践与中国乡村的共生边界

赵一览　浙江传媒学院

　　乡村文化、乡村记忆是中国文人基因中无法抹去的一笔。不同时代背景下的乡村必然会以不同的方式反映在文艺创作中,尤其是当前传统文化复兴、新农村建设,以及全球化和城市化背景下人们不断被激发的寻根意识、伦理意识,这些无疑都是艺术创作灵感的沃土。以乡土艺术、乡土绘画为根基的当代艺术开始重新走进乡村,关注乡村建设和乡村文化保护、文化寻根。同时,大量的农村人走进城市,很多人开始定居城市并逐渐融入其中,不知不觉中改变着城市和自己。他们有了一个个时髦的新身份:新上海人、新杭州人、新香港人等等。如何界定这些"新"群体? 他们的根基在哪儿? 他们要去哪里? 如果愿意,他们还能回到哪里? 艺术家们面对这些又该如何思考和创作?

　　在"2019乌镇当代艺术邀请展公教活动"上,一场名为"艺术介入乡村"的主题讨论被在场的几位艺术家即兴更名为"艺术融入乡村"。"介入"改为"融入",将带有侵略意味和插入事件中进行干预的说法改为将进步性和创新性合二为一的说法。"介入"一词使得艺术家与大众之间的关系产生了强烈的距离意识和强迫味道,并且在艺术创作与观者之间规定了明显的隔离地带。但这样的心理反应不是当代艺术所希望看到的,也不是艺术家的目的。"介入"和"融入"的边界也在乡村艺术实践当中逐渐有了清晰的界限,界限划分越清晰,共生的希望便愈强烈。

不同艺术家采取了不同的方式与乡村进行"磋商对话"。石节子村美术馆是其中一个案例。艺术家靳勒通过对石节子本地文化的挖掘和调查做了与本土文化相呼应的乡村艺术建设,在石节子就地取材或者寻找与乡村有关的艺术材料进行创作,将每家每户都改造为小型的雕塑、绘画,甚至行为艺术的美术馆;选择与村民相关的电影举办石节子电影节,让村民们感受本属于大都市的艺术氛围。艺术家称自己的初衷就是引起社会对偏远农村的关注从而改变村民的生活现状。石节子村从 2008 年开始陆续受到政府和媒体的关注,但随着社会关注度的上升和村庄样貌的改变,人们对艺术与乡村共生的态度开始产生分歧。例如:这样改造中国乡村的方式是否真正使得村民与艺术发生了不可取代的关系?是否真的以村民所感为出发点?是否为了成为都市艺术当中猎奇的部分来博取关注?

艺术研究学者渠岩在关于此问题的讨论中说道:"乡村在今天的语境中代表的是我们的灵魂家园,经济不是乡村最核心的价值,乡村如果不还原为家园,那就无法救乡村。"而这恰恰映射着乡村作为灵魂寄托的存在不是为了博得社会关注、将自己打造为城不城乡不乡的存在,而是为了保留"真"和"纯",作为净土和雨露来呵护人们成长,用真正适合乡村可持续发展的模式来提高村民的生活质量。不可否认,石节子村村民是艺术家制造的伊甸园所带来的经济受益者,但却无法真正从艺术家的艺术中汲取更多思想上的升华和创造艺术的本领。本是主体的他们,其实变成了石节子村艺术项目唯一的局外人。艺术对观者的目的性越强烈,似乎就越容易失真,石节子村村民作为艺术的目的被载入艺术改造中国乡村的史册,与此同时,"介入"的性质便远超"融入"。

摄影师拉黑致力于探索乡村和城市关系,在打破和共生的边界上徘徊,寻找最佳答案。他想通过作品帮自己洗干净大都市那些本不属于他的气息,他用脚步丈量城市到家乡的距离,用十几年后重返家乡,在淳朴土地上赤裸裸的自拍,弥补灵魂之殇。故乡面貌的改变是艺术家创作的缘起吗?这样的结果会不会使艺术家更加预见了故乡的消亡?拉黑说,自己本想用这样的方式众筹帮自己的家乡建小学,没想到却让家乡的楼房、道路、设施都变成了如今新农村的样子。家家户户装了厕所、楼房整齐划一、水泥路修到了村口,乍眼看去是别的村庄都没有的……但是记忆中的家乡却已经不复存在,自己甚至也变成了将格格不入的都市气味带回故土的嫌疑犯。

拉黑自 2007 年开始便在客家迁徙这一背景下,以故乡为主题,以自己作为案例探讨新移民的身份问题。组照《罗福平》试图开始面对作者自己内心最深处的关于村庄与死亡的记忆,重新认识记忆在个体塑造中的潜在影响。

如果说艺术家创作的初衷是让乡村通过外界关注得到更好的建设和发展,那么艺术于乡村来说便是为改造而生的"介入者"。如果说艺术作品是为了更好地保护乡村文化、使人们的灵魂更好地回溯乡村以获得精神滋养,那么艺术家是在渴望融入乡村,将自己的灵魂糅进乡村这个理想化的桃花源里。随着乡村艺术建设逐渐走向成熟,"独特带来的改变"必将代替"落后引发的关注",成为乡村继续展现活力和生命力的理由,艺术家也得以在这个过程中实现着自身艺术生命的成长与丰盈。

礼赞新时代

——新中国舞剧的国家形象描绘

章晨铭　浙江传媒学院

"'国家形象'作为反映在媒介和人民心中的对于一个国家及其民众的历史、现实、政治、经济、文化、生活方式以及价值观的综合印象,是国家的外部公众和内部公众对国家本身、国家行为、国家的各项活动及其成果所给予的总的评价和认定。"良好的国家形象是经济、文化、综合国力、主流价值观的重要标识与立体彰显。通过虚构的文学艺术所反映的国家形象更能体现出一种潜移默化的文化"软形象"。而艺术是体现国家软实力与国家形象的重要窗口,对国家文化、民族精神、文化价值的输出与传播有重要助推作用。自 2002 年"国家舞台艺术精品工程"启动以来,中国的舞蹈编创者们积极主动地用其独特的表达方式塑造国家形象,传播中国文化。而 2013 年"国家艺术基金"的设立及其科学选拔、资助、验收机制,更促成了中国舞剧由"高速发展"向"高质量发展"的转型,奠定了中国舞剧发展格局的新想象。在中国文学艺术界联合会、中国作家协会成立 70 周年之际,习近平总书记发来贺信,对新中国成立以来,特别是党的十八大以来的文艺工作成绩给予高度评价,为今后的文艺工作指明了方向,让与会的舞蹈界代表心潮澎湃,让广大舞者备受鼓舞。舞剧作为文艺创作的重要类属与舞蹈艺术的最高表现形式,在70年的发展历程中,以其多元发展的艺术面貌展现新时代的伟大变迁与底蕴深厚、开放包容的东方大国形象。

"文艺是时代前进的号角,最能代表一个时代的风貌,最能引领一个时代的风气。"弘扬主旋律一直是中国舞剧创作者们坚守的初心与使命。从20世纪50年代的革命舞剧《五朵红云》,到70年代的《红色娘子军》《白毛女》,都以其强烈的戏剧冲突表现"反抗"与"革命"的红色主题,展现出一段轰轰烈烈的中国现代革命历史和妇女解放自强不息的历史真实感,描绘出在战斗中坚韧不拔、永不服输的国家形象。毛泽东评价《红色娘子军》为"革命是成功的,艺术是好的,方向是对的"。再到新千年的《红梅赞》,几乎每个时代都有其极具代表性的红色经典。聚焦当下,在中国人民抗日战争暨反法西斯战争胜利70周年、中国工农红军长征胜利80周年、建党95周年之际,一大批红色舞剧应运而生:《八女投江》《烽烟桃花飞》《不落的太阳》《老山颂》《天边的红云》《闪闪的红星》《长征·九死一生》等,这些一脉相承的红色革命题材舞剧,囊括芭蕾舞、现代舞、中国民族民间舞等众多舞种,以强意识形态输出宏大叙事主题,表达浓重的爱国主义情怀,在历史丰碑式的革命英雄人物群像中,让人们重新审视灵魂与生死的关系,重拾信仰与崇高之美。

舞剧艺术是国家软实力的重要组成部分,优秀的舞剧不仅能影响外国公众对本国的看法,也能参与塑造和构建良好的国家艺术形象。20世纪70年代末,一部充满西域风情的民族舞剧《丝路花雨》家喻户晓,以飞动、飘逸的敦煌舞姿讲述文明古国丝绸之路的友谊绵长,展现出和平、和谐、友好相处的国家形象,更体现出中华传统乐舞文化的复兴,以及东方文明古国的开放包容与博大胸襟。再如2000年首演的《大梦敦煌》凸显古丝绸之路的厚重历史与人文景观,2001年的芭蕾舞剧《大红灯笼高高挂》对中国芭蕾民族化的探索，中央芭蕾舞团芭蕾舞剧《敦煌》对敦煌艺术的传承与守护，民族舞剧《孔子》《杜甫》《李白》《昭君出塞》等在审美上植根于博大精深的中华传统文化与美学精神，在人物塑造上构建具有中国风骨的文人群体形象、中国气派的巾帼女英雄形象，在价值观上弘扬民族大义、气节与理想，在对外文化交流中承担起国家艺术形象建构的重任。

当下传统舞剧艺术也更多关注于民族性格的表现和民族精神的传承与演进，不再满足于对民族风格的单纯再现。地域性舞剧的自觉，更表现为对具有中华传统文化经典内涵、形态、审美特质的舞蹈元素进行整合再现。所谓"胸藏文墨需若骨，腹有诗书气自华"，中国舞剧的"文化寻根"并不只是流于表面的舞台形象，而应具有更加深刻的中国灵魂。舞剧《妈勒访天边》《云南映象》《风中少林》等以最现代的运作方式演绎着中国最传统的文化，以现代的思想和视角去反思各民族的传统文化，具有能够被国际社会识别的中国民俗、民族文化及精神。再如藏族舞剧《太阳的女儿》《仓央嘉措》《天路》、新疆歌舞剧《永恒的刀郎》、朝鲜族舞剧《阿里郎花》、黎族歌舞诗《黎族家园》等，将民族迁徙、民族性格、民族文化等鲜活的非物质文化遗产，通过舞剧艺术形态进行文化输出，再现各民族的人文风物。或勤劳平凡，或善良勇敢，或自强不息的民族群体形象，仿佛是各民族的一次"各美其美，美人之美，美美与共，天下大同"的寻根之旅。

中国舞剧从 20 世纪 70 年代的"一红一白"，到改革开放初期的《丝路花雨》、新千年的《大梦敦煌》，到代表地域文化的《妈勒访天边》《云南映象》《风中少林》，再到近期舞剧《沙湾往事》《醒·狮》的民族表达，中国舞剧的形象一直在变，却又始终未变，变的是舞剧的形式、艺术风格、运作模式，不变的是中国舞剧中凝聚的中国精神。2018 年问鼎中国舞蹈荷花奖的舞剧《醒·狮》更表现出中华民族一段无法忘却的屈辱记忆和永不消逝的精神气节,强调的是民族尊严的"自觉",是民族血液中流淌的"坚韧"和骨子里昂扬的"不屈"。作为国家级"非遗"项目的"醒狮",积淀着不甘萎靡、不甘示弱、更不甘屈辱的民族精神,它不仅彰显出中国传统民俗文化的精神意象,更呈现出国家和民族悠久的历史底蕴、文明智慧,映射出中国舞剧创作在探索民族语言独立性、独创性的某种自觉与醒悟。

回眸70年,中国当代舞蹈艺术家们高擎舞蹈艺术的旗帜,紧跟党和国家前进的步伐,走出了一条艺术自觉的壮丽道路。70年的风雨征程,对于新中国舞蹈艺术来说,从它取得的成就而言,已经包含了永恒的力量。舞剧作为国家文化软实力的重要组成部分,对国家形象的塑造具有积极的推动和传播作用。虽然舞剧的创作与发展并非十全十美,也存在着多样性与开放性不足,生命力欠缺,现实题材匮乏,美学定位不清晰,表达时代广度、深度不够,依赖技术陷入模式化创编窠臼,难以跳脱文学理论思维束缚,国际本体边界定位不清等问题,但中国的舞剧仍在不断成长,舞剧艺术的特性也决定了它能从不同层面对国家形象塑造进行诠释。因此,我们应永怀初心与使命,深入生活,扎根人民,砥砺前行,把握时代脉搏,塑造独具风姿的大国形象,创作出"有筋骨、有道德、有温度"的无愧于时代、无愧于人民的舞剧精品,真正彰显独具风姿的国家艺术形象,诠释好博大精深、兼容并蓄的中华传统文化与东方文明,并将中华民族优秀的民族文化与创新发展、与时俱进的现代文化传递给世界,共同推进世界的友好发展以及人类文明的共同进步。

《幺幺洞捌》:我们如今还能从 1943 年看到什么

周悦琦　宁波大学

　　当 2019 年试图与 1943 年对话,当普通数字背后承载了两个时代的声音,当平静乃至乏味的现代生活遇上 70 年前风雨飘摇的战乱年代……就在上海虹口的某一间废弃仓库里,过去与现在重逢。听上去不可思议,但这在话剧《幺幺洞捌》的舞台上已成为现实。

　　女主角舒彤是一位生活在 2019 年的网络作家,为了寻找新小说的灵感而租下了一个改造后的仓库,而这恰是地下党员白石在 1943 年执行代号为"幺幺洞捌"的秘密任务的地方。两人通过一首穿越时空的 *Someday I'll Find You* 相遇,虽然囿于仓库的方寸之地内,却发现对方追求的精神世界与自己无比相近。最终,两人相知相识,舒彤找到了她想要的爱情,并决心留在那个危险时代,与白石共同完成"幺幺洞捌"计划,哪怕再也无法回头。

　　整部话剧抛给观众的问题众多,但有一点贯穿始终,那便是舒彤做出的选择——留下来。身为作家,她不满于现代社会的自私自利与精神生活上的虚无,对 20 世纪 40 年代的好奇与渴望驱使着她不停寻觅。最终,舒彤在 1943 年的白石身上找到了这个时代所遗忘与缺失的东西,关于爱,也关于责任。

这不仅仅是一个爱情故事,还有着战火纷飞与家国大义。因为爱与震撼,因为渴望与追求,所以舒彤选择停留。而千千万万个白石,构成的便是一个写满"勇气、无私、奉献"的国家形象。

　　这样的国家形象在话剧的舞台上被具象化,并通过一种更富冲击力的表现形式传达给观众。1943 年的中共地下党秘密厂房,身着旗袍的神秘女子,以巴赫与贝多芬为掩饰的情报电台,雕塑家白石与他可望而不可即的巴米扬大佛,宁可牺牲生命也要保证完成的"幺幺洞捌"任务,一群在那个年代中为了信仰与责任而从未停下脚步的人……

　　话剧开场之时,为了在一个空间内展现两个时空,裁切过的幕布将部分舞台遮掩,随着剧情的初步展开,幕布也随之移动,从而将时空的转换体现得自然而有代入感。紧接着幕布撤去,舞台正中那台 1943 年的留声机亦是 2019 年的收音机,作为时空的交融点,缓缓传出 *Someday I'll Find You*。时空分界逐渐模糊,灯光也变得瑰丽不可捉摸,在光与影的带领下,观众终于从现实中跨入 1943 年。这种感官的直接体验比单纯的文字冲击更为强烈,也使得随之而来的紧张氛围更为凝重与真实。

　　白石便是在这样的背景下出现的,起初那个如梦的幻象,此时变得真实。白石是中共地下党员,也是一名雕塑家,在一次炮火中受伤后失明。他心怀对艺术的憧憬,希望有生之年能雕刻出如巴米扬大佛一样宁静慈爱的作品,可惜生逢乱世,他只能带着一身手艺潜行于暗处。此时他为日本人仿制的罗丹"亲吻"雕塑,正是"幺幺洞捌"计划的一部分。

　　他希望用自己的努力,为未来的人们,雕刻出一个和平的世界。

　　当白石接受了舒彤的真实身份,相信了这个来自 70 年后的女人时,他颤着音只问出了一个问题:"我们……胜利了吗?"音乐在一瞬间归于寂静,舒彤转过身,看着面前这个渴望答案又不敢听见答案的男人。为了这个没有答案的问题,白石已付出太多,但舒彤有理由相信,哪怕答案是否定的,他也会依然负重前行,向死而生,这便是一个时代与国家的侧影。

"我们这个时代,充满了各种超级英雄,就是没有像你这样,有真正特异功能的英雄。"这是舒彤对白石,也是对那个时代的感慨,而1943年的特异功能,便是勇气、无私与奉献。

舞台上灯光再次变换,舒彤与白石回到各自的来处,同一个仓库,两个时空。1943年,白石与他的同志们受到日本人的盘问与怀疑,计划即将暴露,事关无数无辜平民的生死。2019年,舒彤有了新的灵感,她想写一个有关英雄的故事,写在这仓库里曾发生过的故事。然而她周围的人却对此嗤之以鼻,说"如今这个世界上哪有真正的英雄",他们只关心公司的利益,担心成稿的速度,以及小说能否大卖。

最终,舒彤在陈旧的资料里发现了这个仓库的结局,曾经的中共地下据点被日方发现并销毁,时间便是她看见资料的当晚。舒彤决定做些什么,比如离开这看似安逸但迷茫涣散的世界,回到那个风雨飘摇但真挚坚定的年代,试着做一个英雄。

在《幺幺洞捌》的世界里,我们可以看到过去与现在,以及希望中的将来。如今被我们所忽略的那些平凡的伟大,在两个年代的对比下显得尤为珍贵,也使得人们不自觉反思:在飞速发展的现代生活中,我们是否真的遗忘了什么?

现代生活越来越浮躁,对金钱的追求施压于精神之上,国家与民族的概念似乎与个人割裂,属于自己的精神支点无处可寻……舒彤的迷茫也代表着现代人的普遍迷茫。《幺幺洞捌》借助戏剧舞台的张力,将这场跨越时空的对话与反思浓缩进了一个谍战爱情故事,并借助精巧的舞美设计,让过去的世界与现在的观众产生交流,展现了一场如梦似幻的时空对话、一个由无数血肉之躯构成的家国形象。

　　舒彤为何停留，观众又因何感动？《幺幺洞捌》用话剧特有的表达方式，给出了一个满怀着理想与艺术气息的回答：因为那些跨越时代的勇气、无私与奉献，2019 年依然需要英雄，也仍有英雄。

论新时代中国舞剧的国家形象与精神

汪钱茨　浙江传媒学院

　　70年,新中国的历史不断向前发展,一个时代的作品,呈现出的是一个时代的"中国形象"。回溯往昔,从中华人民共和国成立后第一部大型民族舞剧《宝莲灯》中至善至美的传统女性形象描绘,到20世纪60年代中国芭蕾舞剧《红色娘子军》《白毛女》中革命化、民族化、群众化的艺术实践,70年代民族舞剧《丝路花雨》对中外人民友谊与敦煌艺术的礼赞,再到八九十年代的《铜雀伎》《阿诗玛》,新千年以后的《大梦敦煌》《云南映象》《雷和雨》,今天的《朱鹮》《杜甫》《醒·狮》《草原英雄小姐妹》《永不消逝的电波》,"中国舞剧历经了古典化、民族化、芭蕾化、革命性、文学性、地域性,多舞种合一、多元化并存、个性化彰显等各具特色的不同阶段",以一部部艺术精湛、制作精良的舞剧作品呈现,在一个个饱满鲜活、栩栩如生的艺术形象中,凝聚中国力量,弘扬中国精神,将人民的现实生活与时代梦想书写在舞台上。

一、传统题材舞剧对民族精神的弘扬

　　文艺创作不仅要有当代生活的底蕴,而且要有文化传统的血脉。"求木之长者,必固其根本;欲流之远者,必浚其泉源"。

舞剧《沙湾往事》作为兼具民族气质和现代气质的范本,将中国舞和现代舞的表现力融为一体。舞剧聚焦于20世纪30年代中国社会革命浪潮风起云涌的时代背景,成功塑造了以"何氏三杰"为代表的"承前辈民族传统,系家国未来情怀"的广东音乐人形象,在《雨打芭蕉》《赛龙夺锦》等传统音乐与豪迈激昂的龙舟舞动中展现岭南地域文化,高度体现出个体命运与家国命运深深相系的一代中华儿女自强不息的民族气概。同样身为传统题材的民族舞剧《醒·狮》,截取鸦片战争时三元里抗英斗争的历史事件,在木鱼说唱、醒狮鼓乐、粤剧古乐伴奏节律中融合南拳、舞狮等非遗民间技艺,讲述了舞狮少年面对个人小爱与家国大义中的自我成长与蜕变,以狮醉、狮醒、狮斗、狮吼隐喻中华民族尊严之觉醒,象征着中华民族刚毅不屈的民族脊梁与精神气节。再如弘扬济世情怀、身先士卒、治水英雄的舞剧《大禹》;歌颂"中华儿女多奇志,不爱红装爱武装"的巾帼女性,以及"孝、忠、节、义"和大爱与和平的舞剧《花木兰》;表现"视国家为生命、以民生为己任"民族大义的舞剧《杜甫》,都或在题材上聚焦历史传说、经典事件、古典人物的生动描绘,或在语言上追求和谐圆融的古典风格、地域鲜明的民族特色,或在审美上注重对中华传统美学意象、东方文明底蕴的传承与发扬,或在价值观上树立爱国主义、民族情怀等优秀品质与精神内核。

二、红色题材舞剧对中国革命信仰的坚守

习总书记指出:"任何一个时代的文艺,只有同国家和民族紧紧维系、休戚与共,才能发出振聋发聩的声音。"不论是20世纪70年代的《沂蒙颂》《草原儿女》等红色经典舞剧所留下的难以忘怀的红色记忆,还是之后的《风雨红棉》《恰同学少年》《天边的红云》等原创红色舞剧所延续的革命情怀,虽然时代风云变幻,但对革命英雄主义与革命乐观主

义等红色精神的信仰与传承绵延至今、历久弥新。

舞剧《永不消逝的电波》是由"80 后"与"90 后"编导联合全新创作的第一部谍战题材舞剧，是中国民族舞剧新时期的突破创新之作。舞剧融合多种艺术形式演绎，用多媒体影像与蒙太奇式的现代化叙事表现手法，重塑以革命人士李侠为代表的中共地下党人为抗战胜利做出伟大贡献的革命事迹。复杂的情节与众多人物关系交织牵引出一个个鲜活的胸怀大爱的革命形象：小学徒、黄包车夫等，突出共产党人不畏艰险、勇于牺牲奉献、舍生取义的热血肝胆，将红色信仰直接触及大众的内心，于历史深处回响生命电波，承载着对革命先烈的敬意与对祖国忠诚的爱与信念。又如用当代语汇讲述红色经典的芭蕾舞剧《闪闪的红星》以及传承革命精神的原创舞剧《井冈·井冈》，作为致敬红色时期英勇无畏的红军战士，重现星星之火可以燎原的红色精神与红色形象，"展现当年红军为信仰执着追求的坚定信念，为理想前赴后继的青春激情，为求人民新生而无惧生死的天下情怀"。这些浴血奋战的中国共产党人形象、感天动地的英雄事迹，都坚定而艺术化地展示出中华民族团结一致、艰苦奋斗的国家形象，在新时代永久传扬。

三、现实题材舞剧与改革创新时代品格的交融

自改革开放以来，我国文艺创作迎来新的春天，作为新时代主旋律舞剧之一的《天路》，以民族化的视角和历史的深度，再现藏区军民团结一心，共建青藏铁路的伟大事迹。舞剧以藏族民间舞与当代舞交融的肢体语言塑造出栩栩如生的铁路兵战士、藏族民众等人物群像，以叙事性的双人、三人舞，写意性的群舞聚焦人性，突出迎难而上、执着的天路精神以及坚守筑路时代的先锋精神。《草原英雄小姐妹》秉承深入生活、扎根人民的创作理念，通过时空交错、借虚言实的艺术手法表达，创

造性地以现实主义与浪漫主义结合的方式展现责任与担当的时代使命;还有描绘民族千年文明,展现敦煌人的坚守和奉献品格的原创芭蕾舞剧《敦煌》;讴歌青春及时代热情的革命现实主义原创舞剧《立夏》等,皆站在新时代的角度出发,映现国家形象,倾注新时代品格。舞蹈剧场《从小岗走来》更是以安徽省凤阳县"小岗村"为故事原型,以糅合戏剧、语言、影像、中国现代舞的创新方式,在"国"之"家"中解构,在"家"有"国"中深情,力图展现改革开放的时代特色与精神面貌。这些现实题材舞剧中的军人、劳动者等一个个真实可感的个性人物,凸显出或勤劳智慧,或团结友爱、自强、自立、自信的中国人民群像,彰显与时俱进、奋发有为的时代主题和奋发向上、开拓创新的时代精神。

当下中国舞剧背后,蕴藏着中国形象与精神,而中国精神正是社会主义文艺的灵魂。习总书记曾提出:"中国精神是以爱国主义为核心的民族精神和以改革创新为核心的时代精神。"中国历经 70 年的风雨历程,如今蓬勃发展的舞蹈艺术,紧随国家倡导的文艺思想,立足中国现实。但新时代中国舞剧需要从不同的创作视角来探寻突破,以传统经典、融合创新、跨界探索的艺术语言传递积极向上的价值观。将"中国精神、中国价值、中国力量"融注于作品之中能与人心弦共振,使新时代的中国舞剧作品可以承前启后,坚守筑路的时代精神,成为接住地气、鼓舞人心的精神引领,彰显中国特色、中国风格、中国气派。

中国希望

——21 世纪电影中的支教故事

朱佳乐　宁波大学

在祖国的一些角落,有一些生长在艰辛中的孩子,他们过早地背负起生活的重担,承受着生计的焦灼。为了不让孩子们的梦想在严酷的风沙和骄阳下龟裂,一群群有温度的青年汇集成河流,奔赴每一个祖国需要的地方,去拥抱每一粒渴望被浸润和打磨的沙砾。与此同时,支教故事也被频频搬上荧幕,为全国乃至全世界带去最真切的感动。进入21 世纪后,电影艺术不断发展,日趋成熟,艺术作品中对于支教事业的描画也呈现出可贵的包容性和多样性。《美丽的大脚》《蓝学校》《大漠青春》等优秀的电影作品在影坛大放异彩,让我们见证了散在祖国各个角落的寂美的守望,也让我们看见了一个个从繁华安逸中赶赴召唤的坚定背影。

《美丽的大脚》拍摄于 2002 年,片中塑造了两个身份、气质截然相反的女教师形象。虽然是支教故事,但影片的主角是当地教师张美丽,这位以 43 码大脚出名的乡村女教师牢牢地扎根在西北飞扬的黄土中,粗糙坚韧,质朴无华。而来自繁荣的首都北京的支教老师夏雨,打扮时髦,在风沙四起的黄土地上,常给人格格不入的恍惚感。她们的不同不仅是在外表上，张美丽被农村落后思想紧紧裹挟，有巨大的自卑感，她羞于自己的外表和大脚，还时常说自己一生都"不成功"，夏雨却自信大方，并且想极力感染前者；张美丽把生孩子作为女人最大的价值，她对村里娃娃的情感正是出于天然母性和命运缺憾的支配，夏雨独立、有魄力，爱憎分明，对待人生有极强的主动性；张美丽压抑着自己对爱情的渴望，夏雨却告诉她要为自己而活，要勇敢追求幸福。但在另一个方面，她们又如此相似，她们的生命都因为同一件有意义的事而更加深厚。在影片的后半段，她们的形象以最温柔的方式重合了，张美丽因为一场意外陨落在黄土地上，而说着"再也不会回来"的夏雨成为第二个张美丽。她像这里的孩子在影片开头做的那样，从土堆上跃起，让自己被完全包裹在飞扬的沙土中，这是奉献这片土地的决心，是一颗心靠近一颗心后，被震撼、被打动后的相通。教育的担子在无私的奉献者手中从未落地，正是因为有了她们，在干涸的西北黄土之上，同样能开出最灿然的小花儿。

拍摄于 2010 年的《蓝学校》用最平凡的方式讲述了一份来自乌拉特后旗牧区里最不平凡的守望。不同于《美丽的大脚》中两位教师近乎伟大的奉献，电影《蓝学校》中的支教教师张盟的出场有些另类：张扬的耳钉，时髦的打扮，走路懒散，站定插袋，一脸满不在乎、吊儿郎当的神情，这一切都很难让人将他与支教老师联系起来。电影在后面为我们揭晓了他的来历，不出所料，张盟支教的出发点并不高尚——为了补救个人档案上的污点，为了给自己的履历贴金，方便未来找工作。就是这样一个近乎世俗甚至利己的小人物却在进入蓝学校后迎来了人生的转折点。

蓝学校是当地一个普通的牧民依如乐大叔所建，没有考究的设计，没有精美的装饰，只有通体的蓝色，但它是依如乐最漂亮最高远的梦想——他希望旗里的娃娃都能够进入学堂，最后振翅飞至梦想的蓝天白云之上。依如乐大叔是村里的"倔头"，他直来直去，就连善意也总是武装得坚硬无比。因此，在影片的前一部分，依如乐大叔与张盟之间时不时发生激烈的冲突。但当张盟体悟了当地孩子的生活处境，又得知了依如乐大叔强悍外表后所背负的不易时，他的内心被巨大的力量搅动起来。他一改之前的游手好闲，仔细地为每个孩子制定了学习计划，抛开了尽快逃离这里的念头，选择留下来，成为学校的"铸造者"。

事实上，很多时候，支教本身并没有一个绝对伟大的预期，也不只是单方面居高临下的奉献，它往往是无数平凡小人物的互相馈赠，他们本都并不完美，却在付出的过程中成为更好的自己，成为一个个形态各异却又值得铭记的中国形象。

在2015年上映的电影《大漠青春》中，三位年轻的支教老师踏着师哥师姐的脚印，来到了位于祖国西北部的新疆。他们关注孩子的精神建设，为我们打开了一个更加柔软细腻的世界。三位支教老师在了解了学生茜玲娜依不幸的身世之后，决定一点点走近她，解封她内心的冰河，并最终让这个沉默敏感的女孩敞开心扉，重回明朗。除此之外，他们还在与当地人民接触的过程中，碰触了一些固化在人们心中的落后思想，那些扎根于地心的尖利顽固的荆棘仍然企图争夺新生枝芽的养分。他们走入西部的过程，就是现代文明与落后闭塞碰撞的过程，除了教授课本上的知识，搅动冥顽的思想岩块，传递正确的三观和向上的精神更是三位老师的重要使命。

这三部电影的发展，其实也可看作是大众对于支教事业认识的发展。人们不再把支教简单地平面化、脸谱化、理想化，艺术叙述的视点也从支教老师发散到了当地村民和学生，更加深入地走进孩子的内心世界并追寻深层的文化诱因。

近年来,支教影片不断涌现,荧屏上大大小小令人难忘的电影形象正是千万前赴后继的青年的缩影,他们和那些生活在艰难中却不忘努力微笑的孩子一起,都是微小又可敬的中国形象。尽管他们性格不一,但无一不坚守着同一份热忱——中国希望。

时代责任与青春书写

——新中国影视作品中的青年形象

应娟 宁波大学

自新文化运动以来,青年群体便被赋予国家富强的宏伟愿景,被历史洪流推至"新思想和新文化的有力建构者"的高度。青年形象的可能性直接成为社会未来性的投射,衍生成勾勒"国家形象"的一股最积极、最有生气的力量。新时代国家形象的描绘需要青年形象这个颜料盘,其中所蕴藉的意味,不仅仅是思考时代与青年的关系,试图掌握青年特征并绘制时代群像,还包括解构色彩的成分,从历史的梳理中窥见时代变迁的影子和青春回忆,完成新时代国家形象建构的反思和观照。

新中国成立后的 17 年属于社会主义意气风发的建设时期,因此这期间的影视作品大多镌刻着红色印记,宣扬将个人的生命价值汇入革命和集体的洪流中,表露高度理想主义的激情。在这种背景下,《年青的一代》《江山多娇》《青春之歌》等刻画青年群体的影片大量涌现,并都表现出鲜明的政治教化功能。以崔嵬、陈怀皑执导的《青春之歌》为例,影片的主人公林道静接受过新思想的启蒙,对封建父权制具有强烈的反抗精神,天性追求理想与自由,而有别于五四青年的是,作品更多反映了"娜拉出走"以后的问题,呈现主人公的抗争意志与社会现实屡次碰壁的情形,以此突显她最终选择投入革命斗争的正确性。作品在宏大的革命叙事话语中,折射出青年个体须从狭小的自我走向集体主义的教化,佐证了青年群体只有献身于国家建设事业,才能获得真正的出路和解放,据此勾画出这一时期青年形象的基本轮廓。

"十年动荡"延迟了一代人的青春。20世纪70年代末80年代初,在《人啊,人!》的呐喊中,青年群体展开了揭露式的情感宣泄和对自身的剖析,以记忆历史的方式遗忘历史,从政治性反思转至人性反思,流露影片由群体思想的大制作转向处理个体心理创伤的痕迹,提出人文主义的主题思考。《苦恼人的笑》《生活的颤音》等伤痕电影呼吁正义、真理与人道的尊严,体现青年极力摆脱"梦魇",继而追求现代化的热烈渴求。

80年代末,改革开放的思潮使社会逐渐向多元化的趋势发展,所谓现代化的意识形态也在全新的社会语境里得到确认。尽管语境的变迁为国家注入了崭新的活力,但变革的浪潮同样也催生出阶层、文化与社会结构的复杂化,以及个体无法适应庞杂环境的心理焦虑。主流青年文化旁生出诸多边缘文化的侧枝,青年形象也不再是单调的民族主义叙述。这一时期的文艺作品彻底实现了从偏重群体精神到展示个人成长烦恼的嬗变,第六代导演电影中的青年群像具有重要的代表意义。贾樟柯的《小武》、张元的《北京杂种》、李杨的《盲井》和唐大年的《都市天堂》等作品,关注的大多是背负生活重担的底层人士,电影通过反映城市建设之下打工青年的物质窘困和精神零余,描摹了一幅幅错落凌乱的边缘文化画卷。随着改革的不断深入,国产青春电影对青年的成长问题也开始越发深入的触碰,新时代青年形象在历史的堆叠影响下逐渐立体而稳固起来。

近几年,青春剧或青春电影以井喷的形式大量出现且收获不少观众。2013年《致我们终将逝去的青春》播出后,同等基调的作品相继涌现并形成热潮,如电影《匆匆那年》《同桌的你》等。这种搭载校园记忆、感怀青春消逝并抒发追忆的创作套路,成为早期"怀旧青春片"主要的艺术表达,而多产的情势下其同质化的现象也日益显著。许多影片里的青年拘泥于青春期爱恋的小格局中,疼痛青春的浪漫调式夸大了他们迈入成年世界的压力,使校园与社会呈现截断式的对立,作品最终流于浮躁。但当青春片被过度消费之后,其创作又开始进入直面现实、回归理性的新阶段,并与社会热点问题同频共振,展现出新时期真实丰满的青年形象。

赵宝刚执导的电视剧《青春斗》通过五个女生的成长蜕变故事,以现实主义的笔法站在一个高层面回答了当下年轻人脱离校园象牙塔之后,步入社会面临的抉择困境,并深入剖析了代际冲突、独生子女家庭等焦点问题,刻画出与挫折进行不懈斗争、不断改变命运的青年形象,成为鼓舞青年进取奋斗、散播正能量的主旋律佳作。电视剧《都挺好》同样细腻地阐述了青年在家庭伦理领域遭遇的难题,苏明玉受到重男轻女思想的严重毒害,却依旧保持独立自强、善良正直的品性,不失对生活的热爱,"都挺好"的背后既有一种无法避免的辛酸,也凝聚着青年拼搏的坚毅和与自己和解的气度。新时期的青春片逐渐摆脱了低效的自我复制,摒弃猎奇视角,融合时代精神和艺术气息,致力于挖掘深刻的思想内涵,显现曲折生活中喷发独特斗志和力量的多维青年形象。

"你所站立的那个地方,正是你的中国。你怎么样,中国便怎么样。你是什么,中国便是什么。"国家形象的建构离不开社会群众的素质样貌,更离不开其中最有生命力的青年群体的精神面貌。影视作品中青年形象的演变史启示我们,国家形象是由多种元素综合构成的,宏伟的正面书写与"多余人"的边缘刻画相互补充、必不可少,重塑引导新时代的国家形象应建立于正视历史的层面,青年只有回应社会价值,并承担时代责任才能免于落入孤芳自赏与自怨自艾的窠臼。

《秘境之眼》:国家生态形象的创新传播

毋嘉敏　浙江师范大学

　　当下中国大力推行绿色发展理念,生态中国观念逐渐深入人心,特别是近五年来生态文明建设成效显著。世界和中国都需要了解正在不断优化和改善的生态中国的形象,因此,生态纪录片成为塑造和传播国家形象的重要媒介。近年来,我国制作的《美丽中国》《森林之歌》《我们诞生在中国》等众多生态纪录片正是回应了这一要求,从不同角度建构生态中国的形象。央视综合频道与国家林业和草原局自然保护地管理司于近期联合推出一档生态微视频节目——《秘境之眼》,带我们走进真实的野生动物世界,用原生态的影像唤起人类对于自然的渴望和生命的敬畏。这档节目与上述生态纪录片有所不同:首先,播出方式不同。节目每天一期,每期在1分40秒中展现红外相机摄录下动物生活的情趣片段。其次,在媒介使用上有所创新。用微视频的节目形态对保护区的生态多样性做了样本展示,以这些原生态成果更好地向世界诠释新时代的"生态中国"形象。最后,引入与现实观众互动的环节,邀请现实观众参与视频片段的点赞,从而深入人心地宣传生态环保理念。可以说,这是央视利用微视频的方式在电视领域中对生态理念予以碎片化传播的一次创新。

《秘境之眼》秉承"动物是生态环境中重要一环"的理念,巧妙地运用观众认知建构的原理,通过转喻与隐喻的方式对微视频这种碎片化传播的内容予以有效转换,从而表现了中国的整个生态建设的成就,生动地传达了中国的绿色发展理念。中国生态文明的成就通过绿水青山中一个个动物鲜活的面孔有了更具体、更细化的表达。《秘境之眼》这档节目值得称道的还在于它的互联网思维,把电视单向传播变成双向互动,乃至转化为行动。所以说制作者创作这类有别于传统野生动物节目的目的绝不仅仅是完成艺术创作,而是在更大程度上去完成一次社会行动,只不过是用影像的方式、用短视频的方式来实现。因此可以说,这档节目引入观众参与其中,这种邀请观众参与生态微视频节目的互动也是创作者一次有益的尝试。

　　议程设置理论认为媒体需要在精准的时机投放精心选择的内容产品;观众根据媒体提供的议程清单进行信息的接受活动,两者的有机互动将大大提升信息传播行为的影响力。在 2019 年国际生物多样性日来临之际,《秘境之眼》为扩大宣传效果,精准设置议程,推出精彩影像评选活动。5 月 8 日有关专家从已经播出的 124 期节目中遴选出 22 期优秀节目,在网络和大屏同时展播;公众以点赞的方式投票给自己最喜爱的视频;将评选结果公开公布。最终白头叶猴(广西崇左白头叶猴国家级自然保护区)以 394209 次点赞的优势获得评选第一名;海南长臂猿和川金丝猴分别获得第二名;大熊猫、华北豹获得第三名。创作媒体在精准议程的设置下邀请观众参与节目视频的点赞评选环节,珍稀濒危野生动物展现出自然精灵的可爱形象,既满足了观众的参与心理,又激起广大群众的关注和喜爱,还有效进行了全民生态保护意识的二次传播。

　　从传播学培养理论的核心观点中我们知道:大众传播媒介在潜移

默化中培养观众的世界观。《秘境之眼》通过动物这个感性符号引起观众保护生态的情感共鸣，打通视频作品与观众之间的情感场域，营造"传播共情"，使观众潜移默化地接受并且主动去传播生态理念。而观众自发传播的"自下而上"的传播方式弥补了"自上而下"的传播方式的不足，在传播生态成就效果上非常加分。《秘境之眼》以"观众参与＋传播共情"的方式切入，培养了观众共同参与"环保行动"的聚合效益。并且采用短视频的方式试图邀请观众营造这一场生态领域的狂欢：保护野生动物，保护"绿水青山"。

要想实现生态纪录片传播我国生态形象的使命，就必须在节目的题材、内容、形态等方面进行必要的拓展与创新。虽然《秘境之眼》传播效果有待时间验证，但是它对来自各个自然保护区的红外相机拍摄的素材予以加工，采用微视频方式予以传播，并与现实观众进行有效互动进而转换为行动的方法，的确为生态纪录片及其他类型影片的创作与传播提供了可资借鉴的范本。

向传统致敬　为中国设计

邢天谣　浙江大学城市学院

毋庸讳言,中国的工业设计起步较晚,但如今追求设计的呼声越来越高,红星奖、金点奖等衡量设计水准的奖项也在逐渐发展,但尚缺乏一个像红点、IF那样极有分量的设计大奖。中国工业设计之父柳冠中老先生曾痛批红点、IF纯粹是骗中国人钱的商业机构,这自然也跟中国没有一个决定性的衡量设计水平的标杆有关。

如今,中国制造正在向中国智造转变,原创、设计、自主研发越来越受重视。中国历来被诟病创造力不足,各种产品上只看到"MADE IN CHINA"而非"CREATED IN CHINA",所以,我们太需要中国设计!

其实,中国有很多自己的东西,只是没有被很好地传达出去。英国的汽车节目 The Grand Tour 曾做过一期中国特辑,主持人克拉克森居然说红旗L5"华丽又邪恶",可见国际上对中国的误解很深。与此同时,世界也在期待倾听中国自己的设计声音,如国际设计界最具代表性的大奖红点、IF等无不十分青睐融合中国传统文化的设计作品,荣获2013年红点与IF双料大奖的"竹语伞"便是一个典型的例子。

伞在中国源远流长,杭州余杭的纸伞在过去很有名,伞作坊遍地开花,已有230余年的历史。杭州更有天堂伞等名牌企业,以及位于运河旁的中国伞博物馆。"竹语伞"的工艺源于西湖绸伞——竹不仅被历代文人所欣赏和喜爱，还因其韧性和强度而被视为一种很好的待开发材料。

以李游为首的"竹语伞"设计团队就在竹上做文章，每一处都将竹的特性发挥到极致，不仅从伞柄到伞骨都采用全竹，经测试其结构能经受住5级大风，而且该伞仅两个iPhone的重量，亦足够轻巧实用。

此后，设计团队经过三年的继续思考与不断积累，在充分发挥材质特性的基础上又加入了对产品使用方式的重新思考，破而后立，于是主材质是木材的"木心伞"诞生了。

其设计充分考虑了伞的整个使用流程——在日常用伞中，伞与伞套是分开的个体，伞套极易被丢弃，造成伞一路滴水的尴尬现象，于是设计师把伞套与伞结合成整体，在伞柄末端做了一个空腔设计，可以把伞套收纳进去。

显然，"竹语伞"与"木心伞"都融入了江南油纸伞的技艺与西湖绸伞的设计理念，其设计核心就是对"传统文化与手工艺"的再现，即古为今用，立足中国传统文化，挖掘古老工艺优势并运用于现代产品。这是对中国传统文化的良性继承，使"CREATED IN CHINA"更具底气，让国际上对中国文化的理解更易到位，国外对中国的某些滑稽印象亦可借此改观。

换言之，"竹语伞"和"木心伞"分别是对竹子和木头两种材质进行充分推敲、挖掘的产物，是古为今用的成功范例。而杭州一个名叫"品物流形"的设计团队则对此做了更进一步的探索。该团队的名称源于《易经》中的"云行雨施，品物流形"，描述的是开天辟地、万物初生的场景。它拥有三位设计师：中国设计师张雷、贝尔格莱德设计师Jovana Zhang和德国设计师Christoph John。其中主设计师张雷曾到莫斯科艺术学院学习汽车设计,他发现:"每个设计都是有根据的,有传统作为基础的,是从设计师从小的经历中发散出来的。"他强烈感觉到自己学汽车设计是无法与从小浸淫在该种环境中的设计师相提并论的,故而反问自己:"我的根基在哪里?"于是,他回到故土中国,决定在自己的根源地做设计,"From 余杭"项目应运而生。

"品物流形"成立了一个专门研究本地手工艺的设计展馆 From 余杭融设计图书馆,其中一个分馆叫中国传统材料图书馆。他们从余杭出发,花费整整五年时间收集全国各地的传统工艺,对竹、丝、土、铜、纸等几种基本材料进行细致的研究,以解构的方式对中国传统材料和手工艺进行研究整理,然后予以陈列。比如,他们从纸伞的 72 道工序中整理出了 13 种材料,从竹纸的制作过程中整理出 16 种材料……他们强调,每一种材料都有故事,每一种工艺都有亮点! 显然,该馆是整个 From 余杭融设计图书馆的核心基础。

"品物流形"还在对纸伞进行解构的基础上,创新设计出了竹纸椅"飘",其工艺基于古代造纸术,以粗毛竹为原材料,像烙饼一样把竹纸浆一层一层拍在模具上,再用相似的方法把椅面和木椅脚结合在一起,不需要任何钉、卯、胶水,竹纸椅和木椅脚浑然一体,美观而实用。2012年,"飘"远赴米兰设计周,拿下 Salone Satellite Design Report Award 的唯一大奖,也使"品物流行"成为第一个荣获此奖的中国设计师品牌。

毋庸置疑,和张雷一样,人人都需反问"我的根基在哪里"。设计创新源于实践,为中国设计需要深入中国实际。设计师必须立足实际,找出适合中国国情的设计方法。无论是"竹语伞""木心伞"还是 From 余杭融设计图书馆,其宗旨都是回归中国传统文化,从中发掘具有可持续性、发展性的工艺和技术,并将它们在现代设计中体现出来,让传统以新的形式得以延续。换言之,中国传统文化底蕴深厚,有无数传统工艺可以作为现代设计的研究参考,即使传统文化的消解不可避免,但经过专业的努力能减缓其消逝的速度。我们只需贯彻"拿来主义",努力坚持古为今用,便可致敬传统、推陈出新。让我们沿着这条光明之路继续砥砺前行,相信中国设计能带着深厚的文化底蕴在国际舞台上熠熠生辉,让世界对中国传统文化有更到位的理解与尊重。

让新时代越剧"脱胎不换骨"

——浅析越剧中文化内涵与中国美学所承载的文化形象

李歆宁　浙江传媒学院

越剧导演郭小男说越剧要"旧中见新，新中有根"。越剧作为中国第二大剧种，诞生在中国的危难时期，与新中国同成长、共命运，百年间它以女子演绎的清雅之风独树一帜。在中国的梨园行里，越剧不比昆曲的历史悠久，也不比京剧的影响深远，因此在新时代越剧必然要面临"破局"之变，而"脱胎不换骨"则成了它发展的主题曲。

所谓"脱胎不换骨"，就是让越剧在新时代既焕发新的活力，又保持自身所承载的文化形象。中国的文化形象在新时代的越剧中主要体现在两方面，即源远流长的文化内涵与"三美"中展现的中国美学风格。

越剧中的人物形象注重家国情怀与追求天人合一、道法自然的统一，这也是中国文化形象一个非常鲜明的特点。越剧善抒情，才子佳人、状元及第的故事广为流传，但越剧也从未忘却中华民族所拥有的浩然正气。他们之中有请战疆场、剑啸梅林的陆游；有荷花出水、刚正不阿的邹应龙；还有试图用一己之净，换得天下之洁的屈原。其中《屈原》就是近年来新编越剧中家国情怀的代表作。该剧以"慕其爱国之志欲救亡"为核心立意，屈原为维护楚国利益，甘愿以身殉国、以身殉道、以身殉志,其既能展现中国文化形象的内涵,又能够唤起我们对社会和现实人生的思考,从而赋予这部历史剧以当代价值。在他们身上才情与爱国并重,他们是戏中人,亦是越剧借角色传达的家国情怀。

庄子说:"有人,天也;有天,亦天也。""天人合一"是中国传统文化中的重要理念之一。庄子认为人是自然的一部分,他强调要追求"天地与我并生,而万物与我为一"的精神境界。我们之所以可以高认同度地接受《罗密欧与朱丽叶》,是因为相似的戏剧内容下,中国有《梁山伯与祝英台》的存在,这让东西方不同文化背景下的作品有了交织点,但是《罗密欧与朱丽叶》的悲剧反射了西方封建等级、宗教的压迫,而《梁山伯与祝英台》则是把悲剧化为自然。特别是在最后一出"化蝶"中,梁祝二人双双化蝶、人蝶合一。其本质是精神上的合二为一,人的精神与自然共生共灭。这种矢志不渝的爱情充满了中国传统文化"天人合一"的神韵。

朱光潜先生在《谈美》中说:"人所以异于其他动物的就是于饮食男女之外还有更高尚的企求,美就是其中之一。"越剧的艺术形式与中国美学风格十分契合,唱词美、唱腔美、形式美,这"三美"共同营造了现代越剧"诗化"的现代表现形式。

越剧唱词多化用诗词或原著,比如徐进先生改编的越剧《红楼梦》之《天上掉下个林妹妹》中很多句子都脱胎于原著中曹雪芹的美句。但是戏词又能不受格律的限制,因而能够更自由地表达情感,既有诗词的韵味,又能不落诗词之窠臼,朗朗上口。汤显祖《牡丹亭》写春到杜家有"袅晴丝吹来闲庭院,摇漾春如线"之句,写后花园春色有"荼蘼外烟丝醉软"之句,虽是写景,亦颇带空灵、朦胧之意。

越剧流派的创派人都是女性,因此在唱腔上显得极其婉转,花旦的吟哦极富中国古典美学的优雅,小生的演唱又兼具古代文人的俊秀与气节。如《红楼梦》中《宝黛初逢》《共读西厢》《焚稿绝唱》等名段,曲调优美,再加上越剧名伶嗓音的润饰和滑音的加入,使得这些名段有着令人极其动容的美感,使人闻之落泪,传唱不绝。

"诗化越剧"是新时代越剧创新的一个标签,也是中国美学风格一个很好的外化。中国古典戏曲素来以"乐"为本位,旨在舍其"形"而传其"神"。几个龙套演员过场,就是千军万马;绕场一周,已过千里之遥;一桌一椅,可演楼台城郭……凡此种种,在戏曲中普遍存在,而在新时代的越剧中则把意境逐步放大。浙江小百花越剧团"诗化越剧"的开创之作《陆游与唐琬》,开场前台口纱幕低垂,一道粉墙绵延,一丛竹影疏淡,一枝老梅横斜。越剧用一首诗的方式带你走进故事。中国文化无论是古诗还是画作都讲究"留白","诗化越剧"就是在中国戏曲的舞台上做了一幅写意的水墨画,把中国的文化形象的印章稳稳盖在这幅画上。

"诗化越剧"已经走出了一条相对成熟的发展道路,从早期的《陆游与唐琬》,到《寒情》,再到近年的《新梁祝》,浙江小百花越剧团在"诗化越剧"上走出了领头羊的气势。但是近年也出现了一些 IP 改编的越剧,如《春琴传》《步步惊心》《甄嬛传》《简·爱》……这些剧目的改编或多或少都出现了"水土不服"的情况。新编戏无论是改编自本国作品还是外国文学,都应重视文化的认同性这一概念。"水土不服"这样的现象不仅是越剧,也是很多翻拍的影视作品所要共同面对的问题,归根到底是要摸清楚本土的文化背景和大众对外来文化的理解接受能力,在此基础上才能"逢山开路,遇水架桥"。

越剧名家茅威涛在浙江小百花越剧团的排练厅里写过一副对联,即"挺住意味着一切,坚守昭示着永恒",横批"将越剧进行到底"。"脱胎不换骨"意味着坚守文化内涵与中国美学所承载的文化形象,在此基础上,新一代越剧人才有底气谈"破局",才有机会真正"破局"。

献礼中华人民共和国成立 70 周年

——论政治文化语境下的新中国舞蹈发展

梁译诺　浙江传媒学院

从 1949 年至今,中华人民共和国已经走过了 70 华年,舞蹈文化作为中华文化中不可或缺的一部分,以其特有的透视角度关注着国家和民族的命运,紧随时代步伐,砥砺前行,风雨同舟,承载着祖国进步的点点滴滴,并以其强烈的感染力和独特的艺术形式将国家形象展现在世界舞台,风姿绰约、熠熠生辉。笔者从政治文化语境下解读新中国舞蹈发展,70 年砥砺前行、风雨同舟,回首来时路,郁郁满芳华,谨此献礼中华人民共和国成立 70 周年。

一、新纪元的起步——百花齐放

1949 年中华人民共和国成立,开启了新纪元,这是我国舞蹈艺术蓬勃发展的时期。以吴晓邦、戴爱莲为首的一批艺术家对舞蹈学科的建设和发展做出了突出贡献,舞蹈艺术领域形成百花齐放、争奇斗艳的局面。

20 世纪 50 年代中国文艺思想与理论的高度发展推动了舞蹈的建设,为中国舞剧的发展提供充分条件。"三化座谈会"的召开对舞蹈时代精神的强调、对民族风格的要求以及倡导创作人民喜闻乐见的形式,推动了舞蹈创作更健康地发展。戴爱莲在欧阳予倩执笔的舞剧《和平鸽》中,以芭蕾舞标志的足尖动作和技巧塑造和平鸽形象,做出芭蕾中国形式化解读的初探,展现出坚定的大国立场和向往和平的美好愿景。

"亲苏"势态下,芭蕾成为沟通两国建交最好的艺术形式。革命舞剧《红色娘子军》开启民族芭蕾之先河,树立其中国芭蕾、革命女性在世界舞台的中国气派;被称为"芭蕾外交"的《白毛女》,用中国精神传承红色经典,为中日文化交流做出卓越贡献;第一部中国大型民族舞剧《宝莲灯》借鉴苏联芭蕾舞剧的形式与创作经验,兼收并蓄,大胆创新,在民族语汇与中国故事中,塑造"真善美"的民族形象。在传统文化的传承与发展中,中国舞蹈选择性吸收和借鉴外来文化,以百花齐放的独特风姿展现新中国舞蹈的勃勃生机。

二、新时代的变革——开放多元

历史的车轮滚滚向前,思想大活跃、观念大碰撞、文化大交融为呈现出多元繁荣的新时代拉开帷幕。改革开放后,文艺政策的开放与思想观念上的拨乱反正,带来了整个文艺体制上的复苏与重建,开启了中外舞蹈文化激烈碰撞的时代背景。社会转型与艺术观念的更新直接影响着舞蹈创作的发展,伴随着人性解放和舞蹈本体意识的觉醒,舞蹈创作开始注重"人"本身的刻画,注重对不同题材及舞蹈本体价值的追求。重新公映的《东方红》,紧扣时代脉搏,展示社会主义欣欣向荣的时代风貌,是将革命精神与民族传统统一于音乐舞蹈史诗的思想内容和艺术形式;马跃的《奔腾》通过塑造蒙古族青年牧民的群体形象,映射出改革开放后的乐观精神与中华民族昂扬奋发的状态。舞蹈的抒情本质得以充分张扬。

1978 年,从敦煌壁画和历史传说中得到灵感而创作出的具有思想内涵和时代意义的民族舞剧——《丝路花雨》吹响新时期舞蹈艺术扬帆远航的号角,开启探索中华古代乐舞文化的复兴之路。舞剧以敦煌文化的永恒主题,勾勒出东方文明古国的气象与气派,体现出大唐盛世丝绸之路上各国人民来往的历史画卷以及中国与邻邦友好共处的愿景,展现出十年“文化大革命”之后古代舞蹈的复兴与舞蹈文化意识的苏醒,还原了艺术自身的品格和本体性,于无形之中推广了中国传统文化思想,彰显出东方古国的文化包容与开放胸襟,以及底蕴深厚的大国形象。

三、新世纪的腾飞——遍地开花

伴随着舞蹈文化的方兴未艾,中国舞蹈艺术在中华大地上遍地开花,舞蹈语言走向程式化风格,“传统”与“当代”、传承与创新多元并行。

“传统”创作从民间到学院,再由学院到民间,是出走与回归的抉择,创作最主要的是为了文化传承。以“保护主义”的态度对原生态舞蹈进行“复制”和尽可能保真地传承,即意味着身份认同,亦意味着文化自觉。杨丽萍的《云南映象》从民族文化遗产中吸取养分,通过舞剧形式反映出云南独具魅力的民俗风情与人文精神,更能够在深入的文化层面,反映出民族内在的精神诉求及其价值取向;林怀民的舞剧《白水》与《微尘》在轻重缓急的错落中,在对矛盾两极的解决中,展现了华夏文明历经数千年风霜雪雨而愈发柔韧的品格;《水月》《松烟》《稻禾》《流浪者之歌》所营造的审美想象空间与天人合一的中国古典美学意蕴追求,在对“现实世界的拷问,对于人生价值的探寻、付于脆弱生命的哀情”中构建起具有中国特色、中国标识、中国精神,唤起复兴中华民族文化、创新中国现代舞蹈的责任担当,实现对中国古老的哲学思维、深厚的传统文化、悠远的东方气质的文化输出与国际传播。

而"当代"舞蹈将现实生活作为创作素材,从以部队舞蹈为主题到如今题材多样的创作形式,用鲜活形象塑造勾勒当下生活与社会的主流发展。如作品《走·跑·跳》展现中国军人英姿飒爽的形象,将高昂的爱国主义和英雄主义价值观表现得淋漓尽致;以劳作构成平凡、朴素、善良形象的《中国妈妈》,以小见大触发人性中最本质的纯真;反映当下社会"进城热"和"返乡潮"的《进城》通过艺术手法将社会现象和问题再现舞台,对社会积极发展起到精神指导作用。在舞蹈艺术传承与创新中彰显中华民族文化的内在精神和民族气概,增强民族荣誉感和认同感,潜移默化地推广国家文化的软实力,弘扬民族精神和时代精神,塑造"大国形象"。

四、新起点的展望——独具魅力

中国舞蹈艺术一路走来,从《和平鸽》首演之后"大腿满台跑,工农兵受不了"的责怪之音,到如今中国舞蹈作品遍地开花享誉五洲,中国舞蹈以其独特魅力,在中国这片土地绽放盛开,香溢四方,向国际舞蹈界发出强有力的声音。面对新时代的今天,机遇与挑战并存,舞蹈艺术在迎来了新的春天,产生了大量脍炙人口的优秀作品的同时,在舞蹈创作方面,也存在着诸多问题。舞蹈作品整体出现有数量缺质量、有"高原"缺"高峰"的现象,存在形式单一、角度雷同、文化底蕴不足等问题,舞蹈艺术在"快时代"中迷失方向,急功近利、艺风不端的作品只是单纯的感官娱乐,不能成为时代的中流砥柱,是没有生命力的艺术。出现这一现象的原因在于编创者缺乏深厚的文化修养,创作思路单一,注重形式而非内容,导致作品无法准确地反映时代,展现国家形象的特征。

"古往今来,文艺巨制无不是厚积薄发的结晶,文艺魅力无不是内在充实的显现。"舞蹈艺术作为文化软实力的组成部分,是塑造国家形象的重要渠道之一,文艺最能代表一个时代的风貌。舞蹈创作者应当提高自身的文化修养,刻苦钻研,对国家各个领域的文化深入挖掘研究,有着"衣带渐宽终不悔"的觉悟,创作出人民喜闻乐见的作品;在创作上应当秉持着"诗文随世运,无日不趋新"的创新精神,以独特视角与形式展现出源于生活并高于生活的好作品;应用"批判"性眼光继承与发展,坚持洋为中用、开拓创新,做到中西合璧、融会贯通,推动舞蹈事业的发展与繁荣。

五、结语

七十年栉风沐雨、砥砺前行,历史的风雨未能动摇我们前进的步伐,在中国共产党的领导下,中国舞蹈界不忘初心、牢记使命,与时代同步伐。在中国文联、中国作协成立 70 周年之际,习近平总书记发来贺信,引起文艺界的强烈反响。贺信对新中国成立以来特别是党的十八大以来的文艺工作成绩给予了高度评价,为今后的文艺工作指明了方向,即"深入学习贯彻新时代中国特色社会主义思想和党的十九大精神,自觉承担起举旗帜、聚民心、育新人、兴文化、展形象的使命任务"。这封响亮的号角,号召着广大艺术人士坚定文化自觉与文化自信,站在历史的新起点,"不畏浮云遮望眼",书写时代华章,讲好中国故事,舞出中华之魂,为繁荣发展社会主义文艺事业,实现中华民族伟大复兴中国梦做出新的更大的贡献。

让文艺作品助力"中国形象"走出去

许源　浙江师范大学

　　我国学者孙有中认为国家形象是一个国家内部公众和外部公众对该国政治、经济、社会、文化与地理等方面的认识与评价,可分为国内形象和国际形象,两者往往存在很大差异。

　　如此看来,70年来文艺作品中的国家形象的演变也可以分为国内和国际两部分讨论。

　　新中国成立以来的文艺作品在国内形象的塑造上是十分成功的,完全激发了人民的民族自豪感与建设国家的热情。在"十七年文学"中,革命历史作品阐述了革命起源与我党的历史合法性,农业题材作品则助力我国的土地改革与农业合作化的顺利实施,工业题材小说则极大地提升了人们对国家的建设热情。我国历史上任何时期的文艺作品都不曾呈现出如此富有激情与斗志的国家形象,这背后反映出人民对百年来所受屈辱的痛心疾首与对实现国家富强的前所未有的渴望。个人的愿望被集体的意志所消解,十几亿人的小愿望汇聚成一座红色灯塔,指引每个中国人的内心,并使中国以第三世界领袖的形象令世界瞩目。

　　然而,也正因为我国的迅速崛起,西方世界对我国的国际形象产生了不可避免的恐惧与误解。

法国比较文学大师达尼埃尔·亨利·巴柔认为国家形象是他国公众对某一国家的一种文化印象，但这种印象有可能不是这个国家的真正现实。

由此可见，国家形象，尤其是国际形象，在传播过程中可能存在失真问题。这是因为国家形象作为一种相对抽象的概念往往需要某种具体的载体进行传播，载体本身是客观的，但是使用载体的主体却免不了受到诸如意识形态、知识水平等因素的影响，从而让作为客体存在的国家形象主体化，甚至虚构化。

现阶段，我国作为在国际舞台上未掌握话语权且意识形态与西方对立的发展中国家，在国际形象方面就不可避免地受到西方全方位的歪曲甚至抹黑。长期以来，西方为中国塑造的"他者"形象在国际上占据了主流地位并造成了许多负面影响。例如使人民对社会主义核心价值观与根本政治制度产生动摇，增加某些存在历史遗留问题的地区发生动乱的可能，掣肘我国的外交与海外投资，等等。

因此，如何让文艺作品"走出去"并塑造良好的国际形象，是我们亟待探索的问题。

我国文艺作品的"走出去"，其实自新中国成立以来就不曾停止。伟大的文艺作品往往能引起全世界人民的共鸣。在这其中，经典文学作品的译介就是一个极好的例子。譬如，20世纪50年代，郭沫若的话剧《屈原》《棠棣之花》就经过译介而风靡日本；1957年美国纽约卡梅伦联合出版社更是出版了《中国革命文学导师鲁迅文选》，内收《孔乙己》《祝福》等名篇；而"十七年文学"的大量佳作则在社会主义阵营内部得到大量好评。大师们强烈的家国情怀与批判意识让外界得以管窥一个遥远而真实的国家正发生的巨变。

改革开放以来,宏大的革命视角被解构了,文艺作品更加贴近人民的现实生活。加之西方前卫的文艺理论在我国的传播,新历史小说、新写实小说、实验戏剧等全新写作理念极大提升了我国文艺作品的艺术性与鉴赏价值。莫言、余华等作家的作品在西方大获好评。这说明,此时西方人眼中的中国已经褪去了象征着苦难与麻木的灰黄色面孔,也不再被革命与狂热的红色幕布所遮蔽,人文关怀与理性等可以引发人类共鸣的品质逐步弥合了鸿沟。这些作品或借传统文化与现代文明的冲突与交融,或以个体人物对时代浪潮的追随与动摇,传神地描绘出努力融入现代世界的中国与中国人,以及他们的奋斗、迷茫与痛苦,国家的形象通过个人化的理解与书写得到了具象化的表达,这进一步拉近了世界与中国的距离。

进入新时代,随着中国综合国力的不断提高,国民生活水平与国际影响力得到了极大提升。同时,世界的多极化趋势更加明显。就文艺作品的形式而言,影视作品取代了传统的文学作品获得了更多的关注。随着习近平总书记提出"人类命运共同体"这一概念,中国的自我国际定位就发生了巨大变化。我们要从国际体系的参与者逐步转变为国际体系的构建者。要完成这一点,良好甚至伟岸的国际形象对中国而言不可或缺。

近几年的文艺作品更多地抒发了家国情怀,国家形象中也多了责任的担当与文化的传承。电影《战狼》证明了英雄精神在中国的回归;《流浪地球》则证明了中国具有面向未来,成为人类文明中流砥柱的梦想与勇气;《我不是药神》则直面社会现实,批判我国医疗体系中存在的问题;《琅琊榜》《长安十二时辰》以其考究的服饰、严谨的历史考证赢得了观者的一致好评。观者深深为六朝名士的潇洒倜傥与唐代市民充满"烟火"味的生活所折服,古老的文明在优秀的文艺作品中得到了新生。

一些伟大的文艺作品往往可以适应多种形式的改编,《林海雪原》就是一个极好的案例。无论采用小说、京剧形式,还是被徐克改编成电影《智取威虎山》,都受到了极大的欢迎。徐克将好莱坞式的大制作融入红色经典的转译,森严的壁垒、逼真的铁甲列车、恰到好处的对手戏,让观者身临其境地感受角色所面临的挑战与抉择,并对行为的正当性做出独立的判断,使观影者对人物与历史产生理解、同情、共鸣。红色经典在全球化背景下与时俱进的译介,同样是促进我国正面国际形象"走出去"的重要法宝。

在具体的实施过程中,我们应该更加积极地搭建文化平台进行宣传,同时更好地用文艺作品创作打造文化产业链,让我国与世界对接,以我国强大的经济实力促进文化软实力与国际影响力的提高。

路漫漫其修远兮,用文艺作品促进中国形象"走出去"的道路需要我们不懈探索。

告别"他者"，回归"自我"

——试析新时期中国主流电影的国家形象建构

夏晔婕　温州大学

一、电影与国家形象建构

随着全球化进程日益加深，麦克卢汉笔下所构想的"地球村"已然成为现实。21世纪的今天，在全球政治、经济、文化交流影响日益深入的情况下，如何建构好本国形象是每一个国家的重要议题。在国际舞台中，国家形象是衡量一个国家国际影响力的重要标志；在国内环境下，国家形象影响着公民对本国社会核心价值观的内化与认同。而在网络信息技术高速发展的今天，国家形象的塑造不仅仅取决于一个国家政治、经济、文化等方面的客观存在，更依赖于各种传播媒介所塑造的拟态环境。

1895年12月28日，影片《火车进站》在巴黎卡普辛路14号咖啡馆地下室放映，这一天被称为电影的诞生日。当卢米埃尔兄弟在放映《火车进站》时，观众看到火车远远驶来，似乎要冲出荧幕，很多人惊慌失措，起身逃离。电影在诞生之初给人们带来了惊骇的视觉体验，因此一度被人们视为"杂耍的把戏"。然而意大利电影先驱乔托·卡努杜却敏锐地发现了电影的价值,并将其视为继建筑、音乐、绘画、雕塑、诗和舞蹈后的"第七艺术"。

经过百余年的发展,电影已经从边缘化的"杂耍的把戏"成为大众文化传播的主力军。在传递价值观和塑造集体认同方面,电影具有潜移默化的涵养功能。同时,电影以其引人入胜的故事性和光影科技打造的视听盛宴而广受大众欢迎。电影不仅可以创造出巨大的经济价值,也可以在国际传播的过程中成为国家形象的"巡回旅行团"。回首电影百余年的发展历程,我们发现电影已然从最初的"杂耍的把戏"逐渐成为建构国家形象的重要力量。

二、张艺谋早期电影中的"他者视角"

然而,20 世纪 80 年代之前,中国电影几乎处于与世隔绝的尴尬境地,鲜少有与国际沟通交流的机会,更不用说拥有在国际上说话的权利了。中国电影早期在国际舞台上的"失语",使得我国的国家形象成为"任西方媒体打扮的小姑娘"。

1988 年,张艺谋导演的《红高粱》获得柏林国际电影节最佳影片金熊奖,叩响了中国电影走向世界影坛的大门。但是张艺谋早期的电影依然是以西方的"他者视角"来建构中国形象的,因此张艺谋的成名也伴随着不断的争议。张艺谋的早期电影中的"他者视角"在观影层面表现为视觉与民俗的奇观;在意识形态层面表现为对西方"民族寓言式"意识形态的迎合。

以《大红灯笼高高挂》为例,在视觉上,张艺谋选择了最具中国代表性的颜色红色来作为全片的底色。然而影片中的红色却让人感觉不到丝毫的喜庆与欢快。相反,红色在影片中传递了一种等级森严的封建压迫氛围。除了视觉奇观外,张艺谋还通过展示中国民俗奇观来建构一套视觉表意符号系统。例如影片中的点灯和捶脚象征着女性对权利的争夺和对男性的依附。在意识形态方面,张艺谋的早期电影以"民族寓言式"的形式来迎合了西方人对中国的一种意识形态的审判。比如通过对颂莲悲剧命运的刻画,来揭露在封建思想统治下,人物难以逃脱"反抗—反抗无能—自我灭亡"的残酷宿命,以此来喻示中国封建制度"吃人"的本质。

张艺谋的早期电影创作中的"他者视角",和他个人的生活经历、艺术审美和当时的社会背景密切相关。我们不能简单地以此来否定张艺谋为中国电影走向国际化做出的贡献。相反,我们应该认真地思考他在早期电影创作过程中是如何建构国家形象的。我们只有正视和思考张艺谋的早期电影中的"他者视角"与"他者形象",才能够在新时期的电影创作过程中找回"自我",从而实现从"他者"到"自我"的自信回归。

三、新时期中国主流电影的"自我回归"

国家的形象建构是一个重大的命题,面对全球加速的文化交流和复杂的国际形势,我们不仅要改变过去中国电影在国际舞台上的"失语状态",更要完成从"他者"到"自我"的自信回归,使电影成为建构和传播国家形象的先锋排头兵,真正地通过电影创作讲好"中国故事",让海内外的观众认识到一个更加全面、更加自信、更加现代化的中国。

新时期中国主流电影的发展正是在"自我回归"的道路上的不断探索。回顾新时期中国主流电影的国家形象建构,我们可以发现电影经历了从最初单一的政治逻辑转向市场逻辑与艺术逻辑并重的过程。例如从最初的主旋律电影三部曲《中华人民共和国成立大业》《建党伟业》《建军大业》到近三年的《红海行动》《战狼2》《流浪地球》,我们可以发现中国主流电影完成了从宣教为主到宣传、艺术、商业三者并重的探索与转型之路。接下来笔者以《红海行动》《战狼 2》《流浪地球》为例做具体分析,探析新时期中国主流电影如何逐步实现"自我回归"。

(一)文化价值定位的"自我回归"

电影是文化价值的重要载体,我们对一部电影的认可归根到底是对其所宣传的价值理念的认可。好莱坞电影喂养了包括中国人在内的一代全球观众,不仅收割了无数人的钱袋,还传递了美国的情怀和价值观。

新时期中国主流电影在文化价值定位上没有选择亦步亦趋地跟随好莱坞电影模式,更没有舍本逐末地放弃中国人合作共赢的"集体主义"思想去一味追逐高大全的"个人英雄"形象。在国家形象的建构上,新时期中国主流电影始终立足民族的情感和心理,打造属于我们国家的"英雄形象",传递中国人的情感理念和世界观。

新时期中国主流电影中所塑造的英雄角色都不是只有个人主角光环的"孤胆英雄",而是齐心协力、一起战胜困难的"集体英雄"形象。在《红海行动》中,采取的是任务型、段落式的叙事手法,以极具震撼力的高密度的场景、行动和气势,正面聚焦和凸显现代中国海军的团体作战技能及智慧,刻画了中国海军"集体英雄的群像"。在国产硬科幻电影《流浪地球》中,英雄是很多人、很多团队,主角甚至没有独创性贡献。但这并不妨碍观众对《流浪地球》的认可和喜爱。集体主义一样可以绽放光芒,平凡的个人团结在一起也可以异常出彩。更何况"带着地球去流浪"的浪漫构想,体现了中国人自古以来浓厚的"家国情怀"和难以割舍的"故土情节",也体现了当今中国所提倡的"人类命运共同体"的思想理念。

从以上分析我们可以看出,新时期的中国主流电影在国家形象的建构过程当中已经逐步告别了对西方类型电影和英雄人物塑造的一味模仿。在电影不断创作的过程当中慢慢摸索符合中国人文化基因和审美倾向的叙事方式,以一种更加包容、开放的姿态完成从"他者"建构到"自我"塑造的自信回归。

(二)影片视觉呈现的"自我突破"

电影作为一种光影艺术,从诞生以来就不断满足着人们对还原现实的冲动和对荧幕真实感的渴求。在欧美大片的强势影响下,新一代电影观众被培养起来的视觉审美标准已经呈现出大场景、大制作的商业电影审美倾向。在此背景下,随着中国制造和中国科技的不断提升,属于我国独立打造的商业主流大片也具有浓厚的重工业电影的美学风格。制作精良、视觉震撼的重工业电影无疑强势助推了中国的国家形象建构。

《红海行动》《战狼 2》不仅将导弹驱逐舰、无人机等很难在电影中见到的作战武器都搬上了银幕,而且将坦克、大炮、飞机、重机枪、火箭炮等众多超大型作战武器也都呈现出来,并将这些装备元素有机整合,达到了令人震撼的观影效果。2019 年春节档上映的国产硬科幻电影《流浪地球》也是对"重工业电影美学"的进一步尝试。从角色身着的防护服入手,到特殊道具制作,再到宇宙空间的多维立体打造,幕后团队经历了从概念设计到最终呈现,打磨了数百次,才终于展现出带有"流浪美学"与重工业质感的《流浪地球》。中国观众在看多了身怀绝技的超级英雄独自拯救地球的美国好莱坞大片后,惊奇地发现中国人也可以以独立的姿态、团体协作的智慧拯救地球,开创新的家园。

总的来说,新时期中国主流电影不再拘泥于从"他者"的视角来表达自我,不再一味展示各类视觉奇观与民俗奇观来博取眼球,更摒弃了一味迎合西方带有"先知性的民族寓言式"的意识形态审判。新时期中国主流电影是扎根在经济自强、文化自信的基础上重新定位自我,完成了从"他者"到"自我"的自信回归。具体表现为文化价值定位的"自我回归"和影片视觉呈现的"自我突破"。实现"自我回归"后的中国主流电影,不仅提高了影片的可看性,更点燃了中国观众的爱国热情,也在海外传播的过程中向全世界展示了一个充满创新精神与活力的大国崛起的中国形象。

"中国学派"的形象重构

包鸿明　浙江传媒学院

20 世纪 70 年代,萨义德提出了影响深远的"东方主义",开创了后殖民主义理论。他认为,欧美强国坚持西方"中心论",利用话语权威压迫东方,对发展中国家实行"文化殖民"。中国形象一直被西方视为"野蛮落后的",甚至是"第二性的",为对抗"文化霸权",党和国家已经把提升国家文化软实力作为实现中华民族伟大复兴的新的战略着眼点。"中国学派"动画曾是国家形象建构的功臣,近年崛起的国产动画,更肩负着"反文化渗透,重构国家形象"的重任。

一、享誉全球

动画虽是发源于欧美的舶来品,但中国动画起步并不晚,于 1926 年便诞生了第一部动画《大闹画室》。1941 年上映的《铁扇公主》反响热烈,影片传达的不畏强权的反抗精神,鼓舞了战时民众的士气。中华人民共和国成立后,艺术家们以上海美术电影制片厂为基地,不断深掘传统文化,汲取精粹,创作了一系列具有鲜明中国特色的动画作品,以此形成了与南斯拉夫的"萨格勒布学派"齐名的"中国学派"。

"中国学派"具有显著的民族性,故事取材于经典神话,表现形式融合水墨画、版画、皮影等传统民族艺术，以民乐和戏曲做配乐，更增添了中国韵味。1964 年制作的《大闹天宫》汲取了版画、水墨画、壁画等多种传统造型艺术元素，又融合了传统戏剧，在多国公映都取得了热烈的反响。之后的《三个和尚》《阿凡提》等动画频频获奖，赢得了国际社会的一致认可——"达到世界第一流水平，在艺术风格上已形成独树一帜的中国学派"。早期的动画人，植根传统文化，汲取精粹，塑造了许多坚韧不拔的民族动画形象。国产动画的成功输出，在不断发扬中华文明，增强国人文化自信的同时，更塑造了良好的国家形象。

二、衰败沉寂

20 世纪 90 年代，大量进口动画霸占荧屏，故步自封的"中国学派"在与进口动画的对抗中败下阵来，逐渐衰落，开始长达 20 多年的沉寂。进口动画的先进制作技术，营造了极致的视觉体验，渗透的资本主义文化正于潜移默化间影响着中国观众的价值观念。

后期的"中国学派"不仅在制作技术上无法匹敌进口动画，更致命的是抛弃了其根本——民族性。一类动画虽仍简单融合民族元素，但表象的民族化并未触及民族内涵，脱离了现实，无法反映一个民族的生活面貌、价值取向和情感寄托。另一类动画受文化霸权影响，创作方向严重偏离，为迎合观众口味不惜抄袭进口动画，可谓"寿陵失本步，笑煞邯郸人"。国产动画虽偶有佳作出现，但仍是杯水车薪，无法改变市场长期被进口动画占据的现实。这也一定程度折射出"文化霸权"下中国的弱势和被动，国产动画必须随着国力的提升，重新建构中华人民共和国国家形象。

三、涅槃重生

2015年暑期档的《西游记之大圣归来》，取得了票房和口碑的双赢，重新燃起了国人对国产动画的信心。在资本涌入加之政策扶持下，短短几年，国产动画制作了《大鱼海棠》《白蛇：缘起》《哪吒之魔童降世》等一批精品动画电影。这类植根传统文化又推陈出新的国产动画，可谓是新时期"中国学派"的涅槃重生。

传统文化是本国艺术创作的不竭源泉，早期"中国学派"因对传统文化和艺术的继承而得以扬名天下，而近年国产动画的崛起，其本质是对"民族性"的回归。《西游记之大圣归来》《哪吒之魔童降世》等动画重塑经典神话，《大鱼海棠》的叙事、画风颇具"中国风"。反观先进的迪士尼动画、日本动漫，显而易见，成功的动画得益于对民族精神的主动继承、对民族心理的构建和认同。《千与千寻》取材于《奥德赛》，但宫崎骏融入了浓郁的日本文化，如温泉、龙和精灵鬼怪的传说让日本观众倍感亲切，从而传递了强烈的民族认同及归属感。国产动画也深刻认识到"民族性"的重要，《白蛇：缘起》将酷炫科技与传统水墨融合，描绘生动凄美的人妖之恋，诗意化地呈现了惩恶扬善、顽强反抗的民族价值观。

国产动画"民族性"的回归，关键在于在承袭传统精粹基础之上推陈出新，以顺应时代发展。《哪吒之魔童降世》颠覆了反抗权贵的经典哪吒形象，塑造了由"魔丸"而生的玩世不恭的魔童形象，满口川普的太乙真人也走下"神坛"，有力冲击了人们的刻板印象，却也变得更生动有趣。动画有两点突破：一是"魔童"哪吒从玩世不恭到反抗命运，丰富了原著的哪吒形象，少年英雄也经历曲折磨难，揭示了"唯有历经苦难，方能成功"的哲学内涵，折射了现实社会人的成长，也象征国产动画涅槃后的重生；二是李靖由不近人情的严父变成了爱子如命的慈父，他能以己命抵子命,他也可以为了儿子低声乞求村民,封建社会的"君叫臣死臣须死,父叫子亡子得亡"之道已不适应当今社会,李靖形象的转变更能被观众所接受。

崛起的国产动画虽远不及辉煌期的"中国学派",与世界先进动画也差距甚远,但仍被国人寄予厚望。国产动画必须植根于民族文化,继承民族内涵,不断革新以顺应时代发展,建立自己的动画品牌以形成独特的"中国学派"动画宇宙,才能在全球化潮流中抵抗文化霸权,助力国家形象的建构。

危机与救赎：知识分子小说中的爱国情怀

冯佳莹　浙江海洋大学

　　中国现代意义上的知识分子诞生之初虽受西方启蒙思想的影响，但走的却是同西方知识分子截然不同的道路。他们身上带有中华民族几千年来的文化积淀，是同"士"的发展一脉相承的，他们具有强烈的使命感、社会责任感以及爱国热忱。

　　1949年，中华人民共和国成立，怀抱着满腔热情的知识分子迎来的却是文艺创作最为艰难的30年。知识分子丧失了启蒙者的身份，文艺创作主体也由知识分子向工农兵转移。集体主义吞噬了所有的个人话语，写作主题情感高度意识形态化，加上频繁的政治斗争，知识分子的话语空间日趋狭窄。

　　即使如此，我们仍能看到为数不少的知识分子小说杰作。这与毛泽东提出的"百花齐放、百家争鸣"的双百方针具有一定的关系。在文艺环境稍微放松的情况下我们看到了宗璞的《红豆》。《红豆》的主人公江玫像"自由的鸟儿"一样，与男友齐虹有着童话般的浪漫爱情。但是受积极投身革命的室友的影响，在得知生父去世的真相后，江玫选择了参与革命。而对于信奉自由主义的男友发出的去美国的邀请，江玫内心虽痛苦万分仍毅然拒绝。江玫在动荡的时局中放弃了男友给的美丽童话，毅然选择留下，为中国的革命事业奋斗到底。宗璞这一代的知识分子所面临的是从神坛跌落，从"启蒙者"沦为"被改造者"。但是他们仍选择了继续对革命进行书写，一方面是为了取得其自身身份地位的合法性，另一方面则是对新中国成立所带来的强烈幸福感与归属感的热情歌颂。这是一种超越自身环境限制的高尚的爱国情怀。

在而后的"反右运动"中，《红豆》同其他书写"人情""人性"的小说一样被打成"毒草"。而这也进一步加剧了知识分子的创作困境，知识分子的个人话语以及精神空间几近全部陷落。这种境况持续到"文化大革命"，集体主义精神发展达到顶峰，知识分子彻底丧失了话语权。知识分子也成了文艺作品中被揶揄、被讽刺、被改造的对象。但与之形成鲜明对比的是知识分子在如此艰难的文艺环境下，开拓了文学创作中的个人空间，对于人情人性的探索，高举理想主义的旗帜，满怀热忱的爱国之心。张扬的《第二次握手》是创作于"文化大革命"期间著名的地下写作，"文化大革命"结束后才得以发表。在政治环境极度紧张的20世纪六七十年代，知识分子的形象总是被歪曲、丑化甚至嘲笑，而张扬却在这部作品中头一次正面歌颂知识分子。小说的主人公丁洁琼、苏冠兰身上体现的是老一辈知识分子所具有的"天下兴亡，匹夫有责"的爱国热忱，他们信奉科学救国，在家国大义前将个人的沉痛、隐忧抛掷一旁。"第二次握手"也意味着对命运的和解以及无私报国的决心。

20世纪80年代，知识分子终于迎来了他们的黄金时代。在20世纪70年代末邓小平提出"尊重知识，尊重人才"的口号后，社会和国家给予知识分子的关注和扶持，使得知识分子的地位得到了提高，知识分子迅速回归到社会的中心、文学创作的核心。知识分子在担任"灵魂工程师"疗救社会伤痛的同时，也高举理想主义的旗帜，将"穷则独善其身，达则兼济天下"的思想发挥到极致。刘心武的《班主任》中的张老师形象便奠定了 20 世纪 80 年代知识分子的启蒙者形象。我们从张老师身上不难看到知识分子对祖国未来的无限希望以及无限深情。

当启蒙的风潮过后,知识分子面临的是国家经济飞速发展带来的社会剧变。商品经济的初露端倪以及文学价值观念的改变使得知识分子对其自身的形象定位有了新的思考。当知识分子失去了设计的权威而被置身于利益的角斗场,道德选择对他们而言则显得尤为重要。《人到中年》中的陆文婷就为知识分子的这一抉择难题提供了积极的参考。她医术精湛,富有责任心,却始终处于社会下层地位。面对精神与物质的双重匮乏,陆文婷夫妇的选择是情系祖国,不忘初心地奉献。陆文婷夫妇的这一行为则将知识分子的理想主义情怀发挥到了极致。尽管这种过于单纯的理想主义被而后到来的"新写实"小说、"欲望化写作"等创作潮流任意抛弃、哂笑,以至于前者的全面溃败,但 20 世纪 80 年代的知识分子形象也确实成为一面文化旗帜,成为当代文学史上最为亮丽的风景线。

自改革开放以来,国家日渐富强,多元的文化价值观念在 20 世纪 90 年代已经形成。从王安忆的《叔叔的故事》到王蒙推出的"季节系列"四部长篇,知识分子的主体神话已被拆解,进入人们视野的是知识分子在历史长河中无法把握自身命运的悲哀。加之来自现实物质层面的挤压,知识分子已化身为《一地鸡毛》中的小林,生活的重压和琐碎使得无数的"小林"躲避崇高、放弃理想。而知识分子对自身的身份认同也陷入了危机。

到了 21 世纪,这一精神危机大讨论仍在延续,但由于市场经济的不断壮大,知识分子也摆脱了物质的窘境。我们看到了许多积极投身市场经济的知识分子形象,如《桃李》中的邵景文、《教授》中的赵亮,都放弃了自己的文学理想而选择了法律与经济等专业,在这一转变中我们看到了知识分子寻求出路的可能性,但物质的充裕带来的是更深的精神危机。面对物欲和世俗生活的琐碎,知识分子的"士"的精神不失为一剂良方。而理想的实现也必在情系祖国的底蕴下才有所依附。

从国家形象的视角看《哪吒之魔童降世》

张员　宁波大学

动漫一直是文化输出的重要载体,特别是在全球化的国际情势之下,由于动漫自身的艺术形式灵动夸张又风趣幽默,总是能给人深刻的印象,为人们所喜闻乐见。动漫成为跨文化传播的重要途径,也不可避免地会影响到国家形象的建构,并且是以一种润物细无声的方式把中国的价值、审美等观念潜移默化地输入人们的认知当中。

最近热映的《哪吒之魔童降世》达到了中国动漫电影史上的票房巅峰,这意味着国产动漫的巨大飞跃。其实从 2015 年以来的《西游记大圣归来》就可以看到国漫的曙光,之后推出的《大鱼海棠》《大护法》《白蛇:缘起》延续了势头,像是为《哪吒之魔童降世》的出现铺好青云梯。回顾国漫进化史,中国动漫的起点并不低。中国第一部动画长片《铁扇公主》采用的是中国的绘画方式,用我们中国自己的特色语言讲述了中国的特色故事。这部影片远播海外,甚至影响了日本动漫的发展。或许真的是初生牛犊不怕虎,立足于本土所发挥出来的创造力让人耳目一新。中华人民共和国成立以后,中国动漫进入飞速发展时期,第一部木偶片《小小英雄》、第一部彩色动画《乌鸦为什么是黑的》、第一部剪纸动画《猪八戒吃西瓜》、第一部水墨动画《小蝌蚪找妈妈》都是在这个时期出现的,多样的影片形式竞相出现,内容优质,民族特色鲜明,在国际上也斩获多种奖项。最值得一提的是《大闹天宫》,这部经典之作就是放到现在也是精彩至极,其生动性和独特性让人称赞不已。反而是在改革开放之后,国外动画大量涌入国内,从根本上改变了中国动漫的发展路向,中国的动漫产业开始枯竭,陷入沉寂。这一时期最致命的问题在于官方化、低幼化,在大量优秀外来动漫的映衬下国产动漫更显得平庸,没有创新性。

2015年以后,《西游记之大圣归来》的成功让人们重新燃起了对国漫的关注。很明显的特征是中国动漫又开始走民族化之路。而改革开放之前的民族动漫相比现阶段的动漫电影,二者之间又有明显的不同。前者是用自己的民族语言讲自己的故事,越能够增强这个民族的辨识度越好,它所想要凸显的是"中华民族"这个大姓。后者则是开始摸索如何用国际通用的话语系统讲好中国故事。只有中国身份是不行的,还需要在深耕传统文化的基础上实现对传统文化的创造性转化,让传统文化在当代的时代语境下拥有个性化的"名"。

相对于《哪吒闹海》亦步亦趋地紧随原著,尽量呈现原汁原味的传统味道,《哪吒之魔童降世》的改编可谓大刀阔斧,既立足于传统又充满现代性。甚至可以说这部电影只是借了个哪吒故事的外壳来传达现代人的思想观念。敖丙和哪吒因一起智斗海怪成为彼此唯一的朋友,他们面对的是同样的命运遭遇——人们先入为主又无可扭转的偏见。偏见是一个很古老的话题,庄子就曾认为"成心"是是非争辩、人之茫昧之所由。面对一群充满偏见的茫昧群众,哪吒迫不及待又过分急躁地想要用捉妖立功来证明自己,洗白自己。人若是没有强大的耐力和持守力,很容易就在偏见中丧失自己。敖丙亦是如此,龙族在世人眼中就是危害人的妖族,在神—人—妖这样的鄙视链下,尽管他救了人,也还是改变不了人们根深蒂固的偏见。这不也正好和中国当下的情境相似吗？中国一直以来就遭受西方世界的歧视，西方各国"充满了对中国的偏见和不知道从什么地方来的傲慢"。尽管中国自改革开放以来取得了如此瞩目的成就，但是中国的形象一直难以摆脱落后、没有人权等各样的偏见。哪吒的形象一直在变化，变化的背后反映的是这个国家的思想文化的变迁。今天的哪吒敢大声地呐喊：我命由我不由天！这种从骨子里透出来的勇气与自信，展现的不正是腾飞的中国自强不息的国家形象吗？

从《都挺好》看 1980 年以来电视剧中的新女性形象

潘雅琦　浙江越秀外国语学院

　　《都挺好》改编自阿耐的同名小说,讲述了职场金领苏明玉从小不受家人待见,基本没有自主选择自己未来的权利,于是毅然离开家庭,独自在外成长的故事。《都挺好》中为我们呈现的苏明玉不同于过去传统家庭伦理剧中的女性形象,在她身上我们可以看到新时代一名独立自强的女性,也能看到家庭过去对她造成的伤害仍不可磨灭,但她最终与家庭和解,生活归于幸福平静。相比于《渴望》中的刘慧芳的贤妻良母形象,近年来的电视剧多呈现出一种女性独立自强的形象,如《我的前半生》中的罗子君,以及《都挺好》中的苏明玉。《我的前半生》侧重讲述新时代女性的婚姻、恋爱与职场,而《都挺好》则将视野放宽,关注现代女性从原生家庭到走入社会中所触及的家庭伦理矛盾,并展现了当代新女性的一种新风貌。

　　鲁迅先生曾在"娜拉走后怎样"的问题中指出,尚未取得经济独立的女性实在只有两条路:一是"回来",二是"堕落"。在这里,鲁迅以经济的角度作为依据来推测娜拉出走的问题。为了阐明这一观点,他在小说《伤逝》中用"子君"这一人物形象来强调女性要摆脱专制家庭的控制与束缚,只有在社会上取得一定的经济权后才能够实现。于是我们可以看到《伤逝》把个性解放问题和社会制度的变革紧密联系起来：在人压迫人的制度下，人不可能得到彻底的个性解放，只有将"精神反叛"和"武器的批判"结合起来，才能形成社会的革命力量。所以，觉醒的人格独立意识不能直接带来个性的解放以及个人价值的实现，社会力量也是不可缺少的一部分。

《都挺好》中的苏明玉和《伤逝》中的子君相比是幸运的，她生活在我们这样一个开放包容的时代之中。离家之后，就努力自强，适应社会，学会在没有依靠的情况下拼命前行，用自身的努力与机缘，碰到了她的师父，有了自己人生的规划与目标，寻找到了自己生活的价值和奋斗的方向。她也曾举步维艰，也曾经因为绝望想到过投湖，曾经历的一切磨难，没有非常人的意志力与决心是无法轻易跨过的。而正是因为苏明玉身上那股韧劲，那股强烈的人格独立意识，以及在社会中对于个人价值的强烈追求的愿望，成就了"明总"这样一个都市女强人，遇事沉着冷静，能够妥善处理各种人际关系，事业有成、独立自强。苏明玉正是取得经济权的新当代女性。

但有多少人有这样的机遇与能力呢？从客观的条件上分析，相比较于"子君"，当代的女性更容易在社会中实现自我的价值，宽松的社会氛围，能够包容更多的人实现个人价值。在《都挺好》中，不仅仅是苏明玉，大嫂与二嫂也都是有自己工作事业的独立女性，这体现了一种不同于以前的社会大环境的变化。

在 20 世纪 90 年代的电视剧《渴望》中，女主角刘慧芳温顺善良，是典型的贤妻良母。而在当时为许多人所批判的王亚茹，她身上带着一种敢作敢当以及果决的女强人气质，却是与《都挺好》中的苏明玉有某种联系。那个时代中这样的女性极少，也不为大众所接受，而当今时代，这样的女性成为潮流，成为风向标，也从一定程度上反映了中国近年来女性逐渐走上一条不同于以往的道路。有人说过，反映国家民主自由的程度，从女性地位上可见一斑。

这些年来经济发展带动人们的需求得到满足，女性也不再只是满足于简单的物质要求，物质成为基础，她们开始追求更高一层的精神世界，寻找个体在社会中存在的价值。在《都挺好》剧中我们可以看到，苏家的条件在当时是比较优越的，但是苏明玉的生活与两位兄长相比可以说是天差地别，无论是兄妹吵架还是学业上、物质上的事情，母亲都明显地偏向两位兄长。苏母甚至还对着苏明玉说出"我们只负责养你到十八岁，你以后还要嫁人，到老了我们也不需要你养"。苏明玉所面临的处境是许多女性都曾经在家庭生活中所遇到过的。这种重男轻女的思想延续至今，已经引起了许多人的反思和批判。而苏明玉，哪怕家庭不支持她，试图掌控她，她仍然能在这个社会中奋斗出自己的光彩，这就是新女性的形象。社会鼓励女人们可以勇敢地从男人的背后走出来，站到聚光灯下接受一切审视，可以勇敢地追求自己真正想要的生活，追求自我价值的实现。诚然，人们对女性仍然有苛刻的要求，存在许多成见，比如《北京女子图鉴》《我的前半生》中对女性衰老的恐慌以及女强则衰的一部分论调就反映了现实生活中仍然存在的顽疾。但瑕不掩瑜，女性地位的逐渐提高，是有目共睹的。

《都挺好》这部作品可以说作为一部家庭伦理剧，在一定程度上真实呈现了中国当代社会中普遍存在的许多现象，在苏明玉这样的女性形象身上我们看到了追求独立自由的灵魂与坚韧不屈的个性，在一个艺术形象的身上承载和依托着一个性别群体和社会制度和观念的巨大变迁。下一个 70 年，会继续出现新的命题和解决新命题的新方法。期待下一个 70 年，会更好。

曲折地上升，时刻地反思

——新中国 70 年来诗歌对国家形象的具体表达

叶炘晨　浙江传媒学院

国家形象可以看作是对国家政治、经济、社会、文化等方面状况的综合反映，大体取决于该国的综合国力。但国家形象在某种程度上是可塑造的，不能简单地等同于其实际状况。诗歌作为一种形象表达作者丰富情感，集中反映社会生活的文学体裁，在对国家形象的塑造和表达上有着与其他艺术门类不同的技巧，其创作者往往对现实也拥有更为敏锐的嗅觉。

中华人民共和国 70 年来历经波折，各方面体制也在摸索中经历过多次变革。受经济社会等发展的影响，诗歌中塑造的国家形象也在各个阶段发生较大变化。根据几个关键的历史节点，可将诗歌对国家形象的表达大致分为下述四个阶段：新中国成立初期、"文化大革命"前后、改革开放以来的新时期和 21 世纪新阶段。

自 1942 年延安文艺座谈会至中华人民共和国成立初期，包括诗歌创作在内的文艺建设往往带有较强的政治性，以颂歌体为主。其建构的国家形象往往是脱离苦难、富有生命力的。如郭沫若在其 1949 年创作的《新华颂》中这样歌颂："人民专政，民主集中。光明磊落，领袖雍容。江河湖海流新颂,昆仑长颂最高峰。多种族,如弟兄。千秋万岁颂东风。"诗歌中夸赞了新中国政治制度上的优越、领导人的卓尔不凡和人民群众的团结一心,为这个初生的国家塑造了一个各方面均蓬勃发展、欣欣向荣的新兴形象。类似的诗歌还有何其芳的《我们最伟大的节日》、胡风的《时间开始了》等。这类诗歌着力表现历史屈辱洗刷的不易和未来道路的光明,在美感上或许不尽如人意,但在情感上却是饱满的,饱含着对这个重获新生的国家的信心。

然而如我们所知,新中国的建设并非一帆风顺,而是在摸索中前进的。因此不同人、不同时间的诗歌中所反映中的国家形象大相径庭。尤其是"文化大革命"前后所反映的不同国家形象之间往往有天壤之别。"文化大革命"期间的大部分诗歌创作属于"十七年文学"中颂歌体的延续,为作品冠上形势认可的政治思想和流行的政治倾向。北京大学中文系的工农兵学员在 1974 年创作的《理想之歌》就是很好的例子。从"大跃进的炉火,烧毁了右派分子的迷梦""'文化大革命'在我心中埋下了理想的种子:'为共产主义奋斗终生!'""'知识青年到农村去',毛主席发出了进军号令!"中可以看出,这一时期的整体风向是激进,甚至偏激的。诗歌意欲塑造一个大团结的社会氛围,却反衬出国家整体在政治上的"左倾",超越了客观可控的进步思想,脱离了社会现实条件和国际环境,陷入了一种不切实际的自我幻想中。同时,诗歌中存在的过度个人崇拜,将个人形象拔高至与国家形象等同的高度,也对国家形象产生了负面影响。

"文化大革命"结束后,诗歌创作重获新生,在对国家形象的表达上更为客观冷静甚至带有批判色彩。在以艾青为代表的归来派诗人笔下,错误决策所带来的伤痛被揭露。艾青在《这是什么战争》中用辛辣的笔调斥责:"最残酷的迫害,最大胆的垄断,比宗教更荒唐,比谋杀更阴险。"流沙河也在其诗歌中写道："爱他铁齿有情,养我一家四口,恨他铁齿无情,啃我壮年时光。"这些诗歌通过描绘一个走了错误道路、被险恶集团挟持的国家,推翻了"文化大革命"文学中建构的虚假国家形象。

改革开放以来的新时期,诗歌创作同社会主义进程一同蓬勃发展。这一阶段的诗歌创作既不避讳发展历程中的曲折和失误,又以一种不同于颂歌体的表达方式,展现新时期的国家面貌。将流沙河的诗歌《不再怕》与"文化大革命"时期的《理想之歌》相比较,可看出这时期的情感表达更为真实。"树不再怕风摇/爱人民不再怕被诬为'右倾'/国法不再怕被谁撕掉/走路不再怕远/登山不再怕高/'小平,您好!'"。诗歌中反映了让人心有余悸的"文化大革命",更反映了增加人民对未来信心的新时期改革。在诗人眼中,这一时期的祖国是稳定且连续的。通过在诗歌的节与节之中插入"小平,您好",委婉又高调地夸赞了领导人的正确引导。诗歌中迸发出的生命力,也证明了这一时期国家的开放性和包容性,使得文艺创作由内而外地洋溢着生机。

21世纪新阶段是一个相对稳定的历史时期,没有出现直接影响诗歌创作的转折点。诗歌本身在继承20世纪90年代反叛性的基础上进行革新,主动承担起社会责任。在这一阶段的诗歌中,可以明显看到城市化进程留下的痕迹,其中开始大量出现"网络""动车""手机"等新兴词汇。这些都是现阶段我国现代城市发展、社会风气改良和生活水平提高的强有力证据。

《透明的红萝卜》中的"改革开放"中国形象

赵羽　浙江传媒学院

　　20 世纪 70 年代末 80 年代初,随着十一届三中全会召开、真理标准大讨论、思想解放和拨乱反正等事件而来的是中国的改革开放。这一发展战略的转型带来了中国身份形象的改变。作为社会文化生活的能动反映,新时期文学也运用其独特的方式对中国形象的构建进行叙述,"改革开放"中国形象就是新时期文学对于国家形象的一种历史想象与身份建构。先锋文学代表作《透明的红萝卜》通过讲述黑孩和几个乡村年轻人在水利工地上的一段故事,塑造了一个有着独特象征意义的"黑孩"形象,展现了改革开放前中国农村的真实风貌。小说借助独特的思想内蕴和叙述形式对"改革开放"中国形象做出了自己的阐释。

　　新型国家形象的构建需要建立在破除旧有形象的基础之上。新时期文学对国家形象的构建主要受到"文化大革命"在社会心理和精神意志方面残留的影响。因此,在作品中厘清这些影响因素并试图对其进行剥离,对于新型国家形象的构建尤为迫切。

　　《透明的红萝卜》一书中的故事发生在农村集体化的年代,那是一个集体利益至上的时代,不论现实是何种情况,集体始终是高尚的代名词,为集体服务的干部是人民的公仆,是历来被歌颂的对象,然而在作者笔下,"公社的差事都是胡弄洋鬼子的干活",集体的队长是任意责骂社员的"领导",队长带社员的集体劳作"就像一个犯人头目领着一群劳改犯"。作者不再对集体主义盲目称颂,而是用冷峻的笔触道出了集体化背后的灰暗现实。大胆言说真实是作者对"只许歌颂,不许揭露"的"'文化大革命'残留"的第一层剥离。

小说中的黑孩,是个可怜的小孩,而他的悲剧无疑是来自成人世界的粗暴和冷漠。母亲的早亡、父亲的抛弃、后母的虐待,本该美好的童年对于黑孩来说却是无尽的责骂和殴打,没有父亲的保护,更没有母亲的爱抚,亲情的缺失在他心中留下巨大的阴霾。除去家庭的冷漠,黑孩还遭受着来自外人的奚落、谩骂甚至是殴打。在这样冷漠粗暴环境中成长的黑孩丧失了与人交流的能力,而转化为对自然世界的真切感知和交流,轻柔的河水、田野里美妙的声音、青幽的火苗,还有那金色的红萝卜都是他追逐的对象。人类世界的冷漠让黑孩将自己的热情和信仰投入自然中,使自然的人性发生异变。将人性纳入文学作品中,给予人性最真切的关注,这是作者对"忽视人性"的"'文化大革命'残留"的第二层剥离。

与剥离相伴随的是对新的精神观念的重构。关注人性和个体是小说对观念重构的中心。虽然小说对现实世界的冷漠和封闭做了充分表现,但我们仍能看到闪烁其中的丝丝温情,比如菊子给予了黑孩母爱般的关怀,小石匠对黑孩的照顾,还有老铁匠给予黑孩的教导。这些点点滴滴的关怀如同沙漠中的一株绿植,虽然渺小,但足以给人生存的希望。这些关怀让人们彼此敞开心怀,去感受爱。借此,小说对新时期的社会关系做出了不同于以往的、全新的阐释,进而构建了一个友善和谐、开放包容的"新中国"形象。

小说对中国新形象的构建还体现在对个体的关注上。由于独特的出身和性格,黑孩无疑是游离于群体之外的个体形象。而相比于他外在身份特征造成的独立,更能体现他个体独立性的是他对自我信仰的执着追求。当关心他的菊子生拉硬拽非要带他离开铁匠炉时,为了留下与那"强劲有力的暗红色火苗"待在一起,黑孩还是咬了她。尽管菊子对他好,但他也不能为此放弃自己的信念。金色的红萝卜和跳动的火苗一样,都是黑孩理想世界的象征,黑孩对它的追求,正体现了黑孩作为个体的独立性。个体的独立正是"改革开放"中国形象又一层面的内涵。

通过对精神观念的剥离和重构,小说完成了从内蕴价值层面对"改革开放"中国形象的论述。然而,作为一部现代主义小说,《透明的红萝卜》还从叙事技巧、话语机制等审美形式层面进行了构建活动。作品中大量运用"陌生化"手法,描绘了一幅幅熟悉而又陌生的画面,刻画出黑孩独特的内心世界,在带给读者一种陌生阅读体验的同时,也将文本内涵"陌生化",这样,小说的意义便具有不唯一性,这为小说解读提供了一个开放性的空间,使得对于小说象征意义的讨论成为可能。而这种意义的开放性正是对自由开放的中国新形象的又一有力构建。

文学与现实历来都处于一种互动的关系中,新时期文学对于新型国家形象的构建也如此。国家形象的现实定位为文学的现实意义和价值划定边界,而文学又能运用艺术的手法对国家形象进行微观构建,使其更为鲜明可感。

第三辑

文艺与人类命运共同体

《失明症漫记》:失明隐喻与人类寓言

吴紫欣　浙江工业大学

维拉·波兰特在《文学与疾病——比较文学研究的几个方面》中将疾病主题的文学书写分为两类。一是作为事实的生理疾病,其"多半是指具体的、医学上可以描述的病理现象";二是作为比喻、象征的精神疾病,通常"建立在并不系统的、古怪的或虚构的形态之上"。两者都着力表现人生存状态的异常:生理疾病的描写或被自然主义用以表现命运的残酷,或带上个人经验的印记,甚至成为作者的一种自我愈疗方式。后者的意义经常指向外部环境,探讨个人与社会或世界的病态关系。

葡萄牙作家萨拉马戈荣获的诺贝尔文学奖小说《失明症漫记》是第二种疾病的典型代表,它讲述了一场突如其来的流行性白色眼疾如何让发达的现代文明在短时间内土崩瓦解。不同于普通的盲疾,失明症患者只能看到白色,就像"一个牛奶海进到眼睛里来了",并且具备短时间内迅速感染接触者的杀伤力。对病症的奇异想象和对群体灾难的关注让这部小说有别于普通的疾病叙事。通常,疾病题材类作品遵循医文结合的交叉叙事,把特定疾病作为独立的对象与文学描写相融合,如《鼠疫》《药》等。失明症的特殊之处在于,它是非理性的医学现象,作者甚至没有交代它出现的成因,只是虚化为一种假设和隐喻辅助于文学话语的表达：对人类生存状态的人文关怀。在此意义上，萨拉马戈不只借失明症通往人的复杂心灵，还让疾病叙事成为一个世界的、人类的文学命题。

一、兽性到人性的心灵救赎

小说中，白色眼疾的出现削弱了社会观察的功能，人们既看不到他人的行为，也不被他人所看见。现代社会规范和道德准则成功将人区别于动物，而群体失明的设定为人们提供一种界限逾越的契机。作家止庵这样评价《失明症漫记》："这本书就是讲，人失明了，他被打到禽兽的位置，他怎么样保持自己的人性，他怎么重新把自己身上的人性焕发出来。"伴随着健全与病态之间界限的模糊，失明者经历了一场向死而生的人性救赎。

文本首先描绘了疯人院内失明者像动物一般的生活状貌。譬如，盲人因为生活自理上的困难而不顾卫生随地大小便；食物成为最基本的生存需求，稍有果腹，欲壑难填的人们就开始追求性的满足。不管是第一批失明者的宿舍内暗暗偷情的男女老少，还是新来的扣押餐食、轮奸女性的盲人强盗，缺乏理性与节制的盲人们皆将兽性释放到极致。因此才会有医生妻子"不如失明"的念头。作为唯一未失明的人，医生妻子见证了所有残暴、争夺、专制的人类恶行，也目睹了各种挨饿、肮脏、堕落的受难情形。正如她绝望地哀求："如果不能完全像正常人一样生活，至少应当尽一切努力不要像动物一样生活。"

尽管如此，萨拉马戈并非全然消极地认为灾难招致人性的沦丧。医生作为高薪阶层和知识分子，长期积淀下来的涵养让他在混乱的环境下竭力保持体面。他会为大小便失禁感到羞惭不已，"他弓着两条腿，扶住拖在令人作呕的地上的裤子，感到一阵心酸，世上的不幸莫过于此,盲人,盲人,盲人,他再也控制不住自己,悄悄地哭起来"。失去外在社会约束的集体仍然摆脱不了内在的道德制约,始终保留着"被观察"的心理,在意他人的在场并注意自身形象,这是世俗道德的后劲与人类文明的韧性,不会因为社会结构的突然崩塌就随之覆灭。

全书人性的光辉聚焦在特殊角色——医生妻子的身上。她是作者的声音、读者的眼睛,叙说并看着失明世界的腐化、堕落、善恶与喜悲。众生之间,她实际充当了救世主弥赛亚的角色。许多故事的疾病书写常常会给予某人特权,比如阎连科的《丁庄梦》里,身体健全的"圆全人"处在全是残疾人的丁庄之中;毕淑敏的《花冠病毒》安排感染病毒并奇获免疫的罗纬芝通行于不同防疫等级的区域之间。有趣的是,这些人尽管没有直接参与疾病带来的生理痛苦,却真实经历了另一种形态的受难,甚至程度更深。盲人的痛苦仅是个人的,幸免于看到兽性泛滥的景象,只有医生妻子不得不承受眼睁睁看着人类走向堕落的悲悯和无力。她从一开始伴随丈夫隔离,到后来带领舍友反抗暴行,涉险觅食,始终以博爱奉献的态度对待人们的苦难,就像上帝的化身。这种超越世俗之爱的胸怀让医生妻子这个角色具备从人性过渡到神性的魅力。

二、文明到野蛮的逆向演化

失明症带来的不只是个人的危机,更是人类共同体的灾难。小说中人物、场景塑造的精巧之处,在于第一批接受隔离的失明者中七人团体的配置:斜眼小男孩、戴墨镜的少女、医生夫妇、第一对失明者夫妇、戴黑眼罩的老人。这不仅与上帝七天创世纪的隐喻存在数字上的吻合,还在组成人员上与社会年龄结构一致,而且囊括了弱势群体、底层妓女、知识精英、普通平民等多种社会身份。这里没人称名道姓,个性在灾难面前失去意义,唯一能够辨识的只有声音。人物的择取表现出鲜明的代表性,这

第三辑 文艺与人类命运共同体

165

一微型小团体实际上形成了与宏观大世界的同构关系。至于七人团体的经历,从历时角度说,则提供了观察人类命运走向的孔眼。

白色眼疾让人类文明倒流,人们虽然有个体的意识,却失去社会的概念,仿佛回到原始部落时代。比如,失明的老太太为了生存可以像原始人一样剥皮剔骨地生吃院子里的鸡;无法书写,盲人用结绳记事来记录时间;没有管束,重新回归无政府状态;没有法律,谁掌握了手枪谁就是国王……往下按照人类发展的规律依次重演食物分配、专制剥削、反抗压迫等历史。人类历史进程的复现反映了萨拉马戈的马克思主义信仰,透露出对人类命运走向的积极态度。

三、失明到复明的诗性隐喻

隐喻过程不仅是一个语言现象,更重要的是一种思维现象,"本质上是人类理解周围世界的一种感知和形成概念的工具"。对此,拉考夫和约翰逊在《我们赖以生存的隐喻》中针对认知隐喻研究提出区别于修辞功能的"概念隐喻",即把熟悉的、具体的范畴概念(源域)映射到并帮助解析陌生的、抽象的范畴概念(目标域),从而完成隐喻思维过程。在概念隐喻视角下阐释"失明"与"复明"意象,有助于理解萨拉马戈的思想观念和创作意图。

古希腊文献将盲人失明的原因归结为两类:自然因素造成的生理缺憾和由神灵、魔鬼等介入的超自然因素带来的惩罚。后者将失明归因于个人行为,是读者普遍接受的隐喻意义。另一意义是将失明和智慧勾连在一起,盲人往往以其身体的缺陷得到一种精神方面超能力的代偿,如忒瑞西阿斯双目失明却能预知瘟疫。以上隐喻由于长期被读者所熟知,成为解读文本时产生的自然联想。

然而,萨拉马戈没有沿用这些旧有认知所建立的基本隐喻,实际上,他重构了它,颠覆源域到目标域的映射关系,从而创造出基于他个人创作观念的一种概念隐喻。首先,萨拉马戈打破了眼盲和智慧之间的正反馈联系。不管是失明时形如野兽的举止,还是复明后在满是垃圾的街道又喊又唱的人们,小说里几乎所有的盲人都是无知的象征。其次,作者为"失明"隐喻增添了有关"存在"概念的联想,将眼疾上升到本体层面的哲学思考。例如,突然致盲造成的无能感消解人生的意义,教堂里被蒙上白布的圣像喻示信仰的缺失。如果说失明表现的是人有条件、相对的生命无意义,那么复明的结局证明了人无条件、绝对的存在无意义。否则,就难以解释为何医生妻子在目睹集体复明的盛况后没有苦尽甘来的神色,反倒陷入新一轮的孤独和怅惘中:"我想我们没有失明,我想我们现在是盲人;能看见的盲人;能看但又看不见的盲人。"

和鲁迅一样,萨拉马戈也是一个铁房子外的人,深谙"残忍是人类的发明",希望通过描写人类的非人道来唤起人们的危机感。这种观念由来已久,直到一次眼疾治疗的经历激发了他表达这一概念的创作灵感,他才开始借"失明"的隐喻书写人类的退化和文明面临的挑战。从阅读角度看,在灾难救赎的语境下,文本为读者创造了一个阐释概念隐喻的空间,并在隐喻的陌生化理解中体会到萨拉马戈那饱含世界眼光和人道精神的忧世伤生之感。隐喻是寓言的轮廓,寓言是扩展了的隐喻。在纵横交错的白色眼疾、失明以及复明隐喻中,一个完整立体的人类寓言悄然成形,正在或者等待见证它的真理性。

灾难与美好的影像表达

——评《堤》与左岸派电影

王络佳　浙江传媒学院

　　《堤》是一部 1962 年的非典型科幻短片,作为法国新浪潮时期左岸派的经典作品,它在当年极为先锋,一张张闪过的黑白影像彰显着自身的"叛逆"与反电影性。同时,它也是后世许多科幻电影的灵感源泉,《十二猴子》在片头便写明了创意来源为《堤》,《源代码》中从主角柯尔特的多次脑波穿越也能看出《堤》的影子,《终结者》系列、《蝴蝶效应》等无数经典电影都对它致敬。

　　《堤》的故事发生地为第三次世界大战爆发后的巴黎。由于城市表面被损毁及核冬天的到来,幸存的人们都被迫在地下生存。男主人公是地下城万千俘虏中的一员,但他童年时总在梦里看到一个男人被枪杀和一个女人惊慌失措的脸,也因为这个特殊性,他成为穿越时空实验的小白鼠,并在过去反复和那个女人相遇,还与她共陷爱河。最后,他选择活在过去与爱人生活,却在机场上奔向她时,被人用枪击毙,这时他才明白,原来他从小梦见的正是自己的死亡。

　　《堤》的男主人公在短片开始时,就已经是个被动型人物。他被告知穿越之行的首要任务是找到未来人,通过他们获得能恢复工业生产的新能源,可导演对其着墨极少,与主角面临的其他困境相比,寻求能源的过程反而格外容易,男人只用寥寥数语便说服了未来人,达成目标。与其他同类电影的不同之处在于,他一直都只是一个被战争摧毁了希望的浑浑噩噩的男人,自始至终没有产生过拯救人类的责任感。这看似是在反"人类命运共同体",实则导演正是想通过展现这个被战争侵害的男人形象,从另一面呼吁人们不该冷眼旁观。

由此我们也可以看出导演克里斯·马克的人文主张。在他的视角下,巴黎被第三次世界大战摧毁后,重建的社会秩序如乔治·奥威尔所著《动物农场》里描写的那般混乱,科学技术也格外粗糙,用来穿越的仪器在如今看来就只是个普通的眼罩。对比同为 20 世纪 60 年代的惊世之作《2001 太空漫游》,若说《2001 太空漫游》的特效及场景布置惊天动地,那么《堤》就像是小孩在过家家。但克里斯·马克对穿越道具的简陋设定绝不是为了节省成本,而是为了通过视觉上的反差制造荒诞感。纯真在过去,科技在未来,当下只有不完善的人性与不健全的科技。

在 20 世纪 60 年代的文学批评领域中,主流语调皆为在文学作品中寻找生命的痛点与社会的不公,这些主题在电影界也大行其道。左岸派电影兼具影像与文学双重属性,影人们将个人精神世界寄托于他们创造的每个作品,依托当时独特的时代环境,大量的优质电影就此留名影史。克里斯·马克作为"知识分子",也是左岸派的领袖之一,他拒绝作品类型化,所以《堤》的时间线与现实脱轨,相比描绘灾后的惨痛场景,爱情线反而占据了大半时长。导演在开头通过对数张城市废墟的照片进行跳切转场来交代故事背景,配以简洁冷酷的旁白,这与阿伦·雷乃导演、玛格丽特·杜拉斯编剧的《广岛之恋》有着异曲同工之妙。那些被核弹侵袭后的城市照片一张张交替,广岛与巴黎的惨状触目惊心,现实与虚构被混淆,导演们对暴力的恐惧与抵制在片中被表露得一览无余。

除了《广岛之恋》与《堤》这两部左岸派的代表作外，该流派的许多作品同样也关心"二战"后人们的生存状态。克里斯·马克也是阿伦·雷乃成名作《夜与雾》的副导演与编剧，观众在这群左岸派影人的带领下重新回到奥斯维辛集中营，彩色现实与黑白过去形成残酷对比，史实影像穿插其中，许多惨烈场面让人不寒而栗。《长别离》是继《广岛之恋》后又一由玛格丽特·杜拉斯编剧的作品，该作摘获了第 14 届戛纳电影节的金棕榈奖。它的故事极为简单，咖啡馆的店主黛莱丝发现门外经过的一个流浪汉与她失踪十六年的丈夫极为相似，此后几番尝试唤醒他的记忆，却都是徒劳，最终流浪汉离开，黛莱丝继续等候。片中最催泪的场景是在黛莱丝忍不住对流浪汉大声叫出丈夫的名字时，他突然站住，并背对她举起双手过头顶，最后落荒而逃。这是一种应激反应，即使他失去记忆，但作为"二战"的受害者与俘虏，当他的名字被叫出时，通常意味着惩罚的来临。战争的恐怖之处在于它会随着自身规模的壮大而愈发贪婪，它吞噬了一切情感，爱情尤甚，只留下挥之不去的恐惧。

时间的创造性转换同样也是左岸派电影中多次被运用的叙事技巧，这些影片本身也是时间留给后人的痕迹。如阿涅斯·瓦尔达的成名作《五至七时的克莱奥》，从该片片名中就可以看出导演的创作思路；阿伦·雷乃在《去年在马里昂巴德》中用独特的非线性剪辑将回忆与现实交叉呈现，强调了时间在银幕上的可混淆性，更不用说前文提到的两部电影；《长别离》中黛莱丝的十六年等待及《广岛之恋》中两位主人公在有限时间内的忘我恋情。

克里斯·马克在《堤》中也将时间与空间的特性反叛到极致。男主人公在幼年时目睹了成年的他的死去，这是该片的核心剧情点，导演用战争、爱情与超前的科学幻想将其包装成一个完整的故事,最后男人的死亡成为全片的点睛之笔,这让他的生命线形成闭环,永不止息。克里斯·马克没有特意交代原来世界的管理者为何要回到过去杀了他,反而留给观众足够的遐想空间。但若深究其原因,肯定与人性之恶有关。当男人奔向他的救赎时,却被原世界的恶意突然打断,这更是导演对战后社会发出的不安控诉。若过去代表美好,那"二战"阴影仍残留的世界就是现实,即使我们回到美好,战争也随时可能重新到场。这放在如今也具有警示意味。

自个体的思考能力被发掘以来,人类就拥有了想象力。因为想象,我们会惧怕未知,会对未发生或是正在发生的灾难怀有恐惧。为了使灾难不再可怖,我们一直在寻找救赎以保护自身,它被寄托在某个物品、某项生活方式、某个宗教上,甚至如《堤》中的男主人公一般,将其寄托在某个人身上。一直以来,艺术与人类的联结都极为紧密,文艺作品是人们想象力的实体化,因此,在灾难中生发的艺术通常更能震撼人心。

在满目疮痍的战后世界里,战争对其造成的损害不单单只停留在物质表层,它还会使理性倒退,真挚的情感在当下就显得格外珍贵。灾难下萌生的爱情极为动人也极具悲剧性,它美好易碎,与灾难的恶劣狰狞形成强烈反差。

灾难既是艺术领域长盛不衰的焦点,也是各肤色各种族的人都能共情的话题,正因如此,即使《堤》距今已六十余年,它依旧在影迷群体里备受追捧。克里斯·马克用一帧帧的照片与画外音组成了这部极具实验性的短片,只有在女人醒来眨眼的那个瞬间,影像才突然变得动态鲜活。当战争使世界陷入沉寂,唯有美好情感永不褪色。

报道、见证与文学的隐喻

——再谈《鼠疫》

宋洁　浙江越秀外国语学院

一、瘟疫与突变的生活

我们总是习惯性地否定不想发生的事情,而罔顾事实。疾疫与生活难解难分,成为文学创作的重要资源。加缪在创作《鼠疫》(1947 年)十年后获诺贝尔文学奖,萨拉马戈因《失明症漫记》(1995 年)于 1998 年获得诺贝尔文学奖,加西亚·马尔克斯因《百年孤独》于 1982 年得奖,同样,中国四大名著之一的《水浒传》也是从杭州的一场瘟疫起笔。

加缪的《鼠疫》开篇介绍了一个"差不多"的城市:"人们在城市里感到厌烦,但同样又极力使自己习惯成自然,一旦习惯了也不难打发的日子,可以说这一切都还过得去。"但是鼠疫的意外来临,使得城市中的人明白,要是说这世上有一样东西可以让人们永远向往并且有时还能让人们得到的话,那就是安宁。

早在《伯罗奔尼撒战争史》里,历史学家修昔底德就花费大量笔墨描绘了鼠疫给人类生活带来的重大变化,也表现了人们对于非正常死亡由恐惧、担忧到后来的司空见惯,甚至冷漠麻木,不为所动。"对将死的亲人最后连哭都懒得哭了";葬礼极度简化,将尸体扔到正在焚烧尸体的火堆了事;病人为了降温而赤裸相对;鼠疫破坏了日常生活秩序和尊卑等级制度,迫使人与人之间保持距离,彼此疏远。在这场瘟疫中,死伤惨重,雅典统帅伯利克里家族除他和情人阿斯帕西娅的儿子之外几乎无人幸免。假如没有这场瘟疫,雅典也不会输给斯巴达。

瘟疫使得文学进入盛典,也使得一部分人归于尘埃。普希金回到波尔金诺庄园参加伯父的丧事,原本只打算待三个星期。因逢疫情,交通封锁,于是待了整个秋季,其间他写作了二十七首抒情诗、六个中篇、四部诗体小悲剧和诗体长篇的其中三章,这就是"波尔金诺之秋"。但同样正如戴建业教授所说,一个时代的可幸在于诸多名诗人的出现,一个时代的可叹也在于文人的归去。由于瘟疫,建安七子中的徐干、陈琳、应场、刘桢相继离去。曹操和曹植也分别用"白骨露于野,千里无鸡鸣"和"建安二十二年,疠气流行,家家有僵尸之痛,室室有号泣之哀,或阖门而殪,或覆族而丧。或以为疫者鬼神所作"来记录瘟疫的恐怖。西方亦然,古希腊悲剧《俄狄浦斯王》中描述道:"田间的麦穗枯萎了,牧场上的牛瘟死了,妇人流产了,最可恨的带火的瘟神降临到这城邦。"

二、文学对鼠疫的叙述

王开岭先生在《精神明亮的人》中曾这样评价《鼠疫》,"逃走"意味着存在的缺席,意味着把配属给自己的那份苦难留给了同胞,由此而生的自鄙与罪恶感足以将一个稍有尊严的人杀死。正确的选择是:留下来,抗争,至最后。"挺住意味着一切",唯有挺住,才能保卫人的尊严和生命权利。"挺住",既是生存,也是荣誉;既构成方法,亦造就价值和意义。

加缪的个人生活、行为和作品之间的关系密不可分,具有无法剥离的"互文性"，他是一位在社会斗争中经受人间疾苦的作家，他的写作与关系人类命运的事件不可分离。《鼠疫》发生在阿尔及利亚北部海边城市奥兰，加缪在那里出生、在那里的贫民窟活着、在"阳光和贫穷"中度过童年。

面对法西斯专制的恐怖和瘟疫的肆虐，加缪的立场正是坚守与反抗。他参加法国的地下抵抗组织和各种人权活动，领导《共和国晚报》《战斗报》，既反对纳粹主义，痛斥政治暴力，又谴责不负责任的虚无论调。他高呼："第一件事是不要绝望，不要听信那些人胡说世界末日！""让我们宣誓在最不高贵的任务中完成最高贵的行动！"不仅如此，他还在自己的小说《鼠疫》中，为主人公里厄医生及其朋友选择了这一挺立的"人"之姿势和平凡的"高贵行动"。

三、荒诞、悲剧及其隐喻

作为最早向法国文坛介绍卡夫卡的哲学家，阿尔贝·加缪对于卡夫卡的作品可谓了然于心。正如加缪《弗兰茨·卡夫卡作品中的希望和荒诞》一文所言，卡夫卡的小说既有深入骨髓的荒诞意识，又暗含着希望，二者如影随形不可分割。加缪的小说同样如此：始终保持着清醒而深刻的荒诞意识。

加缪始终拒绝虚无主义，始终坚持对人的信念、对生活的热爱。他始终强调，荒谬不会导致虚无主义的人生，而是要在道德上做出努力。"我所能做的一切，就是要展示即使是在一个没有上帝的世界里，也能够产生丰富的行为方式，独自处于宇宙中的人仍然能够创造他自己的价值。我认为这就是这个时代摆在我们面前的唯一问题。"

荒谬意识和李白诗文的悖论有异曲同工之妙。这种悖论也可以称为陡转，比如从"人生得意须尽欢"跳到"与尔同销万古愁"，从"但愿长

青年与文艺评论

174

醉不愿醒"到"惟有饮者留其名",亦如从"今日之日多烦忧"到"长风万
里送秋雁"。《鼠疫》的结尾同样也给人意料之外的惊喜。"人们街上的
狂欢"与里厄先生口中的"鼠疫潜藏在每一个角落",使得这场瘟疫之战
的出现和消失令人捉摸不透,跌宕的情节设计为这次灾难披上了神秘
的面纱,也隐隐地渲染了悲剧色彩。这正如西方的新批评派一般"打破
读者的期待"。"狂欢"与"潜藏"两者之间没有明显和必然的联系,甚至
是一目了然的龃龉与对立,这两种矛盾情绪的相互交织与碰撞,激起巨
大的情感波澜,给人以强烈的艺术震撼力与生命力。虽然多数学者认
为加缪的作品具有悲剧色彩,但我却更认为这是作家用作品表现其超
越常人的冷静与清醒。《鼠疫》给我们更多的感受是:这是一场始料未
及的出现与结束的胜利,却不是一次恒久的胜利之战。但这仍不能忽
略与剥夺其作品的作用和地位。加缪给人的感觉不是消沉,而是无穷
的力量与无尽的反抗。

在重大的历史事件之后,文学的承担精神和"介入"意识,使得觉醒
之人以各种文学手段,记录并传递既成的事实,为历史提供"证言"。如
加西亚·马尔克斯于1985年推出畅销作品《霍乱时期的爱情》,白俄罗
斯阿列克谢耶维奇写出《切尔诺贝利的悲鸣》。影响较大的还有让·齐
奥诺的作品《屋顶上的轻骑兵》,卡尔维诺的小说《分成两半的子爵》,毛
姆的小说《面纱》《月亮与六便士》。

加缪的《鼠疫》,不论是内在的逻辑,还是在叙述的形态上,都特别
突出"见证"这一特征。加缪在《鼠疫》中,就多次交代这部中篇的类似
新闻"报道"和历史学家"见证"叙述的性质。虽然是虚构性的寓言故
事,却采用"编年史"记录真人真事的方式。与此同时,这种"见证"是
"以众人的名义"对意识做出限制,既避免其膨胀成虚妄的夸张,也压抑
第一人称的主观抒情,又否定全知视角的冷静谨慎。

《鼠疫》的悲剧意识既非叔本华三种悲剧之一，又非王国维在《红楼梦评论》中的另一悲剧，而是悲剧的无端降临和瘟疫之后人们的无知荒诞，"城里的人用一片悠长低沉的欢呼声迎接了这一刻的到来"。

在《鼠疫》中，承担"觉醒"的不再是卡利古拉这样的个人，而是城市居民的集体存在。通过里厄，加缪找到了集体存在的反抗方式，不再是局外人。最终人性战胜了荒诞，小城恢复了"平庸的喜悦"。虽然鼠疫是无法根除的，但是就这个阶段而言，集体存在取得了胜利。这个故事的隐喻很像西西弗神话，里厄说，面对鼠疫，人唯一的口号是反抗。

里厄医生所组成的这个小组散发着一点希望，他们身上有不造作的人性，即从最日常的描写中散发出来的人性，那人性通过反抗，一点一点地成形，最后变成光明。

这部长篇小说曾被认为隐喻了当时的纳粹和对纳粹的抵抗活动。只觉得日光之下，并无新事。但抗争是加缪的存在主义的主体之一，鼠疫使人睁开眼睛，只有疯子、瞎子和懦夫才会向它屈膝。从另一种角度来看，鼠疫其实是每个人随时都在面对的无知、傲慢、自以为是，也可以换成这个时代中的任何极端：战争、疾病、流行文化、消费主义。我们小心翼翼地同它斗争，生怕将其传染给他人。但不抗争不思辨的人，往往会将气呼到别人脸上，将鼠疫传播。

在历史的长河里，瘟疫是短暂的一瞬；在悠悠的天地之间，瘟疫又是渺小的一点。加缪是写人生的悲剧，也是写历史的悲剧。悲剧的前提是崇高，没有崇高就没有悲剧，当他感受到人生的崇高之后，会觉得自己身上负有巨大的历史责任，因为我们每个人在世界上都兼有主体和客体的双重身份，同样也代表着历史前进的方向。

无论是欢乐还是悲伤，自信还是失望，豪放还是沉郁，不同性质的情绪，矛盾双方都非常强烈又毫无节制，极力抒发心中所喜所悲、所爱所累,加缪用近乎灾难的史实来表达他的敏感,以及对人类命运的同情与关心的悲悯情怀。

如果这个世界上真有原罪的话,那一定是反智;如果这个世界上真有真理的话,那一定是反抗。是的,鼠疫,就是生活,我们被它裹挟,为它反抗,以此对照出人类存在、抗争和思考的意义。

大地上的安魂曲

——谈《云中记》的疗救意义

应娟　宁波大学

汶川地震后，文学界掀起了一股灾难书写的热潮，但一些作品呈现出类型化特征，陷入纪实和煽情的叙事套路，缺乏一定的批判和反思。肆意宣泄悲痛很可能使本真的语言滑向媚俗的边缘，甚至沦为帮凶，造成个体心灵的又一次"余震"，而那些仍未被治愈的伤口依旧呼唤着救赎的可能。尽管"没有一首诗阻止过一辆坦克"，地震之后的文学创作无法扭转那一瞬间大地的震怒，也无法决定往后的命运，但比起形式化的口号和集体纪念，沉默而谦卑的文字也许更能进入心灵的废墟，在灰暗处投下一缕微光。作家阿来捕捉到了淹没于时间云海中的微弱喊声，并在痛定思痛后长歌当哭，写下长篇小说《云中记》。

《云中记》的创作是有距离的书写。山崩地裂之际，阿来投身于废墟之中，成为苦难的见证者和倾听者。十年缄默，他不断思考生命的意义，寻找合适的叙述腔调，最后选择"用颂诗的方式来书写陨灭的故事"，以神性的视角感知死亡背后精神的崇高，唱出了一首庄严、古老、宁静的安魂歌谣，完成了宗教式的启悟。阿来的表述极为克制，他回避了群体式的巨大哀痛，另辟蹊径，落脚于一个特殊的村庄和族群，通过描写祭师阿巴的返还、"朝圣"之旅,重新审视、观照个体与自然、世界的关系,试图以个人的灵魂解脱化解群体的创伤记忆。

不可抹去的过往如幽灵般凝视着现在,云中村的人被灾难拽到"生命意义"的深渊之前,被迫俯视死亡,不免感到巨大的空虚。日出而作、日入而息的淳朴思想无法应对其中的复杂,视而不见只会带来更大的迷惘。阿巴清楚,只有直面生死,真诚地面对每一个逝去的生命,才能彻底消弭心头的空白。虽然幸存者们聚在一起时,已学会云淡风轻地谈论逝者,但独自回味的时候,对亲人的歉意仍不停划割着他们的身心。遗忘保护机制使那些从云中村死里逃生的人,渐渐忘记了云中村的味道,甚至忘记了故人的样貌,负罪感积压于生活之上,唯有忏悔方能释然。为了唤醒对生命与爱的深沉意识,为了让所有人放下愧疚更好地生活,阿巴回到了被毁弃的云中村,代表每家每户,以带有信仰与奉献色彩的仪式性行为,虔诚地安抚在"那里"的人。阿巴并不是"赤条条"地返回,他承载着生者的悔恨和盼望,因而他必须用细节打开云中村的往昔,抚摸大地的条条裂缝,还原每户人家日常的朴素以及地震来临那刻的坚韧,不管他们生前行善或作恶,即使他们未被现代体系赋名或接受,也都得到了平等的展示空间。阿巴无法确定是否存在鬼魂,但他仍旧为自己、为村民构建出了一个灵性世界,由此他摇铃击鼓的仪式才有所归宿,仁钦也能将他对母亲的思念寄托于鸢尾之中,许多人的遗憾就此才可终了。

阿巴对于村民的意义便如同阿来对于我们的意义,他深知灾难文学的责任,所以不以毫无节制的泪水渲染满目疮痍的场面,反而用大篇幅展现灾后云中村的新生——"没有死亡,只有生长"。种子翻翻土就发了芽,杂乱的缝隙里摇曳出一朵黄花,象征神迹的鹿群都出现在了云中村,人与植物、动物共同为这片废墟带来生机,给予了阿巴、村民以及我们这些"局外人"极大的安慰。同时阿来将更多笔墨对准人性深处，写出个体在灾难面前奢侈的尊严和体面，歌颂他们卑微的执念和坚强的意志，让我们得以抵达那些被"悲伤""感动"等词汇笼统概括下的细微世界。被救的人一声不吭，起初他们也会将心中的怨恨发泄在志愿者身上，但最后无言取代了哀号，而沉默的动人之处在于无形中传输了力量，让受难者和读者渐渐从悲剧中深刻内省，完成自我治愈后再去慰藉他人，激发生存的意志。

小说的切入点小，视野却延伸到广阔的命运共同体的阐释范畴，以阿巴的祭师形象介入生死边界，在打造出的平行时空里让所有人相遇，实现生者和死者的联结。死亡使云中村成为密不可分的整体，存活下来的人因互相取暖和不言而喻的理解聚在一起，不幸罹难的，无论是曾经被忽视的如同孤魂般存在的阿介，还是恃强凌弱的详巴兄弟，在变成死尸的那刻，都注定了将并排躺在熊熊燃烧的柴堆上，化成白灰的结局。阿来的哀悼饱含深情，他不依据亲友间的血缘关系，而是从"无穷的远方，无数的人们，都与我有关"出发，关怀每一个平凡的个体，宽恕已显得微不足道的罪过，痛苦在感官的共通世界里穿梭，仿佛那逝去的也是自己的一部分，这或许才构成所谓人类的意义。

作为藏族作家，维系汉藏休戚相关的命运关系也是阿来一直以来的写作宗旨。"我的写作不是为了渲染这片高原如何神秘，而是为了祛除魅惑，告诉这个世界，这个族群也是人类大家庭中的一员。"移民村的建设可以说是阿来对此理念的实践，而通过重复演示充满神性的祭祀活动，阿来不仅表达了对死亡的敬畏，还从信仰的迷雾中将本原的赤诚和仁慈裸露在大众面前，强调人类的情感共性皆会为生命的流逝惋惜，为灾难中的真情动容。共同体从不以种族和阶级为界限，而是连着相同的精神脉搏呼吸。

在时间的侵蚀里,苦难自觉站在遗忘的一边,会模糊人们的记忆,泯灭诉说的欲望,但回忆与记录恰是遗忘的对手,反复叙述更是对时间单调性的否定。创作的价值在于铭记过去,却又绝不停滞于此,好的作品既能往前追溯,又能指向未来,必须对之前、之后的生活都发挥作用。就此而言,《云中记》也显露着超越阶段性的意义。

大地运行的规律决定了它并不会因为某次震耳欲聋的恸哭便停止它的伸展,受难者将苦难归因于自然,但又无力阻止未知的危险。未来的光明建立于心灵的光明之上,创伤主体只有学会与自然和解,才能以健全的状态走向未来。阿来反复强调"不要怪罪大地",他以审美的眼光看待自然,告诉人们地震只是一种神迹的安排,是大地强力之美的展现,其目的在于让世界万物以另一种形式存在,从而成功地将现世的悲剧化成了文学中的美学内涵。阿巴的"献祭"精神蔓延始终,整个故事终结于阿巴与云中村的消失,这场"蓄力已久"的死亡平静而庄严,完全取代了之前惨烈的印象,以死亡化解死亡,从死亡内部消解悲痛,大抵是《云中记》创作的深远期许。云中村的空间意义被抹去,但它的时间意义将永远绵延,阿来引导生者与大地进行再次缔约,给我们预留下了明朗的未来。

除反思地震外,小说着重表现的还有对于现代性的反思。阿来并不以尖锐的语言呈现传统和现代的冲突,事实上,从阿巴对祭师身份认同的不确定性中可以看出,他对现代文明的态度是暧昧不清的。现代文化对传统伦理秩序的渗透是必然趋势,阿来没有简单地置予批判,他承认现代文明的美好,水电站为云中村带来了光明,也让阿巴从混沌中清醒过来。面对"现代"对传统德行的破坏行为,他以一种平和的态度引导"现代人"醒悟,阿巴最后找到了自己;央金也认清商业文化消费苦难的实质,回归纯真的状态;而身为读者的我们也受到提醒,在奔向崭新的新世界时，须时时记得回望原初意义上的精神家园，看清自己埋于大地之下的根系，并铭记那些在苦难中应该保有的敬畏和慈悲。这些对于人类的未来都具有启示意义。

　　社会不愿遗忘伤痕，记录已成为一种道德义务。我们常常以隆重的集体活动来构建身份认同，然而值得思考的是，声势浩大的集体纪念是否会逐渐变成虚无的形式？一场缺乏深沉思考的群体"狂欢"，或许隐伏着精神淡漠的危机。比起在日光之下赤裸地暴露苦难，受难者更需要的可能只是一种沉默而平和的疗救语言。阿来以颂诗的方式吟唱出了一首抚慰灵魂的神性曲调，赞美了生命的庄严和人类精神的伟大，证实了奥斯维辛之后写诗的必要性，也对未来许下了期望，或许有一天，我们终能"因诗而得救"。

电传时代的民间影像与个体书写

马卓敏　浙江师范大学

　　人类在时间的生理性中繁衍,在空间的物理性中感知。人类对时间与空间认知的变迁,不仅在短时段内形成日常生活惯例,更在长时段内不断改写人类存在的定义。新冠肺炎疫情期间,居家隔离使大众的物质需求复归生存本位。因为永远无法预知明天和意外谁先来临,人们的愿望似乎玩笑般地从"暴富"降到"活着",人类的未来从未与当下的存在产生过如此紧密的共生关系。因而,讨论人类在当下的存在定义与状态,成为试探性轻敲未来大门的第一步。

　　21世纪,时间与空间由光速决定,高度电传科技的引力吸附着人类搭载速度美学的飞行器,义无反顾地驶入透明却真空的资讯化影像时代。曾经,人类追随海德格尔,相信"存在的意义通过此时此地的存在,亦即此在对自身的领悟而被理解。并且,这一理解过程正是意义的展现过程"。如今,速度抹杀了颜色,人类在触屏瞬间化为电传存在。一切都是此时此刻。

　　法国学者保罗·维利里奥曾在其《消失的美学》一书中,对电传现象做出较为详尽的论述,"电传出现的présent是一种消逝的美学,实体存在或实体出现消逝所留下的痕迹。然而,消逝的痕迹却抹去了实体的存在,以及实体出现与电传出现之间的差别"。在电传时代,人类应如何找寻乃至确立自己的主体性?换言之,即漂浮在速度层中的人类,该如何找寻自身作为实体存在的在场感、真实感与归属感呢?互联网似乎提供了一个出口。

新冠肺炎疫情期间,被隔离的大众与外界保持联系的方式单一而便捷,即通过网络对各地实况的"传像",获得远距离的在场感。如武汉火神山与雷神山医院在造期间,通过视频直播的方式,使千万网民成为"包工头",在线监督医院的施工建设。这种"云端"在场感的获得,是身处后现代碎片化语境中的个体体认主体性的主要方式。相较于报纸、电视等传统媒体的官方书写,互联网以其低准入的交互性,使民间影像作为官方话语的一种分延、补充的再书写,以经过的姿态试图透视大众的日常生活。

互联网低准入的交互性,使大量民间影像冲破长期占主导地位的官方与精英视点的藩篱,云端对话的狂欢性赋予民间影像进入历史的可能。这些民间影像中,不乏经过个体沉淀的冷静观察与思考。但在速度美学占主导的互联网场域中,唯有"超活"才能"存活"成为众所周知的生存法则。在这一生存法则的阴影下,部分民间影像试图为大众提供多元化视角的初衷,却落入带有猎奇性表演的多角色饰演的窘境。其影像在不断呈现出"与时俱进"的资讯化的同时,也在网络媒介的离心作用下演变为一种象征性暴力。不少缺乏甄别能力的大众,在资讯暴力面前分崩离析,伴生的焦虑、压抑、抑郁等不良身心反应加剧了"灾难疲劳"(disaster fatigue)的心理,成为被速度抛掷的漂浮个体。

有别于现代的"大叙事"、后现代的"小叙事",速度美学主导的互联网场域,搭载的是"微叙事",即以声音、影像,乃至触觉为主要表现的电传叙事。作为当下民间艺术创作与实践的主视点,其"微"既可理解为对传统以文字为主要话语和论述形式的解构，也可理解为叙事的主体由长期占据主导地位的官方和精英逐渐过渡到"你、我、他/她"，即大众中的每一个微小的个体身上。诚然，互联网以其低准入的交互性使历来在历史中扮演"无名之辈"的个体拥有了发声的机会，但发声人数之多、声音之杂，又使个体声音被听到的可能性和诉求传达的有效性大大降低。在互联网是有记忆的呼声中，大众被短暂地允许进入历史。一时间对话的狂欢性放大了瞬时的快感，忘却了互联网的记忆具有格式化属性的个体，最终将成为历史未保存的文档，以空白的形式等待下一个满怀正义感与热情的书写者的到来。

疫情作为社会公共事件，需区别于"实况传像"，立足"此时此地"，在更贴近真实质感的氛围中记录与反思。纪录片创作者作为时代的记录者与思考者，从未在关键时刻缺席。疫情期间，大象点映发起的名为"余生一日"的全民记录计划，既充分利用互联网媒介属性中的亲民性，即调动大众积极记录生活参与历史的可能性，又以其平台自身的专业审美能力与资源整合能力，通过影像将大众纳入一个可被保存的开放历史文本，力图按本雅明所言，将历史的建构，作为献给无名者的记忆。疫情期间，这种全民可担任主创的纪录片创作模式，区别于现有的疫情题材纪录片如《非典十年祭》《在武汉》等创作模式。尤其是大象点映后续发出的拍摄《余生一日：60 秒》纪录片的邀请，鼓励 100 人以 VR 的方式（其中 VR 专业平台会为 50 位没有设备的记录者提供设备）来全景记录时代、为未来著史，更是技术美学与人文主义结合的有益实践，因此值得关注与研究。

同舟易舟

——文艺影像下的集体记忆

胡文　浙江艺术职业学院

你见过诺亚方舟,所幸我和你都见过诺亚方舟。

在任何一处无人经过的街道,窥探的眼睛从斑马线中间拨开一道口,底下的张望探访空旷的走道。这《时代》杂志上看似怪诞戏谑的封面,是此前几个月里的全球实况。这实况的洪流裹挟着我们浸入早前就已发生过数次的灾厄的知觉。这样的洪水来过好几遭,每一遭洪潮退去,留在原地的已被肆虐过的断壁残垣又裸露出来。但是仔细拨开这些颓败的墙橹,夹缝里冒着蕨草新芽。我没有办法忘记冯至先生在《忘形》里的所言,人之可贵,不在于任情地哭笑,而在于怎样能加深自己的快乐,担当自己的痛苦。

我们之所以触摸文艺,是因为在我们修补神祇破开的闸——我们堵上闸口的时候,我们的伤口亦需要被平复。身体的伤痕在物理治疗里得到舒缓,与此同时,精神在巨大的冲刷中已被腐蚀破碎。同时每一次洪水也需要被记录,成为我们的集体记忆。所以我们还使用文艺作为抵御遗忘的工具。灾难中的艺术往往寄寓警示又富有生机,或者是为了重新唤醒记忆的灾难,如卡尔・布莱尤洛夫于 1833 年创作的《庞贝末日》。瞬间死亡的人们也在瞬间中被掩埋,当那些火山灰被剥离后重新注入填充石膏,他们生命上一秒的神情姿态展览于人前。

在清帝国的最后一点余晖里,哈尔滨暴发了那场巨大如师道南所著《死鼠行》中描述"东死鼠,西死鼠,人见死鼠如见虎。鼠死不几日,人死如圻堵"的傅家甸鼠疫,有幸的是它在当时被迅速扑灭。但据加谬在《鼠疫》中所言:"据医书记载,鼠疫杆菌永远不会死绝,也不会消失,它们能在家具、衣被中存活几十年;在房间、地窖、旅行箱、手帕和废纸里耐心等待。也许有一天,鼠疫会再度唤醒它的鼠群,让它们葬身于某个幸福的城市,使人们再罹祸患,重新吸取教训。"我们所能触碰到的如今一旦与预知有了推演的关系,我们就仿佛能摸上一点它的影子。但是很显然联系是必然,发展才是意外。

而当我们从诺亚方舟离开,走上忒修斯之船,在一块又一块的船木轮换里,我们离开过去。但新来的一块木板会习惯上一块带来的痕迹,我们走向未来的同时又必须记忆过去。而艺术就是换船木里涂抹的桐油。

我们使用工具并且超越它,我们用文学、艺术表达。例如电影《死亡诗社》里道出我们生存的原因。我们使抽象的事物具象,我们把死亡摆在一眼可见的明面上。我们有许多暴烈且激情的船长正乘风破浪。

大厦轰然倒地,砖瓦颓木满地狼藉,我们又建起。灾厄是不可避免的,"永无乡"的"永无"再清楚不过。我们学习度过灾厄,但我们永不习惯灾厄。精明的人知晓自我保护这一机制。我们编码好了的遗忘字符串,让我们总能卸下重担,离开过去走向未来。但更多的是我们对抗灾厄,记住灾厄。我们孕育灾厄,我们也消灭灾厄。我们每个人都有深渊,很黑很深,四望的时候也是这样感觉。背后的荆棘如果是外部的平庸的恶,脚下的渊可能就像是自己不能直视的险。人的恶,有时会开出比恶更恶的恶之花。尽管如此,我们依旧会被一些光辉感动哭泣。

在土地上最先学会手舞足蹈的人若长久被安置在一室之内一厅之间，就一定会为里尔克《沉重的时刻》所震撼，"此刻有谁在世上的某处走，那一踏步里走向我"。同索尔仁尼琴对文学的期待：它若不能成为当代社会的呼吸，不敢传达那个社会的痛苦与恐惧，不能对威胁着道德和社会的危险及时发出警告——这样的文学是不配成为文学的。

偌大的"时代"一词，每次带着潮汛席卷，就兼任挎了镰刀的死神。人总畏惧未知，然后就会学会把未知的事物带上已知事物的特性，学会如何解释它、应付它，然后驯化它。一次洪汛以后，鸟嘴医生被符号化，成为死神的代表，谁清楚它左手的沙漏何时静止？它只会把它的十字弓瞄准。躲不开的天灾，绕不开的人祸。战争带来的死伤残酷，帝国的一朝倾覆，教堂虔诚合十的人们听见赎罪券叮咚。

我们的集体记忆被刻画——《战争与和平》《罪与罚》《红与黑》。当我们的接受心境与期待视野堆叠，我们就更能攫取到内形式艺术里跃动的呼吸。卡拉瓦乔的《圣杰罗姆写作》、小荷尔拜因的《大使》、达明安·赫斯特的《上帝之爱》等书中符号化的象征成为说明的依附。加缪的《鼠疫》、爱伦·坡的《红死病的假面舞会》、马尔克斯的《霍乱时期的爱情》等书中文学语言的阻拒性带来标出性意义里把弱势处拔高的作用。我们的集体记忆带着我们垒砌文明的石块，甚至我们的神话也是支撑的骨架。艺术表现形式的灵活多样往往让艺术拥有把苦痛沉淀并融入人类价值观的力量。

当怪诞隐喻的象征梦到电子羊，诗人的午餐上，我们捕捞到海里的一条鱼，并用牙齿把鱼骨剔成海的徽章。我们为神秘主义折腰在它的未知。海面上航行的诺亚方舟上搭载的物种们再次触碰土地，一齐发出鸣吼喑嘶。

超越恐惧：灾难文艺中主体性的演进

吴红靓　宁波大学

　　14世纪四五十年代，黑死病席卷整个欧洲，千万人因此丧生，给人类带来了难以估量的灾难。瘟疫导致的恐惧和焦虑极大冲击了人的精神，促使人开始聚焦自身，反思现世生活与人类社会。在荷兰中世纪画家耶罗尼米斯·博斯那里，我们多能看到罪恶与人类道德沉沦的诡谲象征——人性价值的光环黯淡了，代之以人性结构中的非理性。2020年，蔓延全球的新冠肺炎疫情在每个个体心灵中掀起了巨大的风暴，把人类的戏剧化脸谱揭开。未来的文艺又将如何表现这场灾难呢？怀着这种未知感，我忍不住回望以往的灾难题材创作。

一、灾难下无法拂却的非理性

　　诸多灾难文艺作品中，个体挣扎与共同体命运往往息息相关。个体的人往往处在一定的社会关系中，在社会地位、能力、作用上与其他个体区别开来，失却的个体是无法自立的。而为了规避灾难和不确定性，人们又在共同条件下结成集体，形成一个较为安全、稳定的共同体。

　　不过，对于人类共同体中的每一个体来说，其在灾难面前往往被宇宙中不可控的力量震慑，深感渺小人类的无所依凭。敏感的艺术家幽微而深入地表达了对人类生存与毁灭的沉思。1937年,德国法西斯轰炸西班牙北部巴斯克重镇格尔尼卡,死亡的痛苦与恐怖促使毕加索以《格尔尼卡》表达对战争的抗议和对逝者的哀悼;电影《流感》中,流感扑袭了一座城市,"放弃这座城市"的决定从30％的民众支持率上升到95％,政府和民众彻底放弃病人,"人道救援"不过是新式麻风病院的假面,电影表现了人在不可控灾难因素前的无助与非理性,同时也暗示了人类共同体命运的多种可能。

在一些灾难文艺中,人的非理性更是得到突出的表现,个体对生存的强烈渴望往往使其受困于恐惧情绪,激发了人的自私本能。电影《釜山行》中,主角石宇频繁提醒女儿必要时可以只为自己着想,不用担心别人,于是,秀安为了活命不断把其他人推向活尸。影片将人物置于生死存亡的紧要关头,表现了灾难面前个体生命的弱小和人性的残缺——以自我利益为目的,理性往往演变成对他人灾难的默然,整体上失却了理性的正义。灾难如同一面镜子,照映出人内心的恐惧和冷漠,揭示了人类共同体的脆弱和彷徨。美剧《切尔诺贝利》中,官员不顾专家意见,篡改核爆数值以掩埋事实,耽误了抢救时间,致使成千上万人持续暴露在核泄漏的危险下。

显然,现代社会中的灾难引发的焦虑更加深重,如阿甘本所言:我们越来越像是生活在一个永久性的紧急状态。在这次新冠肺炎疫情中,全球网络上各种啼笑皆非的应激反应,把具有几千年骄傲文明的人类的脆弱、谨慎展示无遗。这时的人类共同体,是一个忧伤的共同体,大家共同祈祷,又各自黯然。随着病毒越来越被用来表达对社会秩序的焦虑,科学和纯粹理性已不足以对人性做出丈量,或许,未来文艺回望这一段特殊岁月,更能洞观其中的非理性:病毒传播和变异竟远远超出人类的把控,催生出人类的无助和自私。灾难引发的本能,宿命般地落在了非理性层面。

二、"最后一分钟营救"：高扬的个体价值

人类共同体是由每一个具体生命构成的。一个生命的尊严就是人类的尊严，这也是康德张扬的主体性：人是目的。"人是目的"恰有助于我们认识到：外部世界并不支持人类，人类的价值必须建立在自身这个稳固的基础上。"一战""二战"的爆发曾挫败了人对未来积极美好的想象，曾经的价值和信念亟待重估，后来的文艺，一次次从"人是目的"出发，反思和重建人的主体性。

上映于 1916 年的电影《党同伐异》叙写了巴比伦被灭、耶稣受难、清教徒被屠、斯泰洛夫惨案四个故事，影片在四次营救中达到高潮。尽管只有妇女对无辜丈夫的营救成功了，但这一营救却使这部影片变成对现代文明的寓言——历史已逝且无可救赎，但现代的拯救或许是文明的一次机会。在斯皮尔伯格那里，我们能看到与之相似的寓言，商人辛德勒花光毕生积蓄，冒险转移犹太工人，使他们免遭屠杀，实现了从压迫者到救赎者的身份转变。影片结尾，上千名犹太工人送行辛德勒，有人还敲下自己的金牙，打制了一枚金戒指，赠送给他，戒指上刻着一句犹太人的名言：救人一命就等于救全人类。两部电影高扬着一种基于温情和理性的人道精神，确立起人的尊严和价值。在情感中，作为主体的人们重新结合起来，互施爱和温暖，实现命运的联结。

无疑，这种理性有助于维护道德价值和个体生命，人正是在道德的行动中完成了对理性的代言，它超越了以自我生存为目的本性，克服了死亡恐惧和自私本能。这种理性的建立在近年来的灾难电影中尤为具象。《灭绝》中，女孩的父亲为了让其余人活命，奋勇跑出屋子引开变异生物，在变异生物扑咬下，父亲躺倒在雪地里，强忍着剧痛引爆了炸弹；

《釜山行》中,原本漠视他人性命的主角加入棒球男孩的小队伍,为搭救孕妇和女孩不幸被丧尸感染,最后,怀着对女儿深深的眷恋,主角跳下火车自杀;《流浪地球》中,刘上校与儿子做了最后的告别,毅然决然地驾驶空间站点燃木星,使地球借其冲力逃脱木星的引力……电影通过"个体"与"集体"、"救己"与"救他"的矛盾,深刻表现了人性中的善良、勇敢、顽强和无私,主体的精神和力量在此得到悲剧性彰显,喻示了某种超越灾难和非理性的永恒与纯洁。可以说,人类遭受的苦难往往催生着人类对爱与尊严的不懈诉求。

三、温情的使命:重建共同体的必要

在现代化进程的冲击下,自然共同体逐渐解体,社会共同体的纽带从温情脉脉的伦理关系转变为利益分明的契约关系。然而,这一共同体俨然无法满足人们对安全稳定的需求。2020 年这场新冠肺炎疫情给人类当头一棒,人类共同体内部出现的各种纷争和对抗,令本就脆弱的共同体岌岌可危。但是,"没有哪个国家能够独自应对人类面临的各种挑战,也没有哪个国家能够退回到自我封闭的孤岛"。越是在危急的时刻,人类越是需要保持理性,团结起来对抗无端的灾难。新冠肺炎疫情再次向人们表明构建人类命运共同体的必要。

近年走向全球的中国科幻题材写作较早地传递了"共同体"精神。依托恢宏的故事背景,刘慈欣用《三体》表达对人类命运和人类文明的思考。知识分子叶文洁一生饱经劫难,悲剧的前半生促使她思考人性的本质,并认为人类的道德自觉只能借助人类之外的力量,相信如果拥有先进科技的外星文明,其社会道德程度会更高,为此造成反人类的后果。叶文洁的想法后来被证实为天真。而汪淼意识到,科技发达的文明不一定拥有更高的道德水准,个体需要在文化上与人民大众相互理

解。罗辑亦明白,不存在人类以外的救世主,人类应该把希望寄托在自己身上。汪淼和罗辑真正实现了文化自觉,将自己投入人类命运共同体的维护当中,最后,汪淼与警察大史联手战胜了反叛人类的地球三体组织,罗辑推导出黑暗森林法则,给了人类文明一线生机。

《三体》中,外星文明和人类文明的对立实际映射着人类文明内部的冲撞,对此,刘慈欣给出了他的解决方案:人与人之间相互的爱与尊重。在这样的价值体认中,个体能够超越自我的狭隘和偏见,团结起来,共同面对难以预料的人类命运,维护人的尊严。面对疫情,置身不同文化、国家的人们尤需抛弃傲慢。置身灾难,我们真正需要的既不是叶文洁那样的理想主义,也不是难以落实的普遍真理,而是必要的谦逊、尊重和理解,以此打破“共同体”曾经的隔绝、隔离。

艺术意蕴的宽广并不局限于某一地域,在艺术中,我们将更加清楚地意识到:“爱自己的国家是件自然的事,可是这份爱为何应该止于边界?我们属于同一个家庭,我们每个人对自己的兄弟都有责任。我们都是同一棵树上的叶子,而这棵树就是人类。”艺术作品中的灾难叙写巩固了我们对真善美的渴慕,在这一过程中,人的尊严不断得到确认,人们在文艺中找到了从容的目光和力量,并以这样的目光观照他人,以这样的力量互相支撑,共同对待跌宕的人类命运。

《后天》：灾难电影的共同体叙事与救赎理想

吴雅娴　浙江传媒学院

进入 2020 年，人们再度同丢勒相遇。《天启四骑士》以其坚硬劲道的笔力遥遥穿过 500 年的时光，把这段历史借瘟疫连成一个小小的闭环。人们再次面对一种普遍的危机，没有抗体，没有解药。对灾难的警惕，或者说恐惧，潜伏在人类的大脑深处，缓慢地更新着，成为一种存在而不被感知但随时可被唤起的潜意识。若按弗洛伊德的说法，则艺术是一场白日梦。那么，正如人们在噩梦中直面恐惧那样，在艺术中，人们已将灾难百般预演。在当下，溯寻过去的艺术或许是一种回避，但更多地，如今的我们终于占据了一个镜前的视点，以此回看镜像的过去，或许会有更为复杂的感受。

一、灾难下的人类命运共同体

"在风险面前，人们结成了新的共同体。"

德国社会学家贝克在 20 世纪首次提出"风险社会"的概念。在当下，包括生态危机、全球经济危机及跨国恐怖主义危机在内的许多风险已然是全球性的，伴随着全球化的发展机遇，人类也面临着无差别的、指向整个人类社会的潜在危机。这意味着，在全球化过程中，人们将共同分享可能得到的收益,也将共同承担不可预测的风险。人类,已结成一个共生共存的命运共同体。

自 20 世纪 90 年代至今,全球经济高速增长,科技持续进步,迎来物质的全面丰盛时代。但在水面之下,生态危机正在悄然酝酿:全球变暖、工业污染、物种灭绝……人类地表活动的副产品已日渐显现,这些危机将对整个人类社会产生不可磨灭的影响,不曾有哪一刻,人类感受到如此普遍的恐惧。

对当下境况的忧虑,表现在电影中,便是灾难电影的生态转型。当代的灾难电影正将视点逐渐转向跨地区、跨文化、跨种族的全球舞台,以全人类为对象,探讨这一共同体所一致面临的生态危机,以及人类未来命运的想象之可能——比如,仅仅一周之内,整个北半球便成为冻土。冰雹、飓风、海啸、暴雪在短时间内接踵而至,生命的乐园瞬间变为死亡的墓地——这,就是《后天》中所发生的。

在影片中,除了作为气象学家的主角之外,几乎没人相信末日马上就要到来。主角再三强调:"自然环境是脆弱的。"副总统回敬道:"不要忘了,我们的经济也同样脆弱。"工业革命给了人类强大的信心,在"征服自然"的道路上,人类已经被雄心壮志遮蔽了双眼。自然,不过是经济神话的供品。

然而生态灾难真的离我们很遥远吗?电影不仅给出了答案,还告知我们另一个令人恐惧的事实:没人能全身而退。印度飘起大雪,日本下起冰雹,好莱坞的招牌也被加州罕见的飓风摧毁,这是一场席卷全球的灾难。影片为观众安排了一个局外的视点,在地面几千公里之上的太空站中,可以清晰地看见那两个巨大的飓风眼紧紧包裹住整个地球。数十亿人被盖在厚厚的云层之下,像是要窒息而死。影片毫不忌讳悲剧的描写,在强大的自然面前,个体的人在死前甚至来不及惊呼。轿车如蛋糕般被砸瘪，广告牌轻而易举就能把人掀飞。总统在风雪中遇难，王室们落荒而逃，平民自寻出路。所谓阶级、种族、性别在此时都被简化成一条普通的性命，没人能拥有不受难的特权，在这方面，大自然是最公平的刽子手。

全球危机促使全球通力合作。在一个颇有趣味的镜头中，影片展现出其略显滑稽的意识形态编码——白种人、黑种人、黄种人同框出现，呈现为一个稳固的三角形态。影片中，研究小组中加入了一位亚洲女性，许多一闪而过的后景也可见多种肤色。由此，导演试图建立一套共同体的叙事——面对全球级别的灾难，人类只能联手，作为物种学上整体的"人"为自己谋求一线生机。如果说这联手只是浅层的表象，那么在末尾，影片设置了另一个富有意味的暗示：墨西哥将开放国界，接收南下的美国难民。在以国家为基本单位的全球格局中，国界的消融，正是共同体建成的标志。

二、文艺与救赎

（一）书籍作为拯救者

当海啸和冰冻席卷城市，年轻人们面临何去何从的选择。纽约可供选择的地方很多，编剧却偏偏定在图书馆——寻常，又不一般。事实上，选择此处正因为图书馆拥有最优渥的保暖条件，只是这个法子初听时免不得让人大惊失色：烧书。烧书——恐怕找不出另一种行为比它更具刺眼的象征意味，这是对文明最粗鲁，也最赤裸裸的强暴。历史上的案例如秦始皇焚书坑儒、欧洲宗教法庭烧毁"异端书籍"，以及近代臭名昭著的纳粹"焚书大典"，无不使文明遭受极大损失，令人扼腕叹息。由此，不少人将影片的这个桥段看作一场悲剧：在末日面前，人类文明只落得付之一炬的下场。但影片或许更有一番耐人寻味的看法。

片中有一个有趣的段落：两人为尼采的著作应不应该焚烧，以及他究竟是个伟大的学者抑或是个巨大的变态而争论不休。此时另一人推着推车走过，喊道："那边有很多税法之类的书可以烧！"其意不言自明。如果说在历史上，政治专权往往令"异类"书籍遭殃，那么在此时，则变成为政治、政权服务的书身先士卒。它们是实用性的工具，处于第二阶梯，而那些处于顶层的、为人类共享的人文成果则应该尽可能被保护。当我们退一步看，会发现烧书并非末日对文明的胜利，正相反，是文明同末日的制衡。图书馆内外是两个相异的空间，形成多套二元的对立：火与冰、暖与寒、存活与死亡。蒙太奇将它们缝织在一起，内外互不干扰，只有一次例外：突如其来的寒潮让冰冻迅速爬向房间，众人只得慌忙加快烧书的动作，此时，书除了作为燃料，在某种程度上，它已然是生命本身。如果没有了书，火便熄灭，生命将立刻消逝。影片由此将书籍、火、生命这文明的三位一体勾连为一个三角，只要这个三角还存在，人类就永远有未来。

在影片另一个段落里，一个男子紧紧抱着初版《圣经》，这是西方文明的源泉，"如果西方文明灭亡，至少我还可以挽回一小部分"。连同那艘带来药品、食物和淡水的，颇具超现实感地驶进纽约的俄罗斯巨轮，影片同宗教发生了显眼的互文。人类来到世俗启示录的终点，世界被搬上通往灭绝的履带，地下水涌出表面，天空中水闸大开，上帝誓要清除地球上的丑陋和污浊，只有诺亚被允许打造一艘方舟。在这里，巨轮是启示录中诺亚方舟的外在形象，内核则处在图书馆中。图书馆正是变形了的方舟，在滔天的洪水里提供干爽温暖的庇护，以及生命的救赎。

(二)文艺的救赎理想

在历史上,通过文艺作品寻求救赎的做法早已有之。奥古斯丁以忏悔将美全然奉献给上帝,中世纪的艺术成为上帝荣光的图解,人们在哥特式的教堂里低头祈祷,渴望通过高耸入天的尖顶抵达神的天国。到了近代,宗教对艺术的指涉越发衰落,艺术被赋予另一种时代任务,席勒寄希望于艺术能弥合人的分裂,尼采提出以艺术作为面对痛苦和荒谬的慰藉,阿多诺指出艺术须以自律性拯救异化的人性。虽然"原罪""救赎"之类的词汇渐渐被束之高阁,但究其根本,人们仍旧相信艺术具有一种拯救的可能。

发轫于19世纪末的电影以其强大的时空特性成为架构世界的利器,相应地,它也成为情感诉求、价值取向的优良栖居地,"救赎"的议题在其中并不鲜见。

《后天》便是如此。它敲响一个警钟——自然终会报复人类的贪婪,又给出一记安抚——但人类依然有被拯救的可能。在影片中,这救赎并非来自人类在科学上的携手努力,这是次要的;这救赎是通过微观层次的、人与人的道德联系所达成的。影片前半部分,是描写人与自然的关系,到了后半部分,则转向探讨人与人之间的关系,强调人与人连接的共同体。这连接不仅仅来自亲人、朋友,也来自陌生人,在灾难中,影片把大部分笔力都拨给了人性的闪光点:医生坚持陪同病人,直到救护车终于抵达,驾驶员的一句"我们听说这里还有人"同样让人鼻头一酸;罗拉涉水为法国母子取包裹,值此千钧一发之时山姆又拼死将罗拉从洪水面前抢救回来;在即将全军覆没的危急时刻,坠落者选择割断绳子保全朋友……最核心的,是父亲为了营救儿子,也为了信守"我一定会来"的承诺,逆流北上跨越城市,在酷寒的极端环境中几乎徒步走到纽约,父亲对儿子的一次情感补救,也是自我的一次救赎。这一场由人与人之间发散到整个世界的联合行动,其最中心的、岿然不动的轴点定格在这一个家庭中,于是世界的大齿轮和家庭的小齿轮组合在了一起,生命得以流动不息。由此,影片穿过灾难的隧道,最终通向救赎的光明。

不可否认,在从自然向人的过渡中,影片的讲述存在滑坡,生态议题被悬置了,灾难变成一场单纯的自然的惩罚。不过,影片潜藏着这个含义:虽然人类的干预无力使灾难停止,但人们确实可以通过自己的行为获得拯救。不难发现,在大部分灾难电影中,都突出了对人性、真情的渲染,这些美好成为人与人间的黏合剂,并让电影最终回归对灾难的解答:人们结成道德共同体,就是最好的破题之术。

三、结语

然而,我们不得不承认,电影永远无法抵达实在,它只是欲望的自我填补。在多大程度上,《后天》只是构建了一个想象的共同体,完成了一次想象的自我救赎? 又在多大程度上,电影对道德的希冀只是一场美妙的幻想? 苏珊·桑塔格并不留情地指出:"科幻电影……反映了对全世界的焦虑,并试图缓解这种焦虑。"共同体的建立和道德的救赎,或许只是电影的一种策略,在策略之外,要清楚地指出它映射了什么,又改变了什么,并不是件易事。但也正因如此,我们才仍旧需要电影,以及一切文学艺术,来倾泻我们的担忧和恐惧,以及安置我们的希冀和向往。

容易受伤的时代，谁不想做一只涡虫？

余艺盈　浙江财经大学

　　日本都市女作家山本文绪的短篇小说《涡虫》，讲述了一个经受了病痛伤害后的女性，无法走出病痛的困扰，而渴望变成一只具有超强修复能力的涡虫的故事。主人公小仓嘴上说着想要变成一只涡虫，而心底却知道这只能是一种幻想。尽管嘴上说着渴望极强的自愈能力，但是行动上却积恶难改地一旦遇到陌生人，就像得了暴露症一样，将自己乳腺癌手术后不得不忍受手术后副作用的忧患貌似漫不经心地袒露在他人面前。

　　一方面是想让自己平凡无奇的人生有一些独特的地方——因为自己是一个平凡得不能再平凡的女性。当然这样的暴露，从另一方面来说，也是一种心虚和自卑的表现。为了不让自己活在随时有可能被别人知道身体秘密的胆战心惊之中，宁愿主动出击，一开始就承受这种近似于折磨的坦诚，拒绝在秘密暴露时他人不经意的异样眼光。

　　主人公的愿望是变成一只涡虫。变成涡虫有两个层次：一是实现肉体上的修复，二是实现精神上的修复。但是这两种修复都不太可靠。

一、精神的暴露能不能成为肉体的疗愈

　　因为自己的身上没有什么异于常人的特质，而自己恰恰又因为这

不幸的命运失掉了身体中的一部分，这样一来，暴露自己的伤痛就成了一种炫耀似的展览。通过对疾病的暴露，来赢取他人的关注，算作自己肉体被剜除后要从心理上获取关注的补偿。

小仑的暴露"伤害"了身边的两位亲近者。一位是比自己小的还在上大学的小男友，一位是曾经和自己住在同一个住院部的漂亮女人。

小仑这样描述自己和小男友豹介之间的亲密关系："因为做了手术之后要定期注射雌性激素，那些原本旺盛得想要拿来卖的性欲也不知道流向哪儿去了。"可是在拒绝年轻体贴的小男友后又觉得内心愧疚而得重新花力气讨好一番，小仑尽管精神上有厌倦之感，但是表象上却假装得更加主动更加享受。令小仑感到意外的是，身体上的积极竟然也如余波一般感染到了精神。小仑万万没有想到的是，精神上的缺失竟然能够被曾经受过伤的身体所治愈。

然而，受伤过后的小仑，依然不相信，或者说不愿接受伤害可以痊愈。对小仑来说，抱残守缺似乎已经成为一种惯性。在受伤的灵魂里面，她好不容易找到了自己唯一能够汲取的感动——暴露，现在又要寻求另外一种安慰方式，且这种行为的可行性看起来又过于虚假。

而曾经和小仑住在同一个住院部的漂亮女人濑户小姐，却走的是和小仑不一样的路子。她千方百计地想要掩藏自己的病症——子宫囊肿。原因是她认为自己长得过于漂亮，患了这种病会给她带来滥交男友的坏名声。

濑户小姐是相信，并且坚信伤痕一定会褪色，受过的伤一定会痊愈的。她是那种漂亮又能干的女人，在好几个商场都有售卖纳豆的连锁商店。而小仑则是赖在自己的伤痛中不愿挪动的懒人。在濑户小姐自作聪明地给小仑寄了一箱关于乳腺癌的知识手册和一些关于涡虫的图册之后，小仑并没有因此而得到安慰，相反地，她被激怒了。小仑任意地旷工,一声不响地离开濑户小姐纳豆店的岗位,毫无顾忌地挂断对方质询的电话,并且小仓在接下来的同学聚餐中果断地再一次主动地暴露出自己的癌症斗争史,让男友豹介再一次难堪。

小仓不相信痊愈的童话,既不愿意像一只受伤的黑猫在角落里自舐伤口疗伤,亦不愿意做一个孤独而美丽的沉默伤者。小仓一次又一次地在精神的暴露中反复掀开自己的伤口,或许在她心中唯有更痛才能掩盖痛。或许精神的疼痛在某种时刻总能轻盈于肉体的沉重。

二、有一种痊愈叫"我觉得你可以痊愈了"

小仓在手术之后始终没有重新踏入社会生活,但父母和男友都希望小仓可以尽快从癌症的阴影中走出来,继续工作,正常生活。男友豹介带着年轻活力的口吻轻轻训斥小仓:癌症都得了,治好了就应该正常生活。并且强调,不允许小仓在公共场合暴露狂似的说自己想要变成涡虫的愿望。

可是小仓却迟迟不愿开始新的人生,因为癌的部分虽然被切除了,可是身体很多时候还是会隐隐作痛,背部移植皮肤的部位依旧在缓慢生长,被切割走的乳头还没有被修复……想要不工作的理由还有好多。最让小仓想不通的还是这样的灾难为什么会降临到自己身上。

小仓还不想痊愈,但是家人和男友都觉得她应该痊愈了,这时候她再寻找借口推托,就好像变成了一个逃避劳动的懒惰分子。

灾难发生在一个人身上的时候,围绕在伤者身边的人一定会给予其最全面的关心。等到肉眼可见的创口不见了的时候,除了伤者自己,对看不见的伤口视而不见也便成为一种常态。

从产后忧郁症、考后综合征等社会性普遍疾病,到"二战"后期美国大兵的创伤后压力心理障碍症,再到弗洛伊德的精神分析学说所强调的幼年记忆对成年行为的影响，不可否认的是，人的心理并没有我们想象中那么坚强。

自我的一部分和外界的力量一再要求我们从病痛中恢复过来，这些力量就像是再生实验中切向涡虫的一刀一刀，在伤害进行的同时也寄予着病痛者原地复活的严格要求。然而病痛者意识中的一部分自我，永远没有办法从伤害中恢复过来，因为记忆已经忘却的事情，身体会帮助我们记忆。

三、"卑贱意识"中健康的不可靠性

小仑对身体健康的担心还存在于对医疗体系的失望中。面对医院、医生所代表的权威，作为病患的小仑带有"卑贱意识"。黑格尔所谓的"卑贱意识"认为个体与社会现实之间存在不一致意识，它将国家权力和财富视与对自身本质发生冲突的东西。在小仑每个月例行去医院注射药物的时候，病患早已排满了长队，自己只能在焦躁中浪费一整天时间来做毫无价值的等待。

当小仑知道自己原本半年前就该停止注射的药剂因为种种原因而未能及时停止时，对医药知识匮乏的她敢怒不敢言。更令小仑气恼的是，当注射科的医师例行公务般地询问一句是否有不舒服的时候，医生只是告诉小仑肠胃不舒服就要去另外的诊室挂号。这就意味着需要花更多的诊疗费用。烦琐而互相推诿的医疗体系使得小仑对社会医疗不信任，甚至是质疑与排斥的。她甚至想到不如让病患更多一点，这样就可以让整个注射过程变成流水线，而不必受更多的委屈。

在作为病患的小仑身上，卑贱意识亦源于主体对于客体权威的惧怖与屈服。在这种卑贱意识中，主体不断地否定自我的价值。而这种持续的暗无天日的否定，则终将衍生出自我拒斥对客体所制定规则的

默认与服从。于是小仑因对医疗的不信任而衍生出对健康恢复的不信任,其实她一开始就是不相信自己能够痊愈,甚至是不希望自己痊愈的。

四、在容易受伤的时代,谁敢不做一只涡虫

现实主义批评家们认为,优秀的现实主义作品是一个凝聚了时代情绪和精神的作品。我们有理由相信,在这个高速运转而危机四伏的时代,每个人都渴望变成一只涡虫,在不断的伤害之中可以毫无疑虑地重生;而纵使每个人都是一只涡虫,虽然表面上看起来保有了生命机能的延续,可是也不再是那个完整的自我了。

记忆就像一张白纸,一旦被揉皱了就永远都有抹不去的痕迹。这痕迹没有颜色也没有声音,但是它永远不会消逝。摊开白纸,折痕迅速在重力的作用下复活,在感受到疼痛的同时,人也一直在被提醒着要快点停止哭泣。当有一天疗愈也都不被允许的时候,那不断分裂的涡虫,它还会记得疼痛吗?

人类命运共同体视野下东西方科幻电影个性建构与共性书写

——以影片《流浪地球》与《星际穿越》为例

詹滕飞　浙江传媒学院

第70届联合国大会上,习近平总书记首次提出共同构建人类命运共同体的具体主张,这一主张不仅展现了中国人民追求和平发展、合作共赢的胸怀,更道出了全世界人民的共同心声。纵观中外电影史,许多影片都被赋予肩负历史责任与关怀未来的人文情感,讲述灾难类型的科幻电影尤甚。

大部分科幻电影以科学的幻想性情景为背景,出于对政治或社会议题的关注,以及哲学方面对人类处境的探讨,满足人类对未来的想象或是与现实社会的对抗需要,通过"灾难与救赎"推崇热爱生命的永恒价值准则。

"民族的立场、世界的视野与人类未来的眼光",是习近平总书记思考文艺问题时三个不可或缺的维度。将《流浪地球》与《星际穿越》做对比,虽然其民族立场不同,民族立意有差别,但其均围绕一个宏大主题"地球毁灭"展开,在形式上同是灾难片与太空片的类型融合;在文本表达上也都以科幻为外壳,以亲情为内核,以贯穿全片的人类命运共同体意识——拯救全人类作为影片的内在张力。如何拯救全人类、未来何去何从成为两部影片探讨的核心问题。本文特以《流浪地球》与《星际穿越》两部科幻电影为例，论述其在"人类命运共同体"理念构建中的个性表达与共性书写，同时总结新时期科幻电影之于人类发展的共同观念。

一、人类命运共同体视野下东西方科幻电影的建构差异

（一）"农耕文明"与"海洋文明"所蕴含的东西方家园意识

东西方文化之间的巨大差异与其各自的文明渊源密切相关，以中国为代表的东方古国起源于"农耕文明"，广袤的土地作为生存根基决定了其浓厚的家园意识与保守性；而西方文明则起源于海洋文明，这也使西方文明更多地蕴含着冒险精神与自由意识。在影片中的体现即是，《星际穿越》中以男主角库珀为代表的人类是世界的探索者、开拓者，而在《流浪地球》中刘培强代表的人类则是世界的守护者。这是基于东西方文明差异表现出的差异，东方人自古就有"安土重迁"的故土意识，所以在《流浪地球》中提出"带着地球去流浪"的拯救方案。而在《星际穿越》中，人类则放弃地球，去寻找更适宜人类生存的星球。两者之间的差异体现了东西方家园意识的不同，而这种意识也在潜移默化中，推动着历史的传承与文化的选择。但无论是"农耕文明"还是"海洋文明"，都对自己所生活的土地有着无限的猜测，认识地球似乎成为全人类的课题。自古至今，人类对于地球的探索从未停止。中国古代的"天圆地方说"、欧洲古代的"正方体"，都是对这颗蔚蓝星球的猜测，也是科幻电影的底色。当众人猜测到底天是圆是方的时候，我们到底是从哪里来的，以及要到哪里去又引发人们的思考。这两部电影都表达

了未来地球和人类到哪里去的想法:地球会病倒吗? 我们还是不是这颗蔚蓝星球的主人? 这些都是未知数,但人类对于未来的探索却从未停止。

电影本身就是一种文化输出,基于东方文明下的新家园与旧家园的辩证思考体现了中国人对人类世界未来的理性想象,也对长久以来根植于观众心中的西方科幻片模板进行了多样性改写,更体现了中国的大国担当与文化自信。

(二)个人英雄主义与集体英雄主义所蕴含的思想差异

西方的古典戏剧模式植根于古希腊文化,擅长描写个体,而在描写个体的人和宏观世界之间的矛盾时则总是"自暴自弃"。在命运、灾难面前,个体的力量往往不被看好,仿佛只有"天选的英雄"才能战胜这一切。《星际穿越》中的库珀似乎就对应了这个角色。而在《流浪地球》中,并没有这样一个英雄,这场拯救地球的任务由世界各地不同肤色的团队共同完成,影片中甚至构建了一个巨大的概念——联合政府。影片中通过联合政府对日本救援队、俄罗斯救援队等国际战友进行召唤,各国共同探讨得出解决方案,合力推动撞针、牺牲性命等举动都体现了中国极具"人类命运共同体"的集体英雄主义精神。

二、人类命运共同体视野下东西方科幻电影的共性书写

(一)家国同构的现实诉求与人文关怀

家国情怀是《星际穿越》与《流浪地球》中所共通的,而父女、父子的人物关系设置与情感沟通则更具普遍性的人文关怀。在《流浪地球》中,刘培强面对即将到来的"生死抽签",他放弃了对妻子癌症的治疗;为了给儿子和岳父换取进入"地下避难所"的名额,自己选择登上了"领

航员"号空间站；甚至为了拯救家人和地球，最终驾驶太空站撞向火星。这是一种为了全人类的幸福牺牲自我的浪漫主义精神。同样，在《星际穿越》中，当库珀还陷在布兰德教授的拯救骗局中时，"回家"是他的最大期盼。而随着时间的推移、任务的推进，骗局露出破绽，人类的未来落到他肩头时，他渐渐明白拯救女儿与拯救全人类的幸福是一致的，随后他割舍亲情牵绊，在爱与勇气、生存与挑战中，跨越星际，拯救人类，甚至不惜毁灭自我。在这里，由于时空境遇与任务的特殊性，原本"家国同构"概念中的国家，被置换为另一个更为宏大的"想象的共同体"——全人类。

同时，血缘关系的传承也成为社会道德与伦理的重要载体。在《流浪地球》的最后，成年的刘启继承了外祖父韩子昂驾驶员的职业，传承了"带着地球去流浪"的人类使命。而在《星际穿越》中，墨菲也通过引力与父亲感应，破解了人类灭亡的命题，反向拯救了父亲。无论是牺牲还是传承，两部影片都被赋予关乎人类命运共同体的伟大命题，这种家国同构的诉求体现着各国人民站在全球治理的高度思考人类普遍的生存困境的构想与对世界未来发展的思考。

(二)共同的现实思考与生态反思

无论是《流浪地球》还是《星际穿越》，两部影片都包含着导演对生态环境、人类科技、现代性以及人性的反思。在《流浪地球》中，地下城里，面对随时可能到来的地球毁灭，多数人依旧麻木不仁，吃喝玩乐。在《星际穿越》中，沙尘暴愈发严重，大部分居民拆迁离开，而库珀的儿子却宁可家人的身体受侵害也要死守老屋。这种对可能性事实的展现与反思不仅增添了影片的真实厚度，更扩展了影片的情感共鸣。除此之外，关于拯救人类这一命题，两部影片也都规避了曾经的灾难电影中

"天选之子"登上"诺亚方舟"的桥段,以构建人类命运共同体的方式反对霸权主义和强权政治,这是极具现代性反思的。

除此之外,两部影片均涉及生态保护的重要性与可能性联想。《流浪地球》中的冰川以及《星际穿越》中的沙尘暴都是导演对观众的暗示,往往因为环境变得恶劣人类才会逃离,去寻找下一个适宜的地段。家国同构中的最大的背景是环境生态,想做好真正的共同体,首先把大背景放到眼前。在这个偌大的地球村,每个国家都是邻居,没有所谓的独立生存,每个国家共同构成地球,但不局限于人类,生态环境等要素都将是人类命运共同体的一分子。在生态环境中,人类是渺小的,所以对于生态环境的保护便是重中之重。无论这个庞大的共同体凝结性多么强,如果没有了良好的生存环境,人类能进行下一步的空间都会变得十分有限。两部影片皆以生态环境恶化作为情节起因与探讨核心,不无其对共建人类命运共同体的担忧与警醒。

尊重文艺对人类共同情感、命运、价值的传递与表达,要求我们在世界视野的观照下,推动民族文学的繁荣发展以及人类精神文明的重构重建。在这个意义上,《星际穿越》与《流浪地球》都具有推动人类精神文明重构的意义,《流浪地球》作为中国第一次科幻类型电影的尝试,在类型探索与文化建构上都做出了重要突破——中国一方面参与思考着"人类命运共同体"的重大问题,另一方面也尝试用自己的经验来回应这个普遍性的问题。

对比《流浪地球》与《星际穿越》两部影片,我们无法得知地球是否"被放弃",我们无法评判科学准则与人文关怀谁对谁错,也无法将东方文明或西方话语权作为崇拜标杆,因为两部影片所展现的"各异"与"共通"都是现代"文明冲突"与"文明融合"的一部分,而以平等的视角审视这两部归属同一题材范畴的影片,人类命运共同体的基本精神早已蕴于其中。当我们再次登上飞船飞向那颗蔚蓝星球,将会听到各国语言的欢呼,无数的行星围绕着地球,所有的星球与我们的思想会随着地心引力一直飘向浩瀚的宇宙,天空中挂着无数的明星,那将是希望与思想,是需要一直探索的秘密。

心灵的余震

——评电影《唐山大地震》

魏蓝　浙江传媒学院

　　余震残生,残生余震,23 秒,家破人亡;32 年,一场心殇。由冯小刚执导,根据张翎的小说《余震》改编而成的灾难电影《唐山大地震》将人们的记忆瞬间拉回到 1976 年那个惨痛的时间。天灾无情,人情难泯,在记录和回顾这一令人震撼的大事件的同时,冯小刚导演更注重运用镜头来表达灾难中的人心治愈。

　　《唐山大地震》很少涉及灾难的大场面,也并没有循规蹈矩地凸显灾难救赎中的英雄主义与民族精神,而是将大部分笔墨用来描写震后李元妮一家的人性挣扎与情感纠葛,用来刻画这场绝处逢生中的心灵救赎。真正的灾难是人内心的灾难,这一灾难是由人的内心所决定的,李元妮在绝望中面对两难抉择,救弟弟这一抉择使她背负了 32 年的伤痛与愧疚,直到母女相见的那一刻才得到心灵的释怀。

　　影片在社会时代变迁的宏大背景下,以家庭故事深入个体生命,将人物的内在变化和价值冲突展现得一览无余。电影《唐山大地震》的叙事方式并未与小说中以姐姐的视角展开回忆的倒叙结构保持一致,而是以客观视角进行讲述,采用经典的线性叙事手法,围绕母亲、弟弟与姐姐的震后生活展开叙述。一场灾难将原本幸福的一家四口天人两隔，大难不死的方登独自在血泊中流浪，从这里开始，影片就形成了两条独立的故事线，一是李元妮在亲人逝去的伤痛和愧疚下艰难生存，一是方登在记忆的笼罩下努力回避、遗忘过去。两条故事线索平行发展，交错进行，在保证故事的连贯性与完整性的同时，给予观众靠近人物内心的空间，使观众站在第三者的角度来审视人性。在双线交替的叙事中，李元妮在面临家庭支离破碎后选择活下来是自救的表现，对唐山这片土地的固执坚守则由她内心的愧疚感而生，这是赎罪的表现。方登的记忆被唤醒，在养父的几番劝说下她并没有主动去找寻亲人，而是选择逃避记忆中的这段亲情，这也是一种自救的表现。直到影片进行到70分钟的时候，2008年的汶川大地震，使得历史又一次重演，方登在救援现场目睹了一位母亲为救女儿面临的艰难抉择，这勾起了方登的回忆，成为方登内心变化的重要转折点，方登最终放下对母亲的恨意，选择谅解。后来方登和弟弟方达在救援现场相遇，并随他去与李元妮相见，试图重新接受这份亲情。这一碰撞点在导演的巧妙设计下很快将影片推向剧情的高潮，双线故事又回归到单线故事，32年的心理创伤此刻渐渐愈合，女儿放下芥蒂，母亲弥补愧疚，两人都完成了自我救赎，使灵魂得到释放。

影片中有很多细节的设计为后来那场心灵的余震埋下了种子。其中，"西红柿"作为物象细节在影片中三次出现，它承载着主人公的宿命，在推动主人公内心情感的变化上发挥了重要作用。影片伊始，"西红柿"第一次出现，弟弟伸手拿走了盆里的其中一个，短短的一个镜头却在某种意义上暗示了姐弟俩的生死离别，为接下来姐弟两人命运的变化做铺垫。第二次出现，母亲将仅剩的一个西红柿毫不犹豫地递给弟弟，在方登因为西红柿与母亲产生争执时，母亲却以弟弟年龄小为由来安慰她。这一细节体现了中国人关于人情秩序的传统观念,也成为日后母女二人32年的心灵桎梏。"西红柿"事件和救弟弟的抉择使方登对母亲心存芥蒂,方登的内心遭受了灾难和亲情的双重打击,使她的性格从活泼开朗变得沉默寡言。而西红柿的承诺成为母亲一生的夙愿,在母亲心里埋下救赎的种子。32年后方登回到母亲居住的老房子里,当她看到放在桌上被水浸洗过的那满满一盆的西红柿时,情绪被瞬间点燃,32年的情感积怨在这一刻彻底释放,人与人之间亲情的较量在这一刻被展现得淋漓尽致。西红柿的背后,不仅是人性的表达,更是一场生命旅途回归之后的释然。

影片中所表达的人文关怀以及对生命意识的追求将影片的主题上升到另一层高度。导演通过对灾后普通家庭的心理倾诉,希望整个社会关注灾难中受挫的人的精神状态。电影《唐山大地震》不同于其他大部分灾难片通过牺牲赋予生命的意义,而是更倾向于认真倾听生命的意义。影片中方登在意外怀孕后不计后果地生下孩子,经历过生死后的她对生命重新定义,她珍惜和尊重生命,懂得生命的可贵,在她看来,作为一位母亲不能随意决定生死,也不能放弃生命,这也成为她不肯原谅母亲,心中对母亲的抉择难以释怀的主要原因。另一边方达在经历苦难后落下残疾,但他并未放弃对生活的希望,而是努力为人生奋斗拼搏,寻找和追求生命的意义。导演将生命这一深刻的主题进行生活化处理,影片中的每位主人公都在追求着生命的价值,并努力完成了一场精神救赎。这部影片通过对人的生命意义的诠释,使观众对个体生命的存在价值产生思考,在现实问题的表达中起到了立竿见影的作用。灾难始料未及,生命无法掌控,唯有尊重与珍惜,生命才能在心中开出永恒之花。

人类其实是很脆弱的。在广袤的宇宙中,人类只不过一粟而已,渺小到可以忽略不计。人类依赖大自然而生,繁衍至今。到如今,急需低碳环保。虽然人有太多理由傲然于众生之上,但事实证明我们依然能被太多事物伤害,大自然的任何一个剧烈反应所带来的代价都是无差别的惨痛与恐慌,我们制造的各种工具与建筑转眼间就能变成夺走幸福的凶器。而在极端过程中,人自身所表现出的各种态度,也会以另一种方式成为摧毁他人的巨大力量。物理的建设有形可见,在一定计划下是能够有序进行的,而心理的建设却无法准确捉摸,无法量化,并且可能随着外界环境的改变而功亏一篑。电影《唐山大地震》回归到人类本身,在抚慰人类受伤敏感的心灵的同时,试图化解人们心中的灾难,它所表达的这一主题无论是在过去还是未来同样具有一定的现实意义。

2020年新冠肺炎疫情在全世界范围内蔓延,病毒的魔掌伸向毫不知情的人类,不仅对人们的生活造成困扰,同时也在无形地摧残着人们的身心健康。面临生死离别,很多人的心灵遭到重创,但大多数人却能够正视生命的价值,以乐观的心态来面对这场突如其来的灾难。在这场战"疫"中,那些具有无畏精神、散发人性光辉的施救者与病毒展开了一场殊死搏斗,与时间赛跑,与命运抗衡,每时每刻都面临着生与死的较量。面对生命的逝去,他们也曾痛心疾首,当生命被成功挽回时,他们也因此得到心灵的慰藉。对于施救者们来说,他们更懂得生命存在的意义。然而,在生命的边缘多次挣扎后,他们的精神世界却也容易崩塌,比起灾难后的幸存者,我们更应该对施救者给予心灵关怀。个人认为,电影《唐山大地震》应该在关注遇难人群精神世界的同时将部分笔墨放在施救者身上,影片中方登的养父养母作为抗震救灾的英雄在人物塑造方面略显单薄,人物内心情感变化围绕着人情伦理进行,这样处理无疑使观众感到平淡枯燥,在民族精神的情感寄托与个人价值的表达方面缺乏挖掘的深度。

　　"寻常岁月里耗尽一生才能参透的生死奥秘,一次天灾轻轻一捅就露出了真相,再无新奇可言。从敏感脆弱到麻木不仁,中间其实只经过了一场地震。他们从来不知道,他们的心竟然能磨出如此坚实粗糙的老茧。"

灾难中文艺的身影

卜梦怡　浙江财经大学

一、灾难的文艺救赎

自古以来,人类就面临着诸多灾难,直到今天,科学技术的高速发展背后依然隐藏着和平之下的忧患,自然灾害和各种传染病都时刻威胁着人类的生存,人类与灾害紧密联系,如"一战"时暴发的西班牙流感推动了青霉素的问世,同样科学技术也促进了人类文明的进步。如今面对来势汹汹的新型冠状病毒,许多人对科研技术满怀期待。而对于大部分普通人来说,他们唯一能做的就是保护自己,自我隔离。面对紧张的疫情,隔离之下的我们从开始的自娱自乐到饱尝隔离之苦,这份苦更多来自孤独。

正是这份孤独让人有了反省自身的时间,有人通过写日记来获得心灵的慰藉,也有人通过阅读大量的记载人类灾难的相关作品来了解甚嚣尘上的传染病,文学与艺术提供的不是物质的帮助,而是心灵上的抚慰。文艺的责任是用情感把这些现象表现出来,留下来,提供给大家,作为心理上的安慰。然后,它还可以作为一种历史的见证,传播下去,如笛福的《瘟疫年纪事》、加缪的《鼠疫》、萨拉马戈的《失明症漫记》

等。所以，不管是庞贝末日、中世纪欧洲黑死病，还是奥斯维辛集中营或者抗日战争，它们都给人类留下了一种集体的记忆，既是惨痛的回忆，也是历史见证。这就是文艺的作用，是用来储存人类文明最有效的一种手段，艺术作品给人直观的视觉震撼，而文学作品则给人情感的激荡。人类的历史就是人类的记忆，如果没有这些集体记忆，那么便是"后人哀之而不鉴之，亦使后人复哀后人也"。

面对瘟疫的入侵，中西方形成了两种截然不同的文艺观念。欧洲中世纪黑死病盛行，死亡的威胁冲击了教会的权威，在死神面前，无论是贵族还是普通人，都不过是一堆腐烂的死肉，灾难为文艺复兴创造了机遇，而文艺则成为灾难的某种自我救赎，上帝失去权威，个人的力量得到了彰显，文艺复兴时期的作品以表现人的自由和个性张扬为主题，造就了一大批杰出的大师。这样的主题与人文主义精神的本质内在联系着，因此，开启了人类历史上前所未有的辉煌时代和人文主义精神的盛行，即使在现在也仍然不失其启示意义。

而在中国，魏晋时代是社会最动荡不安，而且疾病肆虐的时期。这个时期，王羲之写出有"天下第一行书"之称的《兰亭集序》，同时频发的战乱也诞生了为人津津乐道的建安风骨。建安二十二年（217），中原一带瘟疫流行，一时之间，曹丕的好友徐干、陈琳、应场、刘桢等文人才士相继病故。在这种情况下，曹丕却集中好友，谈经论道，在《与王朗书》中写道："生有七尺之形，死惟一棺之土。惟立德扬名可以不朽，其次莫如著篇籍。疫疠数起，士人凋落。余独何人，能全其寿？故论撰所著《典论》诗赋盖百余篇。集诸儒于肃城门内，讲论大义，侃侃无倦。"文艺成为文人心灵的避难所，将灾难转化为作品。

不久前，网上关于日本救灾物资上的"山川异域，风月同天"展开争论，有报纸抛出"奥斯维辛之后，写诗是残忍的"。原文出自德国哲学家阿多诺的《菱镜》："奥斯维辛之后，写诗是野蛮的？""二战"时德国士兵对犹太民族的杀害，是披着文明外衣之下，有条不紊、理性极致的杀害，一个拥有歌德、巴赫和贝多芬的国家，做出了灭绝人性的行为，因此阿多诺对奥斯维辛集中营之后的文学打上了问号。阿多诺反对的是在灾难后歌颂灾难的文学，这样写"诗"对于受害者而言是残忍的。但这并不意味着从此不能写"诗"。真正伟大的艺术作品正需要直面那些痛苦的黑暗的核心，不粉饰也不夸大。文学艺术的功能可以有很多种，其中痛定思痛的创作不是为了逃避当下，更不是假装一切没有发生，而是发掘灾难之下人性中的善与恶，引导人们完成心灵的自我救赎。浩劫之后的创作让个人、社会、国家都以有温度、有情感的方式反思自己在历史中的角色定位，它们能让我们给未来以警钟、希望和救赎。灾难令人类对自然心存敬畏，文艺让人类文明拥有历史的积淀。重新审视人类文明进程中个人与集体、善良和丑恶之间的矛盾，便是对我们自身的解读与救赎。

二、文艺中的人类命运共同体

在波士顿的犹太人死难纪念碑前有这么一段话：当纳粹来抓共产党人时，我保持沉默，因为我不是共产党人；当他们来抓犹太人时，我保持沉默，因为我不是犹太人；当他们来抓贸易工会主义者时，我保持沉默，因为我不是贸易工会主义者；当他们来抓天主教徒时，我保持沉默，因为我是新教徒；当他们来抓我时，已无人替我说话了。

太阳底下无新事，历史总是相似的，而人类却可以在学习中成长。

在法国作家加缪笔下，一场突如其来的"鼠疫"让平静的城市陷入恐慌，灾难是无法预见的，正如战争开始的时候谁也不会相信它会持续很久。面对灾难的难以预测，人们从分离的个体变成命运共同体。《鼠疫》中原本一直想方设法要逃离疫区的外乡记者朗贝尔却在最后一刻放弃了出城,他对医生坦白,如果这个时候选择离开,他会感到羞耻。这里的"羞耻"在文中是一种抽象的概念或观念,如道德、正义、责任,其核心思想便是人类命运共同体意识。在这种观念之下,个人的努力是为了群体服务的,这是一种高度的责任感和社会整体意识的结合。

在疫情之下,奋斗在前线的医护人员像里厄医生一样,离开家人,奉献个人的力量;被迫留在隔离区的异乡人更像留在城市的记者朗贝尔,他们饱受自身的恐惧和思念家人的痛苦;也有民间自发组织的志愿队伍,如文中的塔鲁般默默奉献自己的力量。灾难将不同身份的人归于一个整体的概念,共同面对死亡的威胁,共同抵抗疫情的传播,共同履行社会责任。

随着疫情的暴发,人性中的"善"感动了许多人,不可忽视的还有一些"恶"的存在。书中萨拉马戈指出,我们之所以失去人性,是因为我们把人类这个整体拆分为个体,划分出"我们"和"他们"。人性中的善与恶是一个主观的判断,而造成这种判断的原因是"他们"的存在,一种与"我们"的价值观完全不同的人。在《失明症漫记》中,这种区别就是"失明的人"和"没有失明的人","没有失明的人"将患者送进医院,并制定规则强加于他们身上,这种"恶"对于整体而言却是一种必然。失明症的来袭,对于所有人而言都是一次环境的变更,在环境改变时发生的种种恶行,也会成为一种必然。因此,在初次面对灾难面前人类的盲目从众心理、对患者的恶意攻击、国与国之间的相互指责、公众对社会的缺乏信任等,都是个体应对恐慌的自然反应,批判的不该是某种行为而是造成这种行为背后的"我们"与"他们"的极端对立思想。书的结尾,所有人都失明时,整个世界反而清静许多,旧的环境不复存在,新的环境业已诞生,"恶"已经失去了意义。人们想要生活下去,必须重新组织起来,成为一个新的整体。我们必须认识到人是一个整体,但在过于安逸的日子里,很少有人真正履行这种观念,直到灾难来袭,人们又重新拾起它。

书中作者借戴墨镜的姑娘之口说道:"我们中间有件没有名称的东西,这东西就是'我们'。""我们"就是人的整体,在疫情期间,有的人闪现着人性的光辉,有的人则出国"避难";志愿者免费赠送口罩,某些企业则借此大发横财。这些善与恶的背后,是人类作为整体的分裂。所以想要改变这一切,让人性回归本心,就必须意识到我们是一个整体,人类的命运是一个共同体,而这次的新冠肺炎疫情,恰恰给了我们这样一个机会。

这些无一不在提醒我们,人与人的信任,人与社会的公共责任意识,国家与国家之间的技术的交流、物资的援助和团结互助,在这些行为背后,人类是一个整体,人类的命运是一个共同体,这才是战胜灾难的关键。

三、人类的未来观

人类能从这次疫情中学到什么,未来的人类应该拥有什么样的价值观?

首先,敬畏自然,保持谦逊。人是自然之中的一员,而不是处于食物链的顶端,在文艺作品中有着世态百相,而在苦难文学中,个人的力量总是稍逊于集体的。在《诗经》的记载中,面对各种自然灾害来袭,君权神授的统治者不再一呼百应,百姓认为这是上天对其统治不当的惩罚,因此古代君王要自拟一封"罪己诏"来显示自己的诚意。如今,科学技术日新月异,生活在和平年代的人自认为人类战胜了自然,成为更高级别的存在,殊不知在灾害频发的古代,瘟疫的存在是常态,在先民的认知里这是由"人祸"造成的，往往倾向于反省自身，而当今一场突如其来的传染病，打乱了人们的原有秩序，将源头直指在"天灾"上，这值得我们反思，过度依赖技术的我们，已经很少会思考个人在社会性的灾难中扮演什么样的角色。当我们责怪他人的时候，却忘记自己也是社会的参与者，也是自然的一部分，《三体》中有一句话："弱小和无知，不是生存的障碍，傲慢才是。"人要摆脱人类中心主义的傲慢，才能达到人与自然的和谐。

其次，"人祸"比自然灾害更严重。在《切尔诺贝利的祭祷》中，一场原本可以挽回的灾难却因为人为的忽视、隐瞒和政治原因等竟成为永久性的悲剧。在文中，普通的消防员、居民和受到辐射的动物，都在不知不觉中死去，从可预测的"灰犀牛"变成损失惨重的"黑天鹅"，只在一念之间。于是，在中国疫情刚刚稳定时，人们惊讶地发现从意大利到美国，相继暴发了更为严重的疫情。美国疫情大暴发，部分源于虚妄的优越感，美国哈佛大学英语与比较文学、戏剧教授马丁·普克纳认为美国联邦政府和州政府耽误疫情的控制，其中一个原因恐怕是人类倾向于不去相信破坏性的新闻，另一个原因是在美国有一种错误的文化优越感。意大利疫情暴发，他们说，那是由于意大利人口老龄化，而且，意大利人喜欢在脸颊上互相"残杀"，而美国则不同，现在美国却为这种虚妄的优越感付出了代价。

最终，人类不再用自己的意志去规范自然，而是在自然的法则下找到自身的价值与（谦逊）态度。正如在《鼠疫》的大结局中，没有胜利的喜悦，鼠疫是在它自己大功告成之后自动退却，里厄医生面对的是无数人的离世，自己如同西西弗斯一样做着重复而无意义的救治。在加缪的日记中记载着"一场自由解放的鼠疫，一个快乐的城镇，人们根据不同的规则生活，鼠疫则摧毁所有的规则，而双方一样地死去，双重天堂。"鼠疫之后的生存观如同疫情之后的未来观，一场疫情将人分为了幸存者和受难者，疫情之后的世界遭受了经济的创伤，人类遭受了心灵的创伤。灾难面前，没有胜利者，但人们在对病毒的反抗中自我反省，更加重视生态环境保护，意识到自然的威力，疫情之下的人类团结向上，将人类命运共同体的理念付诸实践。"凛冬将至，独狼死，群狼生"，下一个"凛冬"来临时，人类或将命运共同体意识在人与自然、人与人、国与国、科学与科技之间传播，共同承担自身责任，守护地球和万物生灵。

以舞抗疫,共克时艰

——论"人类命运共同体"理念下舞蹈功能的价值实现

章晨铭　浙江传媒学院

在全球化的时代背景下,人类相互依存的程度不断加深,"人类命运共同体"已成为当前国际社会广为引用与称赞的高频词语。"习近平汲取中国传统文化优秀思想,推动马克思主义'共同体'思想的中国化,并继承和发展了中国当代外交思想的优秀理论成果,在新形势下提出了'人类命运共同体'的理念"。习近平总书记对中国文艺寄予了深厚期望,希望文艺能与国家民族紧密相连、休戚与共,发出振聋发聩的声音。庚子新春,瘟神肆虐,一场突发的新冠肺炎疫情紧紧牵动着全国人民的心,随着疫情的全球蔓延,全民战"疫"持续进行,国家之间相互援助,我们对超越民族国家的"人类命运共同体"的认知不断加深。文艺界也积极行动,投身时代洪流,吹响战"疫"集结号,发挥文艺抚慰、鼓舞人心的价值功效。在关乎个体与命运的抗争中,"对抗"无不让人感到警醒,此种突如其来的命运感,使人们深陷焦虑之中。而舞蹈的生命仪式性能给人以温暖、力量与前行。就像最初上古时期舞蹈作为全民的艺术形态,以跳舞保障生命、宣泄情感、表达生存欲望、改善生存环境。时至今日,面对百年未遇的疫情灾难,舞蹈人亦然秉承着生命之舞的初心,以无声的身体言说,以为应对重大灾难、为人类健康福祉而起舞的崇高身姿,以深入生活、扎根人民、"以舞抗疫"反映时代关切的使命,彰显着舞蹈艺术体现生命跃动、净化心灵、传递精神的健身、教化、审美功能。在人类生生不息的文明血脉中,舞蹈融入人类绵延的生命历程,呈现生命最直接、最实质、最强烈、最单纯而又最充足的表现与感动。

一、以舞抗"疫",凸显身心治愈功能

疫情是大考,是自然给人类社会的磨炼与心灵拷问,随着疫情防控形势的持续向好,人们对生命的感悟与反思不断深入。"人类生命的存活永远是第一位的,生命的经济学必将一切与己无关的东西淘汰,我们比以往任何时候都更需要带着目标跳舞,提醒世界人性尚存"。武汉方舱医院的前线医务者伴同病友们跳起"广场舞"强健筋骨,新疆援鄂医疗队舞着《走黑马》慰勉患者,安徽宿州的防疫员以"小天鹅舞"的律动步调欢送康复人员,美国医生用舞蹈 Corona Footshake 播散正能量的景象也流传于网络,成为一道道独特的"抗疫"美景。尽管医务工作者与病友们身穿重重遮蔽的防护衣,让人们难以看到他们的"形体美"和"舞姿美",他们却将舞蹈的魅力展现到极致,充分显示舞蹈的"美育"功能。这纯粹而素丽的舞蹈为冰冷幽暗的病房注入一丝活力,激励了无数医生与患者,使其获得短暂身心解放与心灵慰藉的同时,也增强了战胜疾病的信心,形成了一股人们急需的心灵交织的力量。

这场特殊的战役虽未有舞蹈工作者的舞台,却从不缺少他们的艺术行动。舞蹈借助互联网正以一种崭新的面貌发挥着关注人类身心健康的重要功效。新冠肺炎疫情期间涌现出的"全民洗手舞"以创意形式向民众宣传科学健康洗手法;美国舞者拍摄以"不摸脸、不握手"为主题的芭蕾相片,鼓舞人们"保持社交距离";中国舞蹈家协会开展"百姓健

康舞"、"515一起舞"群众舞蹈网络展演、"以舞抗疫,用爱相守"、"文艺进万家、健康你我他"等多项公益志愿活动,使舞蹈的医疗健康功能得以进一步显现。北京舞蹈学院青年舞团演员胡玉婷为远在湖北的母亲编排录制广场舞,母女共舞的场面感人肺腑,彰显"艺术助力,同心战役"的内涵;微博、推特等国际平台推出的"视频舞蹈教学""宅家健康运动计划"等话题浏览量达到数亿。线上舞蹈的广泛传播,引发普通群众强烈的参与热情,既达到强身健体的成效,亦使"关注生命"的观念深入人心。舞蹈在人与人之间建立起一座紧密联系的桥梁,我们于漫不经心的日常动作里,感应到世界人民乐天达观的精神,感受到舞蹈艺术蕴含的生命意识与神奇力量,它抚慰着灵魂,治愈着人心,凸显着人类共有的母题、情感与价值观,为人类命运共同体而起舞。这些看似朴实无华的舞蹈在世界各国发挥着团结士气、增强信心、振奋精神、治愈身心的功能。

二、舞聚"云端",探寻艺术普遍价值

疫情引发的剧场落幕、停演给舞蹈业界带来巨大冲击。在艰难中,我们仍要寻找出路。舞蹈人以一张"网络圆桌",打开了舞蹈公共话语空间。"'舞'不能看,'身'不能展,何不来一个视频谈兵?"切断与剧场的联系,却催生了舞蹈影像的革命性变革。荷兰舞蹈剧场首次以线上影像模式将新作首演呈现给世界观众,这支 *Stand by* 受新冠肺炎疫情启发,尝试使用世界疫情下的"社交距离",舞者在狭小空间无接触而彼此连接地舞蹈,透过蒙太奇手法,赋予动作不一样的演绎,以"身体在,舞台在,观众在,我们时刻 stand by"的身体宣言,让世界人民在舞蹈中找到共鸣;国内陶身体剧场先后推出"自观""瞬间""极致""专注""存在""连接"等 20 份"美好礼物"系列舞蹈影像,以"生命起舞,永不落幕

的"创造理念表达疫情之下的"超越自我、永动求索""生命微尘、宇宙浩瀚"等体悟,以舞连接世界,连接内心情感的共鸣,传递笃定信念与升腾希望;中国舞蹈家协会"舞聚云端"系列访谈,以"志愿有我,舞蹈奉献""高校集结,答疑助力""舞蹈市场如何逆流而上"等话题,聚焦新冠肺炎疫情期间复工、复课等舞蹈行业动态与困境,凝聚舞蹈人的精神气,彰显舞蹈的人文力量;而国内首个以"包容性艺术"为主旨的星空艺术节联合中法团队创作的《盛会》厦门版本,更是将参与过武汉抗疫斗争的医务者纳入舞者范围,用舞台演绎自己对舞蹈的多样理解,展现后疫情时代蓬勃的精神风貌,"不论是国际团队的合作,还是这萍水相逢般的'舞台盛会',都在当前全球疫情中人与人之间相互隔绝的大背景下显得弥足珍贵";香港城市当代舞团诚邀国际顶尖舞者、学者、艺术管理人才开展多期"舞蹈业界抗疫"网络研讨,分享艺术推广的真知灼见,与业界在困难中谋求新方向。多元化的网络传播形式,凝聚着经济全球化背景之下世界舞蹈人为应对人类生存、发展挑战坚持共同合作的精神,追求不同文明兼容并蓄、和而不同的文化价值观。舞蹈蕴含的积极向上、赋予生命关怀和促进各民族平等团结的价值功能从未消失,它以创造的精神改变生活,"真正的国际接受,不是一时轰动哪个剧场,而是一种长久信任的建立,一种殷切思念的延绵"。

诚然,"云端"舞蹈在获得认同之时也存在某些不足。譬如剧场演出的仪式感及作品质量把控,是"云端"呈现短时间内难以完全替代的。相较于线下演出,"云录制"对技术的要求更高,远程沟通的成本也会增加。而舞蹈的"现场感"也是云端无法替代的,观众与演员、工作者隔着屏幕,难以建立感性直接的交流。剧场表演艺术与身体、空间相关,无论影像如何焕发异彩,呈现在众人眼前的始终是虚拟成像,而非真正的人。"舞蹈终究是现场的艺术,是活着的艺术,它行动,它流失,它欲望,直面与见证在场每一刻生命力的表达是观看与舞动最重要的意义。"

三、从典型作品中寻求世界性人文关怀

人类对生命的敬重烙印在记忆深处，对世界和平、自然和谐的期许也存于记忆深处。从当下舞蹈作品中我们能窥见其命运与共思想的深刻含义。国内各大舞团聚焦当下，以抗疫为题材创编了大量舞作反映现实、展现时代谱图。首部战疫舞蹈诗《逆行》以身体的叙事深化群体记忆，以情绪的感染增强民族自信，展现守望相助的家国情怀；以中央芭蕾舞团为代表的《逆风飞翔》凝结舞者震慑心魂的情感力量，将白衣天使的英勇壮举描绘得淋漓尽致；舞剧《记忆深处》聚焦南京大屠杀亲历者，把埋藏于历史深处的真相搬上舞台，这是真实的国家记忆、民族记忆、个体记忆，还应纳入世界记忆，"作品体现对人性层面的深度探寻，将人物形象个体意识与民族乃至人类命运共同体意识高度统一，暗示战后日本人希望在忏悔中得到救赎，呼唤更多日本人人性的觉醒"，是对全人类共同追求世界和平与正义的呼唤；为祭奠汶川地震所创作的《舞集·大地》不只为消逝的生命感到哀痛，也试图解答对生命的敬仰、对自然的敬畏以及人类之间的友爱；《朱鹮》以其清丽的艺术形象，借"朱鹮"之名表达对过往的追忆、对逝去生命的告慰、对现实世界的警醒，表达人与自然和谐共生的主题，发挥着舞蹈宣传教化和认识世界的强大作用。

优秀的舞蹈作品能散发独特美学追求的人文关怀，也能承载悲悯情怀的社会关怀。而在一些作品中，擅用"节选浓缩"的传统观，以"弘扬主导文化"为创作起点，所呈现的通俗易懂的情节，有限地阐释作品的中心思想，"给人以精神'幼弱之感'，在华丽的作品背后也许是精神的贫瘠"。以全球视角来看，舞蹈创作应以"间离效果"引人深刻感性地

思考,并从中获得对社会的全新认知。

四、结语

舞蹈艺术多元化发展已成为时代主流。人们在舞蹈中找到知音,在作品中找到共鸣。舞蹈以泰然自若的神态驱除恐惧,慰藉孤独与痛苦。身处艰难时刻,为全人类共同抗争,所有生命感都是相似的,并带有时代的印记。"舞蹈不仅是情感的表达,一种庆祝,一种娱乐,舞蹈还是一种宣言,比任何口语都更雄辩地说出,我们是合二为一的'人类'"。舞蹈追求的对人类精神高地的指引和终极人文价值关怀,与人类命运共同体倡导的意识与观念在本质是一致的。人类同住在"你中有我,我中有你"的地球村,舞蹈艺术的发展日渐顺应和平发展、人与自然和谐相处的时代潮流,契合各国谋发展、促合作的共同愿景。舞蹈作为文艺的重要组成部分,积极吸收、借鉴全球优秀文化成果,传播永恒价值,传递真善美,坚守文艺为人民服务、为时代言志的价值使命和对公众文化审美观的引领。文艺工作者应站在"人类命运共同体"的高度努力发展,创造新形式、新内容、新形象,提高文艺的吸引力、影响力,以"人类命运共同体"的理念,从不同文明吸取智慧养料,携手解决人类面临的问题和挑战,以心灵相通深化共同发展,展现休戚与共的和谐世界。

灾难镜头下的人性互渡

——电影《金陵十三钗》主题探析

汪燕飞　湖州师范学院

佛说："渡人如渡己，渡己，亦是渡人。"一边是风情万种的秦淮妓女，一边是天真纯洁的教堂学生，原本毫无交集的两个群体，在战争的阴云下闯入了彼此的世界，在绝境中互换身份，令世人见证了一场战时汪洋大潮中的人性互渡。

《金陵十三钗》是 2011 年张艺谋执导的一部战争史诗电影，电影的故事以抗日战争时期的南京大屠杀为背景，讲述了在 1937 年被日军侵占的南京的一所教堂里，互不相识的人们之间发生的感人故事。影片的戏剧冲突之一源自主人公身份的差异——女学生和妓女。在学生眼中，这群打扮得光鲜靓丽的女人被人轻视、供人消遣，如同"花瓶"般的存在，她们的到来只会玷污教堂这片神圣的土地；而这些女人也无所顾忌，越墙而入，霸占了教堂用作避难的地窖。两者针锋相对的关系在一次意外中发生了改变：当野蛮的日本兵闯进教堂时，女学生孟书娟本可以带着自己的同学躲进地窖，但千钧一发之际，书娟透过缝隙和在地窖中的玉墨对视后便向楼上跑去，从而引开了日本兵，使躲在地窖中的女人们逃过一劫。但不幸的是，其中一个孩子在遭到日本兵蹂躏时，挣扎着反抗坠楼而亡。影片中有一个细节，当女学生们安葬了同学回到教堂后，以玉墨为首的妓女们一改往日轻浮之气，面色凝重，穿戴整齐，真诚地向女学生们说了声"谢谢"。至此，女学生和妓女原本冰冷的关系出现了转折。当日军军官邀请女学生们作为唱诗班为日本军队表演时，妓女小蚊子不小心混入队伍，女学生书娟当机立断，谎称小蚊子是唱诗班一员而使其幸免于难，也正是这一举动，让玉墨萌生顶替女学生赴日本人之约的想法。学生们在得知日本人邀约的真正意图后，万念俱灰，相约一起跳楼结束生命，就在这时，以玉墨为首的秦淮妓女们随约翰教父冲到楼顶，全力劝阻，并表明了愿替学生们前去赴约的决心。那一晚，远处烽火依旧，无边夜色中，一束月光照进塔楼，浓妆艳抹的风尘女子看到了曾经那个天真无邪的自己，而泪痕满面的无助少女则看到了生的希望。那一刻，在人性的驱使下，女学生和妓女，不再是置身乱世大潮中的两个独立群体，而是真正地放下了对彼此的成见，相拥取暖。

　　影片中最打动人心的片段之一，是风尘女子们剪完头发、换上学生校服后重演《秦淮景》：在阴暗潮湿的地窖中，昏黄的烛光下，吴侬软语的柔情小调响起，一群身着宽大校服、留着短发、面容清秀的女人舞动着曼妙的身姿，没了红唇，没了香粉，少了轻佻，多了真诚，无尽的悲凉中分明透着从容和温情。这是她们对于尘世生活做的一个华美谢幕，如同逃离妓院那天，她们带着精致妆容，身着各色旗袍，毫不犹豫地走进这座教堂一样，现在的她们要换个身份，脱离这道能维持她们一线生机的最后屏障。看似毫无交集的两个群体，因为一场灾难被迫相遇，从矛盾对立到相知相助，她们的经历诉说了战争的残酷与丑陋，也诠释了人性的博爱与包容。

　　面对灾难，大多数人都会选择自我保护。如同妓女们一进教堂就把地窖占为己有;约翰神父最初只想从教堂拿了钱远远离开,让自己过上更好的生活;书娟父亲通过做汉奸来让自己活着,提及为什么要苟且偷生做汉奸时,他说:"我既不能救国,也不能救民,我只能救我自己。"为什么? 是人性本恶吗? 不,我们可以将其理解为一种自我保护的本能,特别是当灾难如恶魔般袭来时,这种本能显得卑微而重要。人性本善,善良是本性,善意是一种选择。浓妆艳抹的秦淮名妓在地窖抽烟、喝酒、打麻将,袒胸露乳,纵情欢娱,为了和女学生们争抢茅厕而大打出手,她们如同战争年代的一抹粉红,不合时宜地宣告着欲望的骚动。但尽管如此,当李教官冒着炮火,把从死人堆里救出来的少年兵浦生送到地窖时,她们依旧施以援手,尽心照料,妓女豆蔻喜欢上了这个眉目清秀的少年,甚至脱离群体,冒着生命危险跑回妓院,只为拿到断壁残垣之中的那盒琵琶弦,让心上人在临终之际听上一段美妙的乐音,然而最终还是命丧日本兵人之手;约翰·米勒原本只是个殡葬师,是个只有喝醉时才能念出祷词的"冒牌神父",但在那段黑暗的岁月里,他肩负起教堂神父的监护责任,日本兵虎视眈眈之际,他用身体挡在十几名学生前面,战火逼近时,他想方设法帮助学生们逃离南京;书娟的父亲为了生存做了汉奸,但是为了女儿,他可以倾家荡产把财产送给日本人,也可以不顾危险为约翰提供修车工具和通行证,他是个行走在灰色地带的人,嘴上嚷着只为自救,却用实际行动为那群绝望的少年打开了一扇重生之门。他们都在灾难中选择了自我保护,同时也在无形之中给予了他人力所能及的庇护,其中包含的不仅仅是人道主义的互帮互助,更是灾难镜头下的一种人性互渡。

人类似乎有着这样一种本能:即使历经重重灾难,人们的内心深处也愿意忘却痛苦,记住美好。灾难如同一面残破的镜子,映照芸芸众生相,佛说:"众生皆苦,放下即自在。"金陵女学生放下偏见,领略了人生大义，重获新生；秦淮艳妓放下苟且，于乱世中高唱"商女亦知亡国恨，此恨无关风与月"，不问归期，从容前行；约翰神父放下怯懦，让一双双蒙尘的眼睛重见光明，使自我价值在动荡的岁月中得到升华。影片最后有一段书娟的内心独白："一直到现在，我都不晓得那些秦淮河女人最后的结局，连她们一个个名字都不晓得。我也没看见日本兵怎么把她们带走的，所以我老是幻想，幻想我再一次站在大窗户前头，看着她们走进来。"话音落，柔美的《秦淮景》小调响起，五光十色的玻璃窗前浮现了一群风情万种的女人，粉黛红唇，盈盈笑语，如黄昏晕染的牡丹，光彩夺目。这个小女孩没有记住残酷，只记住了美丽。

灾难面前，我们能做什么？身处和平安逸的年代，这个问题的答案或许容易流于空洞。但当灾难真正降临时，我们会发现，人性的本能起着关键的作用：我们摒弃世俗的成见，在孤立无援中伸出友善的双手；我们忘却肉体的痛苦，在绝境中铸就精神的高墙；我们舍弃小家情怀，在疾风骤雨中奔赴大家安危。"岂曰无衣，与子同袍"，没有一个人能独立生存于这个世界，漫漫人生路，虽时常一人行走，一人承受，但究其本源，人生天地之间，我们从来不是一个人，因为"渡己"亦是渡人；不同国度、不同种族、不同阶层，演绎着截然不同的命运，却又和同一个命运紧紧相连，因而"渡人"亦是渡己。

战火纷飞的年代里，一个为救人而冒充神父的美国人、一群躲在教堂里的女学生、十四个逃避战火的风尘女子以及殊死抵抗的军人和伤兵，他们在危难时刻放下个人生死，去赴一场悲壮的生死之约。灾难能泯灭人性，如同战火之下执戈异乡、杀人如麻的伪道士；灾难能升华人性，如同新冠肺炎疫情之下坚守异乡、无私奉献的白衣战士。灾难面前，人是渺小的、无力的，但人性却是伟大的、顽强的。灾难下的人性互渡，是构筑人类命运共同体的最高境界，更是我们生而为人的光辉所在。

为人类而共同起舞

——论舞蹈对人类命运共同体的精神彰显

於安伦　浙江传媒学院

"这个世界,各国相互联系、相互依存的程度空前加深,人类生活在同一个地球村里,生活在历史和现实交汇的同一个时空里,越来越成为你中有我、我中有你的命运共同体。"习近平总书记提出的"人类命运共同体"是对近代以来中心—边缘全球化体系的超越,是实现一体化地理、政治、文化的合一。在"全球一体化"时代背景下,我们不仅需要以全新的舞蹈观进行为人生、时代而舞的艺术创作与传播,更重要的是在"人类命运共同体"的观念构建下重新认知舞蹈艺术对人类命运共同体的精神彰显。

一、从《希望》看新时期舞蹈思潮对人类命运的精神引领

新时期初期,经历了"文化大革命"与漫长的思想禁锢后,舞蹈艺术家们压抑许久的创作激情迸发而出。20 世纪 80 年代的诸多舞蹈作品,不再是对政治口号的生硬图解,或是莺歌燕舞的歌功颂德。告别十年畸形发展的"假、大、空",舞蹈直面国家与民族的命运,彰显广大人民群众最真实的生活与心声。1980 年"第一届全国舞蹈比赛"在大连举办,

涌现出《希望》《绳波》《无声的歌》《再见吧！妈妈》等一批形式创新、立意深远、探究人性深度的现实题材与革命历史题材新作，凸显出崭新的艺术观念与强大的生命感染力。中国人民解放军南京军区前线歌舞团的现代舞作品《希望》，以象征化的身体语言，表现了人类"在黑暗中探索，在痛苦中挣扎，在期望中等待，在失望中消沉，在绝望中抗争，最终在斗争中迎来了光明与希望"的共性情感，展现出人类特有的顽强拼搏、奋力向上、积极乐观的精神世界。舞者华超裸露健壮的四肢，滚动、爬行、探身、挣扎、退缩，并以单腿侧跪，单手撑地，另一条腿如箭射长空一般向上方挺举，另一只手竭力向上探寻，在一强一弱、一高一低的对比中，将人在深渊中挣扎、期待等复杂情绪表现得淋漓尽致，从而以现实主义的创作手法，表征出从"文化大革命"中走出的中国人曾经面临的精神压抑与痛苦挣扎，以及对真理追寻的真实心路历程。作为中国现代舞梅开二度的里程碑式作品，"其'淡化情节''强化情感''突出情绪流变''对人性的揭示'等概念，或作为具体的艺术手段，或作为探索性的艺术主张，已在当代舞蹈创作中得到普遍的认可"。与《希望》相似，《再见吧！妈妈》以凸显情感的细腻笔触与时空交错的意识流手法，塑造了勇敢奔赴前线的年轻战士与送他上战场的母亲离别的感人场面，立体化呈现对英雄与人性有血有肉的理解，彰显出"中国舞蹈英雄观的重大嬗变"与舞蹈身体审美观、艺术表现观的转变。其终场造型戏剧性地寓意着"中国舞蹈向过去的时代挥手，向新时代致敬，献给了它一个庄严的军礼"。20世纪80年代的思想解放让《绳波》敢于创新语言载体，打破传统舞姿美，用一根细长的跳绳联系青年男女的爱情，以绳波呈现二人之间的对立冲突，强调概念与意向，返璞归真，让舞蹈回到原初的人性之美。应当说20世纪80年代《希望》等一系列现代舞作品的问世，其积极意义远超过作品本身的价值。这些作品来自舞蹈艺家对"文化大革命"的深刻体悟与反思,将目光聚焦在对人性、人情、人类价值的追问上,以艺术化手法触及对社会现实与人类命运的深度考量,其引发的舞蹈思潮对时代脉搏的把握、对舞蹈思想观念与艺术形式的突破,展现出个体意识与人类命运和谐与共的价值观,从而让舞蹈跳出为"舞蹈"而舞蹈的小圈,与时代同进步,与国家共命运,与人民共患难,凸显出新时期舞蹈作为严肃舞台艺术表现人类生命经验与共通情感的本质。

二、从《逆风飞翔》看新时代抗疫舞蹈的使命担当

时代变化会撞击舞蹈艺术的观念更新,中国文艺一直砥砺前行,探寻一条既符合政策,又能发挥艺术家创造力的道路。习近平总书记在文艺座谈会上强调文艺要为人民服务,深入群众,深入生活,将目光放大放远,向着人类精神世界的最深处探寻。

2020年春季,一场严峻挑战——新冠肺炎疫情摆在了世人面前。面对这场突如其来的疫情,文艺与时代同步,中国舞协以及众多舞蹈艺术家们响应时代号召,纷纷发起各类舞蹈公益活动。新冠肺炎疫情期间,虽不能联袂起舞,但是今年的"舞蹈"是跨越时空维度的,掀起了一场场以"抗疫"为主题的云端舞蹈风暴。中央芭蕾舞团于疫情期间创作的原创交响芭蕾作品《逆风飞翔》,从北京卫视《生命缘·来自武汉的报道》疫情防控特别节目中取材,以"英雄面对疫情"的视角展开故事,通过芭蕾形式歌颂抗疫逆行的英雄们,将医务人员义无反顾、舍小家为大家的侠骨柔情展现得淋漓尽致,传达出对于生命、信仰、理想坚定不移的信念。舞者们扬起双臂化作逆风展翅的双翼,用最真挚的舞蹈动作和情感致敬心中最美逆行者们。山东青年政治学院以"艺"抗"疫",推出首部战"疫"舞蹈诗《逆行》,用短短的60分钟的11个篇章,以一名医

务工作者为主线，用舞蹈肢体艺术再现了一家五口的战"疫"经过，各个篇章间以人物关系相支撑，以脉脉真情相连接，共同联系守望互助的家国情怀，弘扬新时代的爱国主义精神，热情讴歌奋战在一线最可爱的人们。这系列作品不仅是抗疫战斗经历的艺术化提炼，更让观众在感同身受中汲取力量和信心，积极迎接未来的生活和挑战！

从新时期创造的《希望》到新时代为抗"疫"而舞的《逆风飞翔》《逆行》，舞蹈的价值使命依旧是为人民带来积极希望。自古以来，舞蹈作为超越文化语言界限的肢体艺术，扎根于生活土壤，起舞于信仰之上，具有健身、娱乐、宣传教化等功能。另外，中国舞协与心理咨询师公益团体合作，针对疫情影响下大众的身心健康，发起并组织"舞动身心——公益中国"网络系列课程，并且搭建"慕课平台"，让广大舞蹈爱好者能够在室内空间舞蹈。古丽米娜、郭爽、骆文博等舞蹈家们争相在网络媒体平台发布手势舞的短视频《平凡天使》，为疫情助力，带动大众学习，在云端上汇集成一支强大的娱乐力量。方舱医院中，病人和医护人员们共同策划舞蹈娱乐活动，跟新疆医生学传统民族舞、和海南医生摇摆儋州调声、和着《火红的萨日朗》跳四川坝坝舞……舞蹈艺术以最接地气的方式渗透进生活，以对生命律动与情感冲动的强烈表达，传递人世间真、善、美等永恒主题，宣扬健康、团结、文明、自由、和谐、友善等价值观。身体革命的文艺作为一种人类精神寄托，就像一位伴随已久的老友，带着他个性的表达、创新的追求和对人类时代的关注，或陪伴娱乐或宣泄情感或鼓舞祈愿，以身体的仪式性引发共振，抚慰着孤独而受伤的心灵，提醒我们生命的存在与尊严，讴歌时代平凡而伟大的生命，彰显新时期开拓进取的精神。

三、舞蹈艺术对人类命运共同体的精神传递

　　"我们的身体承载着所有人类可能的经历。我们可以独舞,也可以共舞,分享那些使我们变得相同的经历,也可以分享那些使我们与众不同的经历。"新冠肺炎疫情是自然对人类社会的一次警钟,世界原比我们想象中脆弱,人类正经历前所未有的磨难。面对政治多极化、经济全球化、文化多样化和社会信息化的时代潮流,面对粮食安全、资源短缺、环境污染、人口爆炸等种种风险,危机与挑战并存,人在命运面前也真切体会到了无力感。只要还拥有与生俱来的身体,我们依然要为人类的崇高目标与信仰共同起舞。2018 年纽约著名的 BAM 剧场发起跨文化、跨空间的舞动项目,53 位极具影响力的编舞家"异时、异地"完成了一支舞蹈——*And So Say All of Us*(同理心),像所有文艺一样,舞蹈的价值也是感悟世界与启迪他人,2018 年的"同理心"之舞是一场观念与价值的接力,用各具特色的身体动作共同完成为人类起舞。带着"同理心",我们以身体共舞、共感、共情,让舞蹈激活那些潜藏的人类普遍性,承载人类共同的情感与价值观,形成一股人们心中急需的心灵交织的力量,抚慰灵魂,治愈人心,使舞蹈在本质上与人类相连,形成世界文化输出与全球人类接纳的通行证。即使面对立场相异的群体,依旧要学会沟通和包容,使这种力量在生命的仪式性、精神信仰、文化品格构建及对公众的审美引领中,在向往和平、追求幸福中谋求世界和谐发展的人类命运共同体。

文学视野中的人类命运共同体

——评沈苇诗歌《如果一首诗是一次驰援》

张宜宽　浙江越秀外国语学院

2020 年早春,注定是一个不寻常的季节。新冠肺炎疫情突如其来,袭击武汉,并至今依旧在全球范围内造成重大影响。在这场前所未有的危机与挑战面前,不论人们身处何国、信仰何如、是否愿意,实际上已经处在一个命运共同体中。2013 年 3 月 23 日,习近平总书记在俄罗斯莫斯科国际关系学院首次向世界提出"人类命运共同体",呼吁国际社会树立"你中有我、我中有你"的命运共同体意识,并在十九大报告中提出,坚持和平发展道路,推动构建人类命运共同体。

灾难面前,我们更需要文艺作品来慰藉心灵,丰盈精神。在严峻的考验下,优秀文艺作品频繁涌现,给全国人民巨大的精神支持。本文以诗人沈苇的作品《如果一首诗是一次驰援》为例,探析文学视野中的人类命运共同体。

初看沈苇的诗歌,有些人会觉得他是一个"疯子",刷新了很多人对于诗歌印象的认知。倘若一味以语言的美感来探究,难得其文的艺术价值,作为"已经让边疆'内化'为情感和体验的巨大空间"的作家,其诗歌高炯的姿态,广袤的精神维度,以极具质感和灵性的歌唱"自成一个世界",于文艺视野中给每一位中国人、每一个国家,乃至全人类一个共同的启示:在命运与发展的维度上共同审思,以人道主义情怀守望相助,各美其美、美美与共。

沈苇的诗歌中对社会事件、人为灾难及时的记录,对个体命运的关注,从时空层面上揭示生命的意义与生存的价值,给人以凝重的思索和无边的想象。

灾难面前没有人是一座孤岛,也没人能独善其身。《如果一首诗是一次驰援》中这样沉痛述说:"这首诗里隆起一座座坟丘/多么可怕的口腹之坟/蛇、猴子、果子狸、穿山甲/纷纷葬身其中。现在/一只蝙蝠替它们发出警告⋯⋯"在 2011 年美国一部名为《传染病》的影片中,一种靠着空气就能传播的病毒,在短短几天内就席卷全球,而病毒的元凶就是"蝙蝠",似预言一样昭示着新冠肺炎疫情看似天灾,实则人祸。人类、动物、植物都是地球上的生灵,我们需要做的就是保持平衡,绝不能因为过度寻求发展,肆意破坏。无论何时,我们对世间万物都应该抱有敬畏之心。如果违背了大自然的发展规律,大自然一定会以另一种更残酷的方式予以"回报",枪响之后,没有赢家。"一只蝙蝠替他们发出警告",无论是今天的新型冠状病毒,还是以往的任何一场灾难,都和人类的一己私欲有着不可分割的关系。

灾难发生后,我们除了要战胜它,更要不断地反思自己,只有从代价中吸取教训,才不会让悲剧重演。"这首诗里有忧心与恐惧/哀悼与痛哭、行动与献身。"我们同时也看到,在灾难面前真正可怕的不是病毒,而是人内心的恐惧和软弱。时代洪流下,所有人该客观地正视自己的身份:地球人!在全人类直面新冠肺炎疫情的搏击战里,沈苇用诗人那深邃的眼神俯瞰地球,中国人,深沉地热爱脚下这片生于斯、长于斯、歌哭于斯的土地。正如基辛格在《论中国》中所说:"中国人总是被他们之中最勇敢的人保护得很好。"每一位中国人步调一致,与时间奔跑,以高效的作为护住了中国昔日的辉煌。灾难没有国界,全人类同舟共济,山川异域,风月同天。"投之以木桃,报之以琼瑶",在回赠其他国家的物资箱上我们写下了"青山一道,同担风雨""道不远人,人无异国"。这些物资箱体现了人类命运共同体的大国担当,也让全世界知道我们愿意风雨同舟,共抗疫情。在人类共同命运面前,我们铭记这份真善美!而沈苇的《如果一首诗是一次驰援》正为世人真切地呈现了追求真善美的文艺永恒价值,给予人们灵魂的洗礼。

文艺是铸造灵魂的工程,它用文明之光照亮生活的每一个角落,直至每个人的心灵深处,使人们的精神在温润中得到提升,受到启发。这篇诗歌中,在对自掘"口腹之坟"的人们谴责之外,更有对逆行者的赞扬、对疫情结束的期盼。的确,在疫情带给我们的空前考验和压力面前,我们需要讴歌这般无私无畏,讴歌这群"有英雄的壮举,却从没把自己当英雄"的人。这一令人泪目的群体,是五千年中国文化孕育下的中国精神、民族精神、时代精神。

诗歌从题目开始,就以一种有力度的诗境,阔大、浪漫的想象方式,表达对生命的执着追寻。"如果一首诗是一次驰援/这首诗应该快马加鞭。"诗人将自己的创作,视为对全国尤其是武汉抗击疫情的精神驰援。顺着沈苇的目光看去,不少诗歌都不约而同地表达出了共克时艰的信念和必胜的决心。长诗《死神与我们的速度谁更快》里,吉狄马加深情地写道:"让我们把全部的爱编织成风/送到每一个角落以人类的名义/让我们以成千上万个人的意志/凝聚成一个强大的生命,在穹顶/散发出比古老的太阳更年轻的光/让我们打开所有的窗户,将梦剪裁成星星/再一次升起在蓝色幕布一样的天空。"闪光的诗句中散发着鼓舞人心、战胜苦难的情绪和动力。

"祈祷和祝福——东湖之水的碧波荡漾/武汉樱花的如期开放"。纵观全诗,这两句的尾韵是最华丽的部分,这是全中国发自肺腑的呼声。"没有一个冬天不会过去,没有一个春天不会到来!"这也是诗歌最可贵的部分,让我们坚信疫情防控阻击战必将取得胜利的同时,传输给人们的是永远不竭的精神资源,我们看到了文艺作品醇厚明澈而神秘的魅力。

"文学是人学",文学关心人,关怀人的命运和处境,从根本上说,就是关怀整个人类的生存和命运。今天的"人",不仅同"类",而且同"村"。所以,文学在关怀单个人的时候,归根结底是在关怀整个人类。中国自古以来就有强烈的天下情怀和理论主张,这些是孕育人类命运共同体理念的基石。《周易》认为:"乾道变化,各正性命,保合太和,乃利贞。首出庶物,万国咸宁。"明确勾画出万国安定团结、百姓安居乐业的理想图景。《礼记》认为圣人乃以"天下为一家,以中国为一人"。《吕氏春秋》认为"天地万物,一人之身也,此之谓大同"。中华文明自古以来就追求"天下大同"的社会理想,力图建构起一个人人各得其所、共享发展、友好相处的美好社会。全国政协常委、中国文联副主席、中国音乐家协会主席叶小钢提出"立象以尽意",通过文艺描绘人类命运共同体的文化形象;诗以声传,行之久远,发挥文艺作品具有艺术与社会双重属性的文化价值,借助感人至深的文化力量让价值沉淀;辩证兼顾黑暗视角,通过文艺作品唤起人内心的怜悯与恐惧,唤醒可使人道德自律的情感力量。

世界文学经典实际上都曾经历史性地参与了人类命运共同体的建构。在西方,古希腊文学中"人本意识"的觉醒,表现为开始认识自我,表现为以人为中心观察世界。斯芬克斯之谜寓意无穷,深藏着"认识你自己"的哲学意蕴,反映出古希腊人对"人"的思考和对人类命运的关注。当代的文学创作既要继承和弘扬优秀文明成果,又要在世界格局中寻找共通的价值理念,以在未来新世界的建构中生发出更为积极的声音,其价值就吻合了人类命运共同体的方向,并且在创作实践中,以切实可感的作品塑造道德信仰、锻造社会品格。

在人类命运共同体的洪流下,没有一个国家能够阻挡时代车轮的前进。文艺作品在命运共同体的砥砺建设中,必将发挥愈发重要且不可替代的作用。世界众多艰韧生命的见证者、多元民族文化滋养的灵魂歌者,在"诗"与"章"之间,尽显诗人眼光的独到、人生的睿智和生命的张力,用敏锐的洞察力和强烈的感知力,以引领时代进步的力量助推你我、你们我们、全中国人,乃至全人类"你中有我、我中有你"的命运共同体意识,以坚定的步伐迈进社会主义新时代,并在中外文学格局中赋予生命更深层次的思考。

从"剧场表演"到"起舞云端"

——后疫情时代舞蹈艺术表演新探索

李鑫　浙江传媒学院

2020 年,很多网友说,这是跟"1919"年同样难得一见的特殊年份。当我们迎来送往,跨进 2020,似乎所有人都对这一年抱以无限美好的憧憬与期待。然而就在 1 月 20 日晚,《新闻 1＋1》栏目的主播台前,气氛陡然紧张。主持人白岩松连线国家卫建委高级别专家组组长钟南山院士,向公众发出预警,新冠肺炎存在人传人现象。两天后,武汉封城。突如其来的疫情在过去的 8 个月里打乱了世界节奏,谁都没有料想到,2020 年排在第一位的关键词会是"暂停"。

一、当剧场按下"暂停键"

以世界线下演出市场为例,2 月 23 日,国家大剧院、北京天桥艺术中心宣布暂停 3 月后的全部演出。进入 3 月,往昔热闹非凡的世界戏剧中心伦敦,超 250 家剧院相继宣布暂停演出与售票。6 月 29 日,美国百老汇剧院联盟宣布"受新冠疫情影响,百老汇的各项演出将继续暂停至 2020 年底"。无疑,作为以票房收入为主要生存来源的舞台演出行业,在这次新冠肺炎疫情中遭受巨大冲击。中国演出行业协会数据显示,"截止到 3 月初,全国已取消或延期的演出近 2 万场。仅 3 月就取消或延期近 8000 场次演出(包含剧场和大型演出),直接票房损失超过 10 亿元"。另据美国媒体估计,百老汇仅一个演出季的被迫歇业就将造成近 15 亿美元的票房损失。尽管 6 月起,中国国家大剧院宣布对公众有序限流开放,恢复部分演出活动,但近几个月,北京、大连、新疆等地陆续出现新增病例的小高峰提醒我们疫情防控依然不能懈怠。7 月 31 日,世界卫生组织总干事谭德塞再次提醒我们,这场百年一遇的健康危机,或将对人们接下来十年的生活产生重大影响。如此,极度依赖线下流量的演出行业回归昔日霓虹闪耀的熙攘,在短期内依旧是奢望。突如其来的疫情让世界舞台艺术产业陷入巨大危机与不确定性中,是全世界文艺从业者们面临的共同挑战。

如何自救? 笔者留意到,2020 年 3 月,作为当今最成熟的舞台艺术市场之一,伦敦开始了行动:英国广播公司 BBC 在其官网发布了一则标题为《把艺术与文化带入家庭》的公开信,BBC 将利用旗下的频道资源,将世界一流的歌剧、舞剧、音乐会以节目、纪录片的形式搬进"荧屏"舞台,重新与喜爱他们的观众相连。同时,BBC 还在信中提及有关虚拟文化节的构想,希望与民众一道在疫情中以互动媒体的在线手段重新赋予艺术生命力。另一项数据也许更值得我们注意,疫情期间,抖音平台的活跃度相比去年同期大幅增长了 38.9%。近年来,4G 移动网络的普及覆盖催生了新媒体视频产业的崛起,诸如抖音、快手、B 站等一批视频平台方兴未艾。在笔者看来,从线下到线上,重新按下用户手机、平板电脑中的播放键,或将成为全球文艺从业者面对新冠肺炎疫情冲击所做出的有力回击。

二、"荧屏"舞台展演新探索

新冠肺炎疫情期间,抖音、快手等短视频平台无疑成为广大网民休闲娱乐的主要载体。此时舞蹈已不再是单纯高雅的欣赏艺术,而是以全民互动、传递快乐,共同携手驱散阴霾的大众艺术,践行着"舞蹈共和"的人类命运共同体理念。化挑战为机遇,短视频 App 起到不可磨灭的作用。其庞大用户群体所产生的巨大威力使舞蹈文化产业中本就出现的舞蹈浪潮更加汹涌,覆盖了从初学者到专业舞蹈演员的各年龄段人群。从诸如《盗将行》《莫问归期》等根据网络流行歌编创的舞蹈,到《渔光曲》等专业舞者、职业舞团演绎的舞蹈片段都成为网民竞相模仿、学习展示的对象。与此同时,亦有不少知名舞蹈编导、演员、教师通过短视频平台教授居家健身、专业舞蹈技能与雅俗共赏的舞蹈的教程,掀起一场场网络狂欢的全民舞蹈风暴。"以舞抗疫,共克时艰"更成为凝聚人心的网络时代主题,众多舞者以创意舞蹈影像、战疫舞蹈视频等方式传递爱与力量,向奋斗在抗疫一线的医护工作者们致敬,用艺术奏响新时代旋律。抖音作为陪伴民众度过隔离期的娱乐媒介,使人民在居家锻炼、强身健体的同时,慰藉心灵,丰富精神世界,更有效地传播文艺之光,为艺术市场拓展受众群体,为未来吸引更多民众走进剧场打下坚实基础。此时,短视频 App 的存在便是"命运共同体社区"的最好注解。

此外,处于困境之下的国内外专业舞团并没有坐以待毙,全球演艺行业开启"线上展演"成为时代大势所趋。7 月 3 日,百老汇音乐剧《汉密尔顿》在迪士尼的流媒体平台上线,海外众多剧院选择线上开放戏剧影像,将所要演出的戏剧进行拍摄上传,观众可以通过购票自行观看并与演员进行实时互动交流;全球最大的当代舞蹈专业集会——德国杜塞尔多夫国际舞蹈博览会在 5 月份取消活动后也宣布转战线上。相比之下,国内短视频应用广泛普及,打破平台局限性,为剧院创造多渠道条件。7月27日,中央芭蕾舞团60周年庆典以文化和旅游部官网、央视网、抖音、B站等24个平台同步直播观看方式,打破时空限制,让舞蹈从剧场走向屏幕舞台,为线上展演发展舞蹈艺术开拓了"舞数"可能,亦对舞蹈影像的蓬勃发展起到推动作用。

三、起舞于云端之上

舒曼曾说:"艺术家的本分是把光明灌注到人心深处。""艺"起战疫的文艺志愿者用艺术搭起沟通桥梁。抗疫期间,"舞蹈身心,公益中国""战疫舞蹈,以舞会友"等项目,手势舞、健康舞等舞种,以"舞建身心遂疫,蹈励华翰兴邦"传递战疫必胜信念。新冠肺炎疫情牵动着每个文艺工作者的心,中国舞蹈家协会号召进行抗疫主题舞蹈创作、自制相关舞蹈视频及推送、发起慕课计划等活动,得到全国各地自由舞者、舞蹈组织、院团的积极响应。截至2020年3月9日统计,中国舞协官方微信在疫情期间35天共推送自制以及来自全国各地精选的抗疫视频126条,阅读量达37.5万,平均每天推送3.6条抗"疫"视频。官方抖音在疫情期间抗"疫"视频分享、跟拍点击数量为191万次。同时,中国舞协参与了抖音话题"坚信爱会赢",此话题总播放量为39.7万次,新文艺群体及中青年舞蹈家们也积极响应号召发起战疫舞蹈爱心传递发起"平凡天使"抖音话题,据不完全统计,全网播放量约为3781.8万。2020年两会期间,全国政协委员、上海舞蹈家协会主席、上海芭蕾舞团团长辛丽丽提到,作为文艺工作者,要发挥"艺术"力量在提振信心、凝心聚力方面的积极作用,以实际行动把"艺术"力量转化为"抗疫"力量。迪丽娜尔·阿布拉指出要创新产品形式,强化分众精准传播的理念。充分发挥网络时代的媒介特性,在优质内容的基础上,加强虚拟现实、增强现实、混合现实等新技术融入，推出多层次多维度展现爱国主义精神的精品力作。

居家隔离期间，网络迸发出巨大潜力与空间，随着行业联手"云"上研讨会的召开、新媒体技术的构建，文艺工作者们践行"云赏艺术"，生发出"网络圆桌"、"云上"讲堂、"云上"演出、同框共舞等多种形式，合力推动着舞蹈艺术的发展。"志愿有我，舞蹈奉献""舞蹈市场如何逆流而上"等议题，以及"网络圆桌"的形式为中国舞蹈界开通了一条思想交流的通道，打开了舞蹈公共话语的意义空间。网络通过小小的摄像头把大家聚在一起，打破传统形式，吸纳了更多受众群体。李超、胡捷、李斌、郝若琦、巩中辉等青年舞者围绕"山水的灵动""城市的印记""生命的敬畏""信仰的力量"等主题，以四部舞蹈影像呈现生命的感动与期望。北京当代芭蕾舞团推出《献给生命的舞蹈》影像作品，以超越时空的接龙方式传递爱与艺术坚持，表达对全世界因疫情而逝去的灵魂的哀思及对自然与生命的敬意。2020年荷兰舞蹈剧场第一次透过摄影机与网络传播，*Stand by* 和 *She Remembers* 两支舞作于线上进行世界首演。香港城市当代舞团发起"数位观众参与"为期十四天的网络艺术驻留计划与舞蹈影像创作，利用蒙太奇手法让舞蹈透过镜头展现更多可能。尤其是在"全球舞蹈同屏大挑战"中，林怀民、沈伟、William Forsythe 等国际顶级编舞家在跨文化跨空间的创意短片 *And So Say All of You* 中同框献礼，为人类共有的生命欢欣鼓舞，为共同应对人类环境中的灾难与挑战，为人类共同向往的自由、和平、幸福，为"人类命运共同体"的崇高理念与信仰，以当代舞蹈艺术高度的使命与责任感和创意无限的形式与崭新路径，起舞于云端。

正如习近平总书记所言："危和机总是同生并存的，克服了危即是机。应准确识变、科学应变、主动求变，善于从眼前的危机、眼前的困难中捕捉和创造机遇。"在新冠肺炎疫情的灾难与危机中,演艺产业的短暂停滞也许从某种意义上将促发艺术的变革与新生。"在影像文化空前繁荣与数字媒体技术高度发展的时代背景下,实验性舞蹈影像作为舞蹈与影像深度融合下的崭新形态,正以其跨越时空的创造活力,突破舞者传统身体表达的物理边界,在视觉景观的创意书写中,探索身体影像化、数字化的转型与重塑,身体运动与屏幕表达的媒介融合。"在全球多元化、网络化时代背景之下,舞蹈转战线上,不仅塑造了更加多维的艺术景象,也为自身带来了探索多元化发展的机遇。不只是舞蹈影像,人工智能也逐渐涉足舞蹈创作领域,使舞蹈动作得以延伸;新媒体舞蹈的出现也带来了一种全新的艺术交流形态——"跨域交互"。当然,云舞动、云创作、云展演也会存在诸如网络不畅、话语雷同、屏幕相隔缺乏身临其境的震撼之感等弊端,但舞蹈作为直观表现生命情感的艺术,与科技联姻,在互联网的助推下,必将带来舞蹈表现形式、传播方式的突破与拓展,引发舞蹈产业的转型变革。从阳春白雪到全民参与,从剧场表演到起舞云端,这不仅是舞蹈命运与世界相连、命运相接,更是疫情之下的反哺与人类在精神世界的共通。对于舞蹈未来的可持续发展,在后疫情时代我们仍需要深思与行动,为共同的信仰而舞动。

仍需有人诉说出来：文学作为局部治疗

戴文浩　浙江越秀外国语学院

灾难,是指或瘟疫,或战争,或大自然偶一为之的各类任性行为。面临广泛而凶狠的灾难,政府所做的措施非常重要,但若是缺少人民的配合,必然会造成相应的麻烦。政府所做的放在前头,往后社会结构之中各个部分所做出的努力的分量各异,齐头并进,继续共勉,于是笔者产生了探求文学家在灾难中的作用的想法。

一、文学家的"呐喊"

鲁迅生于封建大家庭,从小就与具有代表意义的礼教打交道。封建制度并未对其造成多大的实质伤害,封建思想——君权、神权、父权、夫权交织形成的网却引起了鲁迅的注意,他还从中看出了封建劣根的厉害。

1902年鲁迅去日本东京学习日语,后来进入日本仙台医院专门学校。在一次课堂上,他目睹了日俄交战时期为俄军做军事侦查的中国人被日军砍头示众的留影,以及围观留影的日本学生鼓掌喝彩的尖锐场面。国家的弱小使得弱国的人民不足以为人,而以"毫无意义的示众的材料和看客"作为标识。这激起了鲁迅心中的愤怒和悲凉,于是他弃医从文——与其利用所学的薄弱的知识去救助伤者的病,不如救助国人的精神。

清政府在帝国主义的压榨与人民愤恨的积重下已是即将破碎的躯壳。1911年辛亥革命推翻了清政府的统治,1912年1月1日在南京成立了临时政府。对于加入过光复会的鲁迅来说,革命是他欣喜见到的。但是现实——袁世凯称帝,张勋复辟,军阀混战,与他满心希望的理想共和国相去甚远。鲁迅冷眼旁观,却愈发看清了封建主义这一不合理的封闭体制之下没了"人"形的民众。接着出现了一个同样看清了一切的角色——狂人。

1918年鲁迅发表在《新青年》的《狂人日记》,写法的新颖和大胆令当下的人们大为震惊。为何被冠以"疯子"的名号?狂人在古籍中看出体制修改人形状的刻刀用以仁义礼教作为伪装,最后总结以"吃人"的真实——看出周遭人看不出的真相。被刻刀削去了大部分形状的哥哥和那些村民以及郎中,对尚且保持形状的狂人以不正常的斜眼与最大的宽容,为其永远敞开礼教的大门。如果说《狂人日记》中,鲁迅是以"狂人"的身份去隐晦地表达体制中"吃人"的真面目,那么《孔乙己》和《药》则更为明晰地展现了封闭体制下一个人和一群人生活的面貌。

孔乙己是一个老实人,依赖着旧文化而活的人。为其而活,也因其而死。革命到来了,旧的一切将要亡了,终还是没有亡。它赖以活着的原因正是孔乙己这样的人没能改变思想。因体制将他埋得严实而死去的孔乙己,至死仍不留余力地拥护那个害死他的体制,嘴里念叨着"子曰",却没有实际的生活能力。

《药》写于1919年4月25日,来源于五四运动。作品中的人物所处的时代是辛亥革命期间,所写也是辛亥革命。文中为儿子治病的老栓所取得的人血馒头的血,是那些革命者的血、牺牲者的血。老栓这类人并未对革命者的牺牲产生敬意，也没有应有的觉悟，仍昏昏沉沉地"睡着"。愚昧地做了愚昧的事——将自身外于革命一事，得过且过地将自己划入封建边界以内，旁观世道的变化。而老栓的儿子没有被人血馒头治好病，死去了。不是灭亡于馒头，也不是灭亡于病。救国的进程总是来来回回、前前后后，不由得令鲁迅急切起来。1922 年 11 月 18 日所写的《即小见大》：因同年 10 月北京大学的讲义收费风波所起的冲突，"芒硝火焰似的起来，又芒硝火焰似的消灭了，其间就是开除了一个学生冯省三"。鲁迅愤慨地写道："凡有牺牲在祭坛前沥血之后，所留给大家的实在只有'散胙'这一件事了。"鲁迅不满于"老栓"这类人的旁观，也不满于作为牺牲者的冯省三们只是简单地被"淡忘"了去。写《药》或是《即小见大》，鲁迅旨在擦亮人们的眼睛，希望他们可以在复杂的环境中拾起理性来。他面对的是一间"绝无窗户而万难破毁的"铁屋和"不久都要闷死了"而不自觉的"熟睡的人"。

1921 年鲁迅所写的《阿 Q 正传》的故事背景是 1840 年鸦片战争之后的中国。鲁迅借着阿 Q 这个人物的形象划破时空，讽刺了从 1840 年鸦片战争时期至 1921 年的中国。长达百年的不请自来的灾，用炮火叩开了清朝的国门，此后原来富裕的清政府逐渐被帝国主义国家分食为空壳。而在《阿 Q 正传》中，鲁迅对阿 Q 这个角色讽刺道："'先前阔'，见识高，而且'真能做'，本来几乎是一个'完人'了。"中国占领世界先列的位置太久了，以至于战败后仍然有着向人说起"先前阔"的心态。自大到被帝国主义国家打了之后，心里会想到"我总算被儿子打了"，阿 Q 的精神胜利法同样是那批不肯从中国战败的事实中走出的人的精神胜利法。被平日看不上眼的王胡欺辱而产生的"大约要算是生平第一件屈辱"的不平衡，也是被从来都是附属国的日本侵入的不平衡。此外还有对洋人和尼姑的排斥，这象征着帝国主义和帝国主义为了精神控制中国的传教活动；赵家同阿Q签订的五个条约，象征着鸦片战争后，中国与各国签订的不平等条约。

接着鲁迅写到了中国迎来的革命。对于19世纪90年代的洋务运动的革命成果，鲁迅以亲身经历在《琐记》中以"乌烟瘴气"形容。所以上了城的阿Q只是被人说"发财发财"，根本的地位并没有改变。从城里回来的阿Q说书般地讲着"杀革命军。唉，好看好看"，可悲的是围着阿Q的民众听得入神，伸起了脖子。

一项伟大的空前绝后的革命，闹剧般地进行。鲁迅为其哀，为其悲，难免会有几分"种豆南山下，草盛豆苗稀"的心情。不过鲁迅希望的理想国最终还是来临了，这其中属于鲁迅的荣耀和意义，想来冷血无情的时间是冲不淡的。他与他那代的关于撬开思想铁窗的持续的斗争，成效并不一定显著，但留给他下一代的东西的确是伟大的。

二、个体和社会一起调整

村上春树将日本的1995年称为"那是使得日本这个国家急剧转换航线的年份"。1995年的村上在波士顿郊外一所大学某个日本文学小班上课，每年春天喜欢跑一场波士顿马拉松。在那期间，他写了一部长篇小说，是离开日本来到美国东海岸生活的第四年。

"日历变为一九九五年为时不久，两个黯淡的消息从日本传来。"这两个"黯淡的消息"分别是1月17日凌晨5:46在神户发生的7.2级强烈地震与震后不久的3月20日发生的东京地铁沙林毒气事件。

灾难一边在现实地带造成不可回溯的损害，一边又在人们的精神世界造成不可挽回的损伤。1995年日本两次相隔不过两个月的灾难，想来应该是强烈地冲击了村上的心灵。"我们大多相信自己所踏大地是无可摇撼的，或无须——相信而视之为'自明之理'，不料倏然之间我们脚下'液体化'了。"

《地下》这部纪实作品是村上创作历程的一条较为明显的分隔线。往后的《1Q84》，又或是《刺杀骑士团长》，都似乎在偏离村上那强烈的超现实的个人主义特色，将笔头指向令人恐惧的战争和不令人满意的某样体制。之所以说是较为明显的分隔线，是因为在《地下》之前的《奇鸟行状录》已经开始这样转化了。译者林少华写了一篇《追问暴力：从"小资"到斗士》，其中明确地表示村上的这部作品是以暴力为主题的，是其创作生涯中伟大的转折点。但《地下》似乎更进一步，仿佛是对《奇鸟行状录》带来的转变的完善。

"村上作为颇有后现代倾向和大体游离于社会主流之外的'个人主义'作家，何以一反常态，全力以赴写这样的一部纪实文学作品呢？"

先前讲到村上在面对地震与东京地铁沙林毒气事件时，内心受到不小的冲击。这些灾难在某一个瞬间，动摇了村上原本的信念，"世界似乎不再安全"。在社会这样大的系统中，人们因不断发展的科技而不断紧密的联系，成为支持着人们生活，又威胁着人们生活的一根绷直的立马要断裂的线。世界不再安全，像是在村上的耳边重复的轻语，刺激着村上探求那些灾难之下的"普通人"的物语。"这项作业始自作为一个普通人的纯粹的疑问"。

探求这些的目的又是什么？村上在所写的"解题"中做了解答："我感觉自己的意识更为指向围绕事实讲述的物语构成方式，本能地相信唯有那种自然而然的物语性方能治疗——哪怕局部地治疗——我们受伤的社会。那既是之于我的 adjustment，又应是之于社会的 adjustment。采写过程中，我始终相信这种相互折射的力的作用。"

三、鸡蛋之于高墙

这个题目选自村上的随笔集《无比芜杂的心绪》里的一篇《致辞·感言》，是其获耶路撒冷文学奖的感言。因为当时以色列军事力量占绝对优势，若是前去，怕是会给人以支持纷争当事者一方的感觉，所以周边的人大多劝村上不去为好，认为并不稳妥。然而村上终归还是去了，一是想到在以色列的读者，二是为了传达自己关于体制与个体之间的关系的想法，希望可以给战争中的人们以力量。

在这篇致辞中有一句相当出名的话："假如这里有坚固的高墙和撞墙破碎的鸡蛋，我总是站在鸡蛋一边。"而我想这句话便是在写《地下》与《地下 2：应许之地》时埋下的种子。

由于村上在奥姆真理教活动的这段时期生活在美国东海岸的波士顿，所以对那些事情不甚清楚，仍然保留着一个不知情的人的心态。他因这种心态产生了较为客观的观点，对于那些犯了重罪的人给以最大限度的同理心，此后深化了对体制与个体的思考。

东京沙林毒气事件，对于毫不知情、以巧合的境地被迫参入其中的受害者，无论精神上或是肉体上都是"从未诉诸语言的那类恐怖"。现代科技带来的无色无味的沙林毒气与错综复杂、运行敏捷的地铁交通系统，合力造就了如氢弹爆炸现场般恐怖的人为灾难。在远处观望的人们见着了冲天的夹杂着火光的黑烟，暂且躲藏在黑烟下的创口似的地表及没有实体的辐射是见不着的。村上在悲惊交加的心情下为采访实际参与其中的受害者而努力，将这场展示了 1995 年日本社会的伤口的灾难，示以人细节，展示其全貌。

《地下》的"千代田线霞关站"篇，实施者林郁夫，实则算得上理智的人物。他是医生，且事业正处于飞黄腾达之时。"林似乎在某个阶段开始对自己的工作怀有深刻的根本性疑问,从而水到渠成地为提供超科学答案的麻原彰晃所吸引。"林郁夫并非那种在社会生活中处处碰壁而不断积累挫败感的人,从某种意义上讲,他的人生算得上完整成功,这样优秀的人同样被阿姆真理教所影响。

人的生活方式大体可以划分为某个理念或多个理念交织而成的系统,也就是世界观。村上在一次访谈中将其表述为"地下状态中的世界"。他认为健康的理念应该是有入口和出口的,内化于个体却总是与世界交流,是流通的。"很多宗教领袖都会免费为你提供一个入口,但他们不会提供出口,因为他们希望追随者上套。在他们命令自己的追随者成为士兵时追随者就可以为自己冲锋陷阵,我想那些开着飞机撞大楼的人就是这种情况。"村上强调了封闭的没有出口的体制是有威胁的,一如计了时却被蒙住了时间的炸弹,会引爆你的情绪,点燃你的行径。

所以村上才会将那些沙林毒气的释放者,皈依奥姆真理教的教徒,不论他们的罪行是否严重,仍然将其归为鸡蛋一类。应当责怪的是提供了封闭体制的人。一如他创作《地下 2:应许之地》的原因,"尽管发生这么严重的事件,而导致事件发生的根本问题却一个也没解决。日本不存在接收从日本社会这一主体制滑落之人(尤其年轻人)的有效而正常的次体制=安全网——这一事实之后也全无改变"。想来是长期的战争。

四、真相给人何等的寂寥和残酷

鲁迅的小说,从广远的角度上看,矛头对准了与时间坐标并不相容的旧制度与旧文化。但将视野放小,到个体上,那些甘愿被戒律禁锢的人,何尝不是自己给自己的周边造起了高墙呢?村上则似乎持差异的意见,他在《刺杀骑士团长》中表明:墙(体制)最初是为保护人而建造的,有时却也能囚禁人。他认为同高大的围墙相比,以风吹即动的柳絮姿态显现的个体(鸡蛋)是需要被保护的。当我们试图思考这些灾难之下,对与错究竟应该归结到哪一方身上时,似乎都不能完全站在任意一方的边界线以内。而我想加缪的《局外人》可以是一个很好的例证。

《局外人》中,加缪塑造了一个保留了绝对自我的默尔索。在母亲的葬礼上他表达了内心的真实——并不为母亲的去世而感到悲伤。对待身边形形色色的人物,他总是能做到表里如一。可以说他是一个绝对不坏的人物。然而当他在慌乱之中击杀了一个阿拉伯人之后,便开始同世界产生了联系——将他始终保持的真我硬塞进了司法体制和媒体的议论之中。

默尔索的不幸可以说不是由杀人而起的,是由世界开始矫正他封闭的自我而起的。他的真我绝不能说是不正确的,但那种拒绝流动可能性的固执是不合理的。加缪向人们展示了个体与世界分离之后,个体的强硬带来的世界的荒诞性。而我们能从中看出:当世界给予每一个个体以包容,个体对其若不妥协,世界也以强硬对待。个体对自身屏障的维持,有时会与世界产生摩擦。那摩擦会衍生出苦难与困惑出来。一如村上所言,“在大多数情况下,我们都谈不上幸福,更多的反而是困惑和压力”。事实虽是苦涩的,但村上又做了开朗的解答:“但至少情况是开放式的,你有选择权,你可以决定你生活的方式。”

灾难是自然的或人为的严重损害,带来对生命的重大伤害。无论是某一体制带来的伤害,或是个体一贯执行的理念带来的伤害,这些或大或小的灾难在轻声耳语:“世界不完全安全。”文学家的意义在于剥开了他们伟大的外衣,回归本初,将锋利的真实亲身地诉说出来。真相有时给人寂寥和残酷,但仍需有人诉说出来。

灾难末日片中的焦虑和忧患意识

——以《我是传奇》为例

曾子君　浙江传媒学院

现今,电影作为一种文化形式已经成为大众流行文化的一部分。20 世纪以来,灾难片横空出世,经久不衰。现代人的灾难恐惧在电影中得到了再现,人们在虚拟的世界末日中体会真实的恐惧。现实的焦虑在灾难末日电影中得到了延续。电影《我是传奇》讲述了人类被病毒所击垮后的故事,昔日的繁华都市纽约变成了一座"荒岛",只剩下主人公纳维尔和他的狗相依为命,他们不仅要忍受孤独,还要抵御夜晚被感染的人类"夜魔"的攻击。纳维尔在面对全人类的巨大灾难时没有放弃,依然在寻找拯救人类文明的方法。

一、现代生活:人与环境的割裂

《我是传奇》末日导火索就是科学家对人类基因的改造失败而导致的病毒泄露。号称百分之百攻克癌症的良药成了人类灭绝的毒药。从17 世纪的科学革命开始,科技无疑成就了人类。现在的我们站在人类文明繁荣的高点,创造了属于人类的现代文明。飞上蓝天、探索宇宙这些曾是神话的传说现在正被一一实现。我们不仅享受着科技带来的便利,也在承受着无形的压力。现代科学技术使人失去了原始的活力和野性,城市的崛起和工业的发达让人远离原始的生活方式,焦虑不安、缺乏安全感,这些都是现代人最常有的情绪。耸立的大楼,飞速的地铁,等待着被送往各个工作岗位的人,人创造的价值也不再是仅仅围绕他自己,个体开始需要在人类制度下贡献自己的价值。现代人的恐慌来源于生存的压力和对自我身份认知的障碍,人创造出来的科技和制度反而把人机器化了,是价值的机器化也是身份的机器化。当高等机器人没有被制作出来时,人被当作机器对待。而当高等的机器人被制作出来,人又是什么呢? 影片中的开场就是一位科学家信誓旦旦向全世界宣布他们科研成果的成功。科技的力量本身充满了不确定的因素,现代科技高速发展加重了这种不确定性。影片以科技的力量反噬人类为开始,又在最后将希望寄托于科技。导演并不是反对科技的发展,而是对现有的科技发展进行反思,违背规律常理的科技只会是人类的灾难。科技不能主宰人,善用科技,要回归到人类精神世界。人类不应该用精神的沉沦去换取外在的物质利益。人法地,地法天,天法道。人不为物役,外物的价值从不是人的价值。科技水平也并不应该成为衡量人类文明高度的标准。

影片是在制造一个极尽真实的末日世界,符合现实原貌却又惨遭重创的世界。灾难片、末日片就是人们自身的焦虑的一种转移,末日的来临意味着矛盾的集中爆发,是一无所有,是世界的重建。生存的焦虑让人们一边对此感到恐慌,一边在灾难电影中寻求秩序重建的希望。灾难末日片既是毁灭,也是重生。

二、末日来临:人的孤独拷问

这是一人一狗的孤独之旅,纳维尔的妻女都在暴乱中丧生,只留下一只狗与他做伴。镜头一转,狗从幼犬变成了一个成熟且强壮的"战士"。影片没有花大量的笔墨在整个世界灭亡沦陷的过程上,而是将镜头对准当世界重归平静,主宰者却不是人类时。此时的纽约已经是一座废城,昔日的现代化城市成为一片废墟,昔日熟悉的街道、繁华的都市没有了人类,城市只是堆砌的废铁而已,所谓的秩序也荡然无存。街道上杂草丛生,野兽横行,丛林法则在这里继续,狮子和鹿互相追逐着。导演用缓慢的全景镜头对纽约全景进行了俯拍,营造了一种阴暗荒凉的氛围,主人公开着车在空旷的城市发出了属于这座城市的声音,喇叭声、轮胎的摩擦声、枪声仿佛是人类对这野蛮森林、废墟之城的最后反抗。正如刘易斯所说,城市,就是人类社会权力和历史文化所形成的一种最大限度的汇聚体。在城市这种地方,人类社会散发出来的一条条互不相同的光束,以及它所焕发出来的光彩,都会在这里汇聚聚焦,最终凝成人类社会的效能和实际意义。城市就是一种象征,象征着人类社会中种种关系的总和。城市是人类文明的一颗璀璨明珠,是千年来文化和历史与现代科技发展的一次碰撞,而在灾难片中的典型性城市覆灭,就预言着现代文明的陨落。

在影片的前半场,只有主角作为人活在这座城市,孤独无时无刻不在侵扰他,陪伴在他身边的是他的狗。病毒爆发初期时它还是一只幼崽,现在已经成为壮硕的"猎人"。影片中少有的温馨时刻就是他们相处的过程,除此之外营造出陪伴的假象的还有他在商店里摆放的假人偶,当他进去时可以向他们问好;是录屏的新闻,假装外面的世界还在正常运行;是洗澡时放的爵士音乐。虚构与真实并存,他是孤独的又是坚强的。午夜梦回,当初妻子与女儿遭遇不幸的瞬间总是出现在他的脑海里。梦境与现实作为两条故事线交叉进行,影片的全部内容就在这穿插中全部体现,两条故事线交织的封闭的叙事结构将主人公的感官放到最大,冲击观众的内心深处。观众与主人公一样感受着个体的孤独与全人类文明凋零的双重情感冲击。

三、生存预言:人的"重生"

蝴蝶作为一个象征符号反复出现,是影片最为主要的一个隐喻。纳维尔的女儿最开始看见蝴蝶,是女夜魔身上的蝴蝶文身、"夜魔"首领在玻璃上留下的蝴蝶印记。蝴蝶意象贯串于整部影片,在《圣经》中蝴蝶是上帝身边掌握黑暗力量的"杀戮天使"的化身,影片中的蝴蝶则意味着"杀戮天使"对人类的最终审判即将到来。《启示录》就没有明确表示世界末日到底哪一天会到来,但终有一天人类的末日会来临,这之前人类将面临非常大的劫难,劫难之后所有人都会接受上帝的审判,上帝自会分辨善恶。蝴蝶与《2012》中的诺亚方舟一样为宗教预言般的存在。末日悲剧情结一直根植于我们的文化之中。

但我们不仅拥有宗教预言,也拥有着拯救世界的"弥赛亚"。在灾难片中的英雄形象也同时对应着救世主"弥赛亚",完人般的个人英雄也是现代人的一个心理投射。电影中的主人公纳维尔就是这样的一个英雄人物,但他又区别于其他英雄。他孤独寂寞,也会被梦境过往所扰,被环境所困扰。在面对人类文明轰然倒塌时也绝望崩溃。他是一个拥有着普通人情感的英雄,爱、恨和责任交织在一起构成一个"重生"的人。人类的英雄只会产生在人类中,他们是人类的"弥赛亚"。人们待在异化的世界里渴望被拯救,然而更为重要的是人类的自我救赎之路。英雄在带给人类莫大鼓舞的同时,也在呼唤普通人的正义与勇敢,打破现有的固化秩序。

"仁者以天地万物为一体",人是天地自然的产物,人生命的存在与发展要符合自然的规律。在天地万物之间,人类作为一个种群存在,一荣俱荣，一损俱损。在完成自我审视之后，人也应该投身于现实，将精神与行为融于自然，回归野性和活力。人总是被现实中的各种焦虑所包围，但没有人想迎来真实的世界末日。我们对于这个星球、这个世界，以及人类的文明总是抱着温柔和希望的。全人类的"重生"才能迎来真正的拯救。

艺术的逃亡之路

——评论罗曼·波兰斯基电影《钢琴家》

武子敬　浙江传媒学院

1944年，德军撤离前夕，华沙一栋废弃的楼房中，席皮尔曼盯着面前的德国军官，眼神中布满了惊惧与惶恐。6年的逃亡经历在德国上尉面前显得如此不堪一击。席皮尔曼更不会想到在一年后，他可以颤抖地记录下当时发生的一切，包括一个波兰犹太钢琴家如何躲过人类历史上一次地狱般的浩劫。

2002年，罗曼·波兰斯基凭借《钢琴家》——由席皮尔曼撰写的自传改编而成的电影，斩获当年的戛纳电影节金棕榈奖和来年奥斯卡的最佳导演奖。忘记历史意味着背叛，大量记录战争与讲述苦难的电影已经足够支撑起人们对历史记忆的挣扎与反思，罗曼·波兰斯基却有着足够的冷静与克制，即使身为犹太人的他同样遭受了切身的痛苦。《钢琴家》重新构建起波兰斯基童年的记忆，或者是"二战"时期所有欧洲犹太人共同的遭遇。

一、音乐之殇

从文艺复兴到启蒙时代，欧洲人对于他们的艺术作品与艺术家的眼光是不断改变的。16、17 世纪的艺术家在市民眼中与一般的工匠无二，到了近代，艺术家的地位已经与人类文明和智慧挂钩。但是凝结思想的艺术永远敌不过枪炮与子弹。席皮尔曼作为享誉世界的钢琴家，却因为他犹太人的身份遭到了残酷的迫害。影片中，肥胖油腻的商人想要花 2000 波币买下席皮尔曼的三角钢琴，他的家人们极力反对，席皮尔曼只是摆摆手，让商人带走钢琴。这个场景是影片的第一个转折点，艺术家的身份不再有别于其他犹太人，他们甚至无法主宰自己手中的乐器。战争的爆发不仅是所有人类的切肤之痛，更是对人类创造的艺术结晶的亵渎。

从灰烬中重生是人类对一切事物最美好的期待。《钢琴家》中音乐演奏的片段实在是屈指可数，席皮尔曼的每一次钢琴演奏都代表着个人与艺术的重生之路。从他在犹太人特区的酒馆中演奏开始，逃亡的形势时好时坏，席皮尔曼却能从无处不在的音乐中汲取力量。或许是邻居家拌嘴后的钢琴声，或许是在废弃医院的椅子上对着空气演奏。对音乐的欣赏与理解是每个人心中的感受，但是影片中的音乐都是有具象化含义的，人类的命运用钢琴家来维系，由音乐来隐喻。罗曼·波兰斯基通过巧妙的关系转换，使得战争对艺术的羞辱变成艺术对人类的救赎。

二、重塑的善恶与偏见

源于对历史的反思，人们对参战双方善恶观的看法抛弃了非黑即白的观点。战争的发起方中，并非所有人十恶不赦；战争的受害者里面，也有许多人是助纣为虐。海勒是为德国人效力的犹太警察队长，邀请席皮尔曼兄弟两个加入他，能生活得好一点。为了生存，他对犹太人几乎没有怜悯之心，但在踏上集中营火车的前一刻，他又给了席皮尔曼一条生路。2013 年德国拍摄的三集电影《我们的父辈》，就是将视角聚焦在 5 个即将被卷入战争中的德国年轻人身上。他们足够善良，有人却不得不接受命令而杀人。国家战争机器开动，心中的善恶将左右他们的选择。但有时候，他们几乎没有选择。太多的文艺作品站在不同的角度，让双方的善恶模糊不清。这样一种转变，更摒弃了单个的国家与立场，从人类命运共同体的角度出发，去俯视历史中的一切教训。

电影中的德国军官霍森菲尔德的出现是影片的高潮部分，也让主题格局转向对人类命运的思考。从其他史料中发现，霍森菲尔德痛恨纳粹的种族主义与民粹主义，军人的要义却是服从命令。这样一种戏剧创作中的冲突是在真实世界中存在的。他在废墟中找到了正在求生的席皮尔曼。从观众一直跟随着席皮尔曼的视角来看，这一幕的气氛是紧张压抑的，幸运女神仿佛不再眷顾席皮尔曼。两人对音乐的共鸣消除了战争带来的恐惧，这时候有一束光打在席皮尔曼身上，对立与隔阂在此时已经不再重要，这是对艺术力量的最好诠释。但历史总是要留下一些遗憾，战争结束后，霍森菲尔德没有被救下来。

1952 年，霍森菲尔德死于西伯利亚。

三、生命艺术

影片不仅仅是一个简单的活下去的故事，钢琴家的身份给了席皮尔曼莫大的支持，仅凭幸运是无法让他成为幸存者的。是钢琴家这一身份让席皮尔曼与帮助他的人之间产生联系，或者说是古典音乐的魅力。在犹太人特区时，他可以为父亲博得一张工作证明；可以在逃出特区后得到所有热爱音乐的人帮助。失去席皮尔曼，是整个世界的损失。从另一方面说，是钢琴家的身份让整部影片变得独特，否则只是一个犹太人逃出生天的故事。席皮尔曼从逃亡开始直到高潮前，都没有真正地触摸过琴键,席皮尔曼从卖掉钢琴的那一刻起,始终没有拾起钢琴家的身份。当真正的压力出现时,他通过了逃亡路上最严峻的考验。那时候,生命与艺术是合二为一的。

没有意识形态的批判,没有矫揉造作的煽情,罗曼·波兰斯基用极具张力的细节构筑起人类对生命的渴求,或者说是态度。镜头给到隔离区的砖墙,只有矮矮一角,回到席皮尔曼身上再看向砖墙,已经森然矗立。包括德国人枪毙犹太人时,打到最后没有子弹,德国人漫不经心地更换另一个弹匣,犹太人抬头张望,没有一丝反抗的冲动。这种对生命直观的审视是人类最深的痛感。难怪罗曼·波兰斯基会说,《钢琴家》就是自己的墓志铭。

活着,就是最伟大的艺术。

后 记

　　2015年,为了加强和改进文艺评论工作,浙江省文艺评论家协会以"青年文艺评论"为突破口,和省内高校合作共建学生社团,先后成立杭州师范大学惠风戏曲评论社、浙江大学戏剧评论社、浙江传媒学院偏北影评社等高校青年文艺评论社。高校青年文艺评论社凝聚了一批接受专业教育、热爱文艺评论、喜欢分享观点的青年教师、专业硕博士和本科生。2019年,在协会的指导下,十家评论社发起成立浙江省高校青年文艺评论联盟。

　　六年间,我们通过专家讲座、提供观摩、研修培训等引导青年学子走出校园,走近文艺创作现场,参与文艺评论,将所学理论用于创作实践,提升审美判断力与理论分析、评析能力,构建正确的文艺观、审美观。

　　浙江省高校青年文艺评论征文活动是浙江省文艺评论家协会青年文艺评论人才培养的重要内容,也是浙江省高校青年文艺评论联盟的重要活动。2018年,在范志忠主席的提议下,浙江省文艺评论家协会和浙江传媒学院共同举办以"视点与声音"为主题的首届高校青年文艺评论大赛,当时尚在筹建的浙江省高校青年文艺评论联盟和浙江传媒学院文学院承办首届大赛。协会副秘书长丁莉丽教授和浙江传媒学院文学院俞春放教授具体实施,做了大量工作。2019年,恰逢建国70周年,浙江省文艺评论家协会和浙江传媒学院共同举办以"新中国70年:文艺作品与国家形象"为题的第二届征文,加强对青年学子的思想引领。2020年,浙江省文艺评论家协会和浙江越秀外国语学院共同举办"文艺与人类命运共同体"为主题的第三届征文,引导青年学子从疫情亲历者的体验出发,思考文艺与人类命运共同体建设。

三届征文,共评选出30篇"十佳文章"和30篇优秀文章,这些出自"90后""00后"之手的文艺评论篇幅大多短小精悍,短则八百,长则数千,文风活泼自然,没有陈腐气息,表达观点直抒胸臆,有锐气,有生气,具有鲜明的青年人率真、直言的特色,体现了当代青年群体对于文艺作品、文艺现象的思考。当然,不可否认的是,受限于阅历、成长环境、知识积淀等因素,这些文章多多少少存在着对宏大的、本质的问题关注和把握不够,艺术感悟力不够等问题。文艺评论的未来和希望在青年文艺评论家。引导青年学子在担当中历练,在尽责中成长,发挥其长,避其所短,是我们未来努力的方向。

2015年,我们建立第一家高校文艺评论社,是全国首创。2020年,我们建立高校理论评论专委会,进一步加强青年文艺评论人才的培养。六年的努力,青年文艺评论人才培养结出累累硕果,我们也会锲而不舍、久久为功,一步一个脚印,持续推进青年文艺评论人才培养。

浙江省文艺评论家协会

2021年4月